insel taschenbuch 4998

Rachael Lucas

Das Winter-Cottage

Das Erbe von Applemore

Nach dem Tod ihres geliebten Vaters macht sich Rilla auf die Reise in den Norden Schottlands, um das Cottage in dem kleinen Dorf Applemore auszuräumen, in dem er lebte und sie viele glückliche Sommerferien verbracht hat. Allzu lange will sie jedoch nicht bleiben, zu viele bittersüße Erinnerungen verbinden sie mit diesem Ort.

Und auch das Herrenhaus »Applemore House« ist verwaist. Lachlan Fraser ist nicht gerade begeistert darüber, das heruntergekommene Anwesen geerbt zu haben. Er möchte am liebsten so schnell wie möglich verkaufen und den Gespenstern der Vergangenheit den Rücken kehren. Aber seine drei Schwestern hängen an dem alten Haus, und als dann noch Rilla, seine Jugendliebe, auftaucht, nimmt die Geschichte einen ganz anderen Verlauf als geplant: Alte Freundschaften und verborgene Gefühle werden wach in einem Winter voller Wunder ...

Rachael Lucas wuchs in den schottischen Highlands auf. Nach ihrem Studium verdiente sie ihren Lebensunterhalt mit verschiedenen Jobs, bis sie sich ganz dem Schreiben zuwandte. Sie lebt heute mit ihrem Mann, ihren Kindern und zwei Hunden in Southport.

Sabine Schulte studierte Anglistik und Germanistik. Sie übersetzt aus dem Englischen, u. a. Doris Lessing, Susanna Kaysen und Alan Carter.

Rachael Lucas

Das Winter-Cottage

DAS ERBE VON APPLEMORE

Aus dem Englischen von Sabine Schulte

Insel Verlag

Die Originalausgabe erschien 2021 unter dem Titel *The Winter Cottage.*

Klimaneutral
Druckprodukt
ClimatePartner.com/14438-2110-1001

4. Auflage 2023

Erste Auflage 2023
insel taschenbuch 4998
Deutsche Erstausgabe

Umschlaggestaltung: zero-media.net, München
Umschlagabbildungen: FinePic®, München; Getty Images, München
Satz: Satz-Offizin Hümmer GmbH, Waldbüttelbrunn
Druck: CPI books GmbH, Leck
Printed in Germany
ISBN 978-3-458-68298-1

www.insel-verlag.de

Das Winter-Cottage

Für Jude, mit aller Liebe

Prolog

Das Türschloss war eingerostet, na klar. Nachdem sie so weit gereist und endlich am Applemore Cottage angekommen war – und sich, vom Jetlag angeschlagen, wie ein Zombie fühlte –, hatte Rilla den Eindruck, dass ihr Vater ihr einen letzten Streich spielte. Sie stellte sich vor, dass er in sich hineinlachte, während er von oben beobachtete, wie seine älteste Tochter kämpfte, um ins Haus zu gelangen.

Hoffnungsvoll rüttelte sie noch einmal am Schlüssel und drückte dann mit der Schulter gegen die Tür. Sie gab kein bisschen nach.

»Aua!«, sagte Rilla laut.

Eine Elster hüpfte auf den Ast der Eberesche, die mitten auf dem verwilderten Rasen stand, und legte nachdenklich den Kopf schräg.

»Na toll. Genau, was ich jetzt brauche.« Rilla schob sich eine Locke aus dem Gesicht, und weil sie abergläubisch war, begrüßte sie den Vogel eiligst. »Guten Morgen, Herr Elster, wie geht's Ihrer Frau?« Sie wollte nicht riskieren, dass heute noch etwas Schlimmeres passierte.

Die Elster erwiderte Rillas Blick und zwinkerte mit ihren glänzenden schwarzen Augen.

Das war wirklich perfekt. Das Taxi hatte sie mit Sack und Pack und einem Handy ohne Empfang im Nirgendwo abgesetzt, und nun stand sie nicht nur vor verschlossener Tür, sondern im Garten saß auch noch ein schlechtes Omen und guckte sie böse an. Und um dieser Ungerechtigkeit die Krone aufzusetzen, fielen jetzt erste Regentropfen.

Rilla trat einen Schritt zurück, riss sich zusammen und betrachtete das Cottage einen Moment lang.

»Bitte, lass mich rein.« Sie kam sich ein bisschen lächerlich vor, als sie das sagte.

Von der Haustür und den Fensterrahmen blätterte die grüne Farbe ab. Rosen rankten sich an einem Gitter hinauf, hingen vom hölzernen Verandageländer hinab und trotzten mit späten blassrosa Blüten der herbstlichen Kühle. Der Garten war ungepflegt und zugewuchert, und der Rasen musste unbedingt gemäht werden. Das Gemüsebeet an der Seite des Hauses hatte man anscheinend einfach wachsen lassen – ein riesiger Kürbis wurde zur Hälfte von Blattwerk verdeckt, und an einem Tipi aus Bambusstangen kletterte ein Gewirr von Bohnen hinauf. Vermutlich hatte ihr Vater die Samen in dem Bewusstsein ausgesät, dass er wahrscheinlich nicht mehr da sein würde, um ihre Früchte zu ernten. Bei diesem Gedanken überkam Rilla eine Welle der Traurigkeit. Sie seufzte tief und warf sich dann mit einem Verzweiflungsschrei noch einmal gegen die Tür.

»Ver-dammt!«

Die Tür rührte sich nicht.

Rilla lehnte die Stirn dagegen und rieb sich die Schulter. Jetzt war sie ausgesperrt, litt unter Jetlag und hatte noch dazu einen blauen Fleck.

»Es hilft, wenn man aufschließt.«

Rilla fuhr herum. Vorne am Gehweg zum Haus stand, eine Hand auf den Torpfosten gestützt, ein hochgewachsener, dunkelhaariger Mann, ein sonnengebräunter Outdoor-Typ in blauem Pullover, Jeans und robusten Arbeitsstiefeln. Er strich sich über seinen Dreitagebart und sah sie mit einem rätselhaften Blick an. Dann legte er den Kopf leicht schräg, als versuche er, sie einzuordnen. Rilla überlegte kurz, ob die Elster vielleicht Menschengestalt angenommen hatte, doch dann wurde ihr klar, dass Schlafmangel und Jetlag sie allmählich unzurechnungsfähig machten, und vor verschlossener Tür zu stehen gab ihr den Rest. Und jetzt auch noch – Unglücksvogel hin oder her – dieser Besserwisser, typisch Mann!

»Aufgeschlossen habe ich.« Ärgerlich deutete Rilla auf den Sicherheitsschlüssel, der im Schloss steckte. Mit mehr als ein bisschen Gewalt und voll verzweifelter Entschlossenheit hatte sie es geschafft, ihn umzudrehen.

»Stimmt«, der Mann nickte, »aber es ist deutlich leichter, ins Haus zu kommen, wenn man auch den Hauptschlüssel benutzt.« Er kam mit großen Schritten den Gehweg entlang und hob einen der Blumentöpfe an, die neben der Tür standen. Darunter lag ein großer, rostiger Eisenschlüssel. Der Unbekannte richtete sich auf und reichte ihn Rilla mit einem amüsierten Blick.

Sie nahm den Schlüssel entgegen und verschränkte die Arme. »Von zwei Schlüsseln hat mir niemand was gesagt.«

»Ach so.« Er wirkte ein wenig verlegen. »Als David weg ist – also, als er ins Krankenhaus kam –, ging das alles etwas schnell. Wir mussten noch ein paar Dinge regeln, und dieser Schlüssel ist in dem ganzen Chaos wohl übersehen worden. Das tut mir leid.«

Rilla hielt die Arme weiter verschränkt und sah ihn an. Ihr Gesicht verriet sie, so wie immer, sie schaffte es einfach nicht, eine neutrale Miene aufzusetzen. »Mir wurde mitgeteilt, dass ich problemlos ins Haus hineinkommen würde.« Sie klang eingeschnappt und sauer, denn genau das war sie auch. Und dazu müde und benommen, und außerdem meldeten sich gerade Tausende von Gefühlen, die sie tief in sich verschlossen hatte – bis zu diesem Nachmittag, an dem sie nach über zehn Jahren zum ersten Mal wieder vor dem Applemore Cottage stand. Und da kam ihr dieser nervige Mensch in die Quere. Sie wollte nur noch ins Haus, sich aufs Sofa schmeißen und mindestens hundert Jahre lang schlafen. War das denn zu viel verlangt?

»Soll das heißen, es ist meine Schuld?« Immer noch zuckte ein leicht belustigtes Lächeln um seine Mundwinkel.

»Haben Sie denn etwas zu verbergen?«

Er sah sie an, und etwas huschte über sein Gesicht, das sie nicht recht deuten konnte. »Nein, nichts zu verbergen, keine Hintergedanken. Die ganze Sache war einfach ein Versehen.«

»Hm.« Immer noch misstrauisch betrachtete Rilla den Schlüssel. Dann schob sie ihn in das alte Schloss unterhalb des Sicherheitsschlosses, das ihr vorher gar nicht aufgefallen war, und drehte ihn um. Als sie jetzt kräftig mit der Schulter gegen die Tür drückte, schwang diese weit auf, sodass sie fast in den Hausflur gestürzt wäre. Auf der Fußmatte lag ein Haufen Post. »Okay.« Sie drehte sich um. »Tut mir leid, ich wollte Sie nicht –«

Aber der Mann war verschwunden, genauso wie vor ihm die Elster, und Rilla stand mutterseelenallein im Flur des Pförtnerhauses von Applemore.

Erstes Kapitel

»Also, worum geht's?«

Lachlan Fraser schaute aus dem Fenster der Wohnung, in der er seit vier Jahren gemeinsam mit seinem Freund und Geschäftspartner Gus lebte. In der ganzen Zeit war ihm der Ausblick über die Wohnhäuser und Gebäude hinweg auf das schiefergraue Wasser des Firth of Forth nie langweilig geworden. Edinburgh war ihm die liebste Stadt auf der ganzen Welt, und er schätzte sich glücklich, hier zu leben. Oder besser, vorerst hier gelebt zu haben. Er wandte sich vom Fenster ab.

Gus krempelte die Ärmel seines blauweiß gestreiften Hemds auf und warf einen flüchtigen Blick in den Spiegel. Er war so blond, wie Lachlan dunkelhaarig war, und obwohl er Mitte dreißig war, waren seine Versuche, sich am Kinn mehr als einen hellen Stoppelflaum wachsen zu lassen, kaum der Rede wert. Seiner äußerst kostspieligen Freundin Lucinda schien das allerdings nichts auszumachen. Lachlan stöhnte innerlich, wenn er daran dachte. Sich eine Wohnung zu teilen hatte durchaus seine Schattenseiten, und dazu gehörte unter anderem, morgens um zwei mit einem Kissen über dem Kopf im Bett zu liegen, in dem Versuch, zu ignorieren, wie sein bester Kumpel und dessen Freundin, die praktisch bei ihnen eingezogen war, sich miteinander vergnügten.

»Lachlan?« Gus unterbrach ihn in seinen Gedanken.

Lachlan unterdrückte ein Gähnen. Er hatte ungefähr vier Stunden geschlafen, und die Aussicht auf den heutigen Tag war nicht gerade erfreulich. »Es geht um das Haus.«

»Mit Haus meinen wir vermutlich«, Gus zog sardonisch eine Augenbraue hoch, »eine imposante Burg mit Türmen in den Highlands?«

»Es ist keine Burg«, begann Lachlan zum hundertsten Mal, »es ist ein –«

»Na dann eben ein Schloss. Jedenfalls hat es Türme. Ist doch das Gleiche.«

»Du hast wohl einen im Turm!«

»Und du hast einen Dachschaden.« Gus lachte.

»Im wahrsten Sinne des Wortes. Aber du hast gleich auch was an der Backe!« Lachlan bewarf Gus mit einem von Lucindas teuren Untersetzern. Er flog wie ein Frisbee durch die Luft, nur knapp an seinem Ohr vorbei. Mit der blitzschnellen Reaktion des ehemaligen Rugbyspielers fing Gus das Flugobjekt auf.

»Schloss oder Burg – also, was ist los?«

»Sie haben die Erbschaftssteuer ausgerechnet.« Lachlan seufzte. »Und wir sollen über zweihundert Riesen aus dem Nichts herbeizaubern.«

»Super.« Gus setzte sich an den Küchentisch und streckte die langen Beine aus. »Du kannst ja einen alten Meister oder so was verkaufen. In eurer Halle hängen doch jede Menge Gemälde, ist da denn nichts dabei, was Geld bringt?«

»Du würdest dich wundern.« Lachlan dachte an die schäbige, früher so großartige Halle von Applemore House. Die einst in einem satten Weinrot gestrichenen Wände waren zu einem pudrigen Dunkelrosa verblasst, auf dem nur eine Reihe von Rechtecken noch das ursprüngliche Rot zeigte. Jedes dieser Rechtecke zeugte von einem finanziellen Desaster in der Familie Fraser – sie hatten praktisch alles verkauft, was irgendeinen Wert besaß. Jetzt hingen nur noch einige politisch inkorrekte Tierköpfe an den Wänden – einem davon baumelten bei Lachlans letztem Besuch zu Hause ganz unzeitgemäß Weihnachtskugeln am Geweih – sowie eine Sammlung von Porträts eindeutig glanzloser Vorfahren, die in Kilts und Jagdkleidung finster auf die Hausbewohner hinunterstarrten.

»Okay. Ich nehme an, dass ihr nirgends zweihundert Riesen rumfliegen habt, und ich weiß, dass auch wir von solchen Beträgen nur träumen können – also, was hast du vor?«

Lachlan griff nach seinem Handy, weil gerade eine Nachricht gekommen war. Seine Schwester Charlotte – er würde sie später anschauen und legte das Handy mit dem Display nach unten auf den Küchentisch.

»Ganz ehrlich? Ich hab keine Ahnung.« Doch Lachlan war weder sich selbst noch Gus gegenüber vollkommen ehrlich. Er wusste genau, was er tun musste – das Problem war nur, dass ihn das zum größten Arschloch der Welt machen würde.

»Du musst doch irgendeine Idee haben.«

Lachlan zögerte. »Erinnerst du dich an Felix Lowther? Meinen Freund aus Studienzeiten?«

»Vage.« Gus überlegte. »Langer Lulatsch, Golfspieler?«

Lachlan nickte. »Genau. Er ist jetzt oben in Perth Immobilienmakler. Verkauft Landhäuser und Gutshöfe und so.«

Gus fiel die Kinnlade herunter, als ihm klar wurde, was Lachlan da andeutete. »Du darfst nicht verkaufen!«

»Ach, verdammt noch mal.« Lachlan legte den Kopf in die Hände. Er lachte. »Jetzt fang bitte nicht damit an.«

»Aber es ist doch dein Erbe. Und euer Familiensitz. Es ist –«

»Eine marode, unpraktische, geldfressende alte Br…«

»Genau, eine Burg«, sagte Gus triumphierend.

»Du bist mir keine Hilfe.« Lachlan hob den Kopf wieder. Er betrachtete den Stapel Getränkedosen auf dem Tisch. »Ist es noch zu früh für ein Bier?«

»Es ist erst halb neun. Auf jeden Fall zu früh. Außerdem dürfen wir nicht anfangen, unsere Gewinne zu versaufen – zum Wahnsinn führt der Weg, wie Shakespeare schon sagte. Oder in den Alkoholismus.«

»Ja, ich weiß. War nicht ernst gemeint.« Oder doch?, dachte Lachlan und griff nach einer Bierdose. Er drehte sie in der Hand und betrachtete nachdenklich das neue Design.

»Du sitzt also voll in der Scheiße, mit einem Berg an Schulden und einer Burg, die du nicht verkaufen kannst …«

»Natürlich kann ich die alte Bruchbude verkaufen«, sagte Lachlan vernünftig. »Und ich werde noch diese Woche mit Felix sprechen.«

»Okay. Ich würde ja zu gern kommen und Mäuschen spielen, wenn du den drei Schwestern sagst, dass du sie obdachlos machen willst.«

»Prost, Kumpel.« Darüber wollte Lachlan jetzt wirklich nicht nachdenken.

»Es muss doch eine Lösung geben, auch ohne dass du die Frauen auf die Straße setzt. Ich meine, Charlotte käme schon klar – sie ist zäh wie altes Stiefelleder. Aber von Beth kannst du nicht erwarten, dass sie mit ihrer Gärtnerei mit allem Drum und Dran und sämtlichen Pflanzen umzieht. Sie hat so viel Zeit investiert, um die Sache zum Laufen zu bringen.« Damit sagte Gus ihm überhaupt nichts Neues, trotzdem rutschte Lachlan unbehaglich auf dem Stuhl herum, als er seine eigenen Gedanken laut ausgesprochen hörte.

»Und über Polly haben wir noch gar nicht gesprochen.«

»Ach, die liebe kleine Polly.« Gus hatte für die Jüngste in der Familie immer eine besondere Zuneigung empfunden, so als wäre er ihr großer Bruder. »Was hat sie denn jetzt vor?«

»Nicht viel«, sagte Lachlan. »Aber was auch immer es ist, sie tut es unter meinem Dach. Na gut, unter unserem Dach.«

»Sie soll mal lieber nicht zu lange die Füße stillhalten, sonst wird sie nass. Das Dach ist immer noch undicht, oder?«

»Überall.« Lachlan stöhnte. Das undichte Dach war nur eins der zahlreichen Probleme.

»Dieses Gespräch«, sagte Gus, indem er aufstand und Lachlan mit tadelndem Blick eine weitere Bierdose aus der Hand nahm, »führt zu nichts Gutem.«

Lachlan verzog das Gesicht und sah seinen Freund an. Seit er es Gus mitgeteilt hatte, war es eine Tatsache, und es gab kein Zurück.

»Ich glaube, ich muss für eine Weile nach Applemore und sehen, was ich tun kann, um da alles zu organisieren und –«

»Und mich mit einer Brauerei ohne Brauer alleinlassen.«

Lachlan wand sich. »Ja-a.«

»Woher hab ich gewusst, wo dieses Gespräch hinführen würde?« Gus stöhnte.

Lachlan und Gus waren seit Jahren befreundet. Sie hatten zusammen in Edinburgh studiert und mit den gleichen Leuten in Kneipen und Restaurants abgehangen. Lachlan hatte die Universität mit einem Abschluss in Geologie verlassen und mit der Überzeugung, dass er nicht die geringste Lust hatte, irgendetwas in Richtung Geologie anzufangen – was ein bisschen unglücklich war. Aber er kochte liebend gern. Er nahm einen Job im Restaurant eines Freundes an, und bevor er sich's versah, managte er das Lokal. Er hatte eine Nase für gutes Essen und gutes Bier und besaß die Gabe, interessante Craftbiere von kleinen, unabhängigen Brauereien auszuwählen. Daher war niemand überrascht, als er zusammen mit Gus – der zu der Zeit als Wissenschaftler in einem Forschungslabor der Universität arbeitete – beschloss, sich einen Nebenerwerb aufzubauen und eine Mikrobrauerei zu eröffnen. Schon die ersten Biere waren überraschend erfolgreich gewesen – von gelegentlichen Bierfassexplosionen abgesehen – und bald hatten die beiden den Sprung in die Selbständigkeit gewagt. Sie hatten ihre Jobs aufgegeben und ihr Erspartes in eine eigene kleine Brauerei investiert. Sie nannten ihre Marke Hedgepig Beers, und fünf Jahre später florierte das Unternehmen.

Hedgepig Beers bekam gute Kritiken, und Lachlans Fähigkeit, die Zutaten sorgsam aufeinander abzustimmen und so für eine gleichbleibend gute Qualität zu sorgen, führte dazu, dass ihr guter Ruf sich schnell verbreitete. Der quirlige, kontaktfreudige Gus war ein Genie in allem, was soziale Medien und Marketing betraf, und so wurde die Brauerei von Tag zu Tag bekannter. Sie konnten es überhaupt nicht gebrauchen, dass die Hälfte des Teams jetzt die Bühne verließ und in die Highlands verschwand, wo die Transportverbindungen schlecht und der Handyempfang noch schlechter war.

»Das bedeutet ja wohl, dass ich vorübergehend einen Ersatz für dich finden muss.« Gus seufzte.

»Für den Unersetzlichen.« Lachlan grinste.

»Achtung, dein Ego«, parierte Gus. »Niemand ist unersetzlich.«

»Hab gehofft, dass du genau das sagen würdest.« Lachlan sah seinen Freund an. »Da hab ich dich jetzt schön reinmanövriert, was?«

»Also gut.« Gus schüttelte den Kopf. Er nahm eine Bierdose in die Hand und las die Zutaten. »Das kann doch nicht so schwer sein.«

»Ist es auch nicht«, sagte Lachlan. »Du hast mir tausendmal dabei zugeguckt. Und du bist doch Chemiker, zum Teufel. Das müsstest du im Schlaf hinkriegen.«

»Für den Anfang würde ich es lieber im Wachzustand versuchen«, erwiderte Gus trocken. »Vielleicht können wir Lucinda überreden, das Marketing zu übernehmen? Sie hat ihren jetzigen Job bis oben hin satt.«

»Vielleicht.« Lachlan versuchte, unbeteiligt zu klingen. Gus' Freundin war bezaubernd, aber nur das Teuerste war ihr gut genug, und sie konzentrierte sich ganz darauf, das zu bekommen, was sie wollte. In letzter Zeit war ihr oberstes Ziel gewesen, Lachlan aus der Wohnung zu vertreiben, weil sie selbst einziehen wollte – sie würde bestimmt froh sein, überlegte er, wenn sie hörte, dass er auf dem Weg in den Norden war. Aber sie hatte ständig neue Ideen, wie die Brauerei mehr Geld abwerfen und größer werden könnte. Lachlan und Gus hatten schon viel Zeit darauf verwendet, ihr in aller Ruhe auseinanderzusetzen, dass eine Erhöhung der Produktion bei solchem Bier, wie sie es brauten, nicht unbedingt eine gute Sache war. Lachlan seufzte, als er daran dachte, wie es mit Hedgepig weitergehen würde, wenn Lucinda dauerhaft mit am Firmentisch saß, doch dann verdrängte er den Gedanken. Er musste sich jetzt auf Applemore konzentrieren, alles andere konnte bis später warten. Und im Moment hieß das, dass er irgendwie die kleine Summe von zweihunderttausend Pfund auftreiben musste ...

»Ich rede mit ihr.« Bei diesem Gedanken hellte Gus' Gesicht sich auf. »Sie wird sich riesig freuen, weißt du.«

»Ja.« Lachlan unterdrückte seine Bedenken und beschloss, sich auf das Positive zu konzentrieren. »Das ist toll, Gus, ich bin dir wirklich dankbar.«

»Kein Problem.« Gus stand auf und legte Lachlan die Hand auf die Schulter. »Du fährst nach Hause und kümmerst dich um alles, was mit Tod, Schulden und Verwahrlosung zu tun hat. Und ich halte hier alles am Laufen, bis du wiederkommst, und dann wird es so sein, als wärst du nie weg gewesen.«

Lachlan vermutete, dass das äußerst unwahrscheinlich war, aber er sagte nichts. Er musste seine Sachen packen und einen ganzen Haufen Dinge regeln, die mit der Brauerei zu tun hatten, bevor er in die Highlands aufbrechen konnte. Er sah zu Gus hoch und nickte ihm noch einmal dankbar zu.

»Du würdest das auch für mich tun«, sagte sein Freund. Zumindest in dieser Hinsicht waren sie absolut auf einer Wellenlänge.

*

Ein paar Tage später lud Lachlan seine Taschen ins Auto. Gus stand mit Lucinda auf der Treppe zur Wohnung. Er hatte ihr den Arm um die Taille gelegt und wirkte nachdenklich.

»Bleib nicht zu lange weg«, sagte er und klatschte Lachlan ab. »Ich werde meinen Saufkumpan vermissen.«

Lucinda tätschelte Gus den Bauch. »Vielleicht kriegst du deinen Rugbyspieler-Sixpack zurück, wenn du nicht mehr mit Lachlan auf Kneipentour gehst«, sagte sie spitz. »Er soll sich mit dem Wiederkommen lieber nicht beeilen.«

Lachlan wusste, dass das nicht nur scherzhaft gemeint war, und lächelte schwach. »Ehe ihr's euch verseht, bin ich zurück. Und ihr könnt jederzeit kommen und mich besuchen. Es ist ewig her, dass Gus bei uns oben im Norden war.«

»Sehr gerne«, sagte Lucinda, die von Landhäusern und

allem, was dazugehörte, fasziniert war. Lachlan glaubte allerdings, dass die abblätternde Farbe, der äußerst launische Boiler und der feuchte Keller sie weniger begeistern würden, aber er war nicht frei von Schadenfreude, und so stellte er sich genüsslich vor, wie ihr Gesicht aussehen würde, wenn sie ankam.

»Das ist ernst gemeint«, schob er nach. »Gebt mir die Chance, ein bisschen klar Schiff zu machen, und kommt dann mal übers Wochenende hoch.«

»Uuh«, gurrte Linda und wandte sich an Gus. »Ich muss mir unbedingt was Neues zum Anziehen besorgen. Das ist die Gelegenheit! Auf Balmoral ziehen sie sich offenbar dreimal am Tag um – als ich neulich beim Friseur war, hab ich das in der *Hello!* gelesen.«

Gus sah Lachlan an und zog eine Augenbraue hoch. »Zieht ihr euch auf Applemore auch noch dreimal am Tag um?«

»Wir haben das auf zweimal pro Tag beschränkt«, sagte Lachlan trocken. »Die Waschmaschine kam nicht mehr mit, und es ist furchtbar lästig, wenn man am Ende der Welt wohnt und den Abendanzug immer in die chemische Reinigung bringen muss.«

»Siehst du, Schätzchen.« Gus lachte. »Du wirst dein Ballkleid auf Applemore nicht brauchen.«

»Schade«, antwortete Lucinda pikiert.

»Ich bin sicher, dass du eine Gelegenheit findest, es zu tragen.« Auch Lachlan musste jetzt lachen. Er warf seine Schlüssel in die Luft und fing sie wieder auf. »Gut, ich hab alles.«

»Melde dich, wenn du angekommen bist, damit ich weiß,

dass du nicht nach Peru oder sonst wohin emigriert bist, um der dreifachen Bedrohung durch deine zornigen Schwestern zu entgehen.«

»Das wäre echt eine Möglichkeit.« Bei dem Gedanken an seine Schwestern wurde ihm etwas mulmig. »Sie werden sich kein bisschen freuen, vermute ich, ganz egal, was ich mir einfallen lasse. Ist ja auch kein Wunder, schließlich ist Applemore ihr Zuhause.«

»Hast du schon mit Felix gesprochen?« Sie waren so sehr damit beschäftigt gewesen, die letzten Dinge für die Brauerei zu planen und zu regeln, dass vieles andere unter den Tisch gefallen war.

»Ja, wir haben uns getroffen.«

Lachlan hatte Felix angerufen, und der war so scharf auf ein Gespräch gewesen, dass er gleich am nächsten Tag in sein schweineteures, superschnelles Sportcabrio gesprungen und aus Perth nach Edinburgh gekommen war. Nach einem köstlichen Mittagessen, von Felix bezahlt, hatte Lachlan seine missliche finanzielle Lage erläutert, und Felix hatte ihm versichert, dass reiche Amerikaner sich nach einem Landsitz wie Applemore die Finger lecken würden. Sie kauften große Anwesen in den schottischen Highlands auf und renovierten die dazugehörigen Schlösser oder Landhäuser im Handumdrehen. Lachlan hatte ein leichtes Ekelgefühl hinuntergeschluckt, als er sich vorstellte, wie das Zuhause seiner Familie mit teuren Tapeten in fünfzehn verschiedenen Tartan-Mustern tapeziert wurde, und er hatte sich bemüht, an die positiven Seiten dieses Verkaufs zu denken.

»Ich rede ausführlicher mit ihm, sobald ich mir das Haus richtig angesehen habe und weiß, was gemacht werden muss.«

»Guter Plan.«

Lachlan stieg ein. Lucinda stand immer noch neben Gus auf der Treppe. Offensichtlich konnte sie es kaum erwarten, wieder ins Haus zu gehen – für Ende September war es kalt, und bei dem Wind, der vom Firth of Forth heraufpfiff, war man schnell bis auf die Knochen durchgefroren.

»Geht wieder rein, ihr beiden. Ich melde mich im Laufe der Woche und berichte euch, wie es läuft.«

»Fahr vorsichtig«, sagte Lucinda mit einem winzigen Winken.

Gus klopfte zum Abschied auf das Autodach, und sie verschwanden im Haus.

Es gab Lachlan einen Stich, als er erkannte, dass es nie wieder so werden würde wie vorher. Dann drehte er den Schlüssel im Zündschloss und ließ die Stadt hinter sich.

Zweites Kapitel

Im Flur roch es nach Holzfeuer und alten Zeitungen. Als Rilla auf einen Lichtschalter drückte, wurde ihr klar, dass hier im Haus niemand etwas angerührt hatte, seit ihr Vater gestorben war.

Sie hob den Stapel Briefe von der Türmatte auf und ging in die Küche. Auf dem großen Küchentisch stand die Obstschale aus Keramik, die sie damals, als sie noch Kinder gewesen waren, auf einer Griechenlandreise gekauft hatten. Sie strich mit dem Finger über den Rand. Dann rückte sie sich einen Stuhl zurecht und setzte sich. Sie war viele Stunden unterwegs gewesen, und der Jetlag machte sie ganz wirr im Kopf. Die Augen fielen ihr zu. Wenn sie sich jetzt einen Moment ausruhte, konnte sie sich vielleicht gleich um alles kümmern ...

»Hallo?«

Schlagartig war Rilla hellwach. Sie legte die Hände auf die Tischplatte und stemmte sich mit einem Ruck hoch.

»Ist hier jemand?« Die Stimme war scharf, aber die Sprecherin hatte den vertrauten Akzent der Highlands, den Rilla so lange vermisst hatte.

»Äh – ich – ja, hallo.« Sie trat in den Flur. Da stand eine kleine Frau mit kurzem grauem Haar und einer übergroßen Schildpattbrille. Sie schien zu überlegen.

»Na so was«, sagte sie dann. »Unsere kleine Rilla Clark.«

Rilla musterte die Frau stirnrunzelnd und entschuldigte sich dann mit einem kurzen Lachen. »Verzeihen Sie, ich will nicht unhöflich sein …« Wie sagte man denn bloß einigermaßen verbindlich: *Ist ja schön, dass Sie mich kennen, aber ich kann Sie nicht einordnen*?

»Joan Grant.« Jetzt lächelte die Frau und ihr Gesicht hellte sich auf. In diesem Moment erkannte Rilla sie.

»Joan!«

»Ganz genau. Du hast dich kein bisschen verändert, aber ich bin zurzeit nicht wiederzuerkennen. Du hast eine Weile gebraucht, stimmt's?«

»Nur einen Moment«, flunkerte Rilla, »und auch nur, weil ich gerade am Küchentisch aufgewacht bin. Ich hab keine Ahnung, wie spät es hier ist, aber in meinem Kopf ist Schlafenszeit.«

»Und deswegen bin ich hier.« Joan betrachtete Rillas Gepäck, welches das Durcheinander im Flur noch vergrößerte. »Als ich von Ray hörte, dass er dich mit seinem Taxi hergebracht hat, dachte ich, ach, das arme Mädelchen, nach so einer langen Reise ist sie bestimmt fix und fertig, also bin ich rübergekommen. Mal sehen, ob wir etwas zum Abendbrot und ein bequemes Bett für dich finden.«

»Aber – hier ist doch ein Bett.« Das klang abweisender, als Rilla beabsichtigt hatte. »Ich meine, ich hab gedacht, ich mache mir das zurecht und fange dann morgen früh gleich mit der Arbeit an.«

»Dieses Cottage steht seit Monaten leer. Wenn es nach mir gegangen wäre und ich gewusst hätte, dass du kommst, dann hätte ich hier ordentlich geputzt und aufgeräumt, aber ...« Joan machte eine kleine Pause. »Also, ich wollte niemandem im Weg sein, und in letzter Zeit hat es viel Wirbel um Applemore gegeben, und ... Na ja, ich erzähle dir alles, wenn du dich ausgeruht hast. Du musst doch fix und fertig sein.«

Rilla nickte schwach. »Ja, ein bisschen schon.« Das Schläfchen am Küchentisch hatte nicht geholfen, eher im Gegenteil – sie fand es lächerlich, dass sie, obwohl sie so viel in der Welt herumreiste, vom Jetlag völlig platt war, aber von Westen nach Osten zu fliegen war einfach mörderisch. Ihr war schlecht, als wäre sie seekrank, und sie kam sich vor wie ein Heliumballon, der gleich in den Himmel hochschweben würde, wenn ihn nicht etwas am Boden festhielt.

»Schön. Hast du eine Tasche mit den Dingen, die du heute Nacht brauchst?«

Rilla nickte.

»Gut, alles andere kann bis morgen warten. Komm, wir fahren zu mir.«

Als Rilla in Joans Auto stieg, war ihr, als wäre sie wieder zwölf Jahre alt. Sie schnallte sich an und steckte die Schlüssel zum Cottage in ihre Handtasche, dann lehnte sie sich zurück und legte den Kopf an die Kopfstütze. Ihre Lider waren so schwer, dass sie ihre ganze Energie brauchte, um während der Fahrt nicht einzudösen. »Wo fangen wir an?« Joan klopfte mit ihren pink lackierten Fingernägeln aufs Lenkrad, während sie an einer Kreuzung wartete, bis ein Traktor mit Anhänger vorbeigerumpelt war. »Dein Vater würde sich wahnsinnig freuen, dass du wieder hier bist, das weißt du, oder?«

Rilla nickte.

»Es ist furchtbar schade, dass er seinen Ruhestand nicht hier oben verbringen konnte, so wie er es geplant hatte. Er war ein guter Mann.« Joan schüttelte den Kopf. »Und Krebs ist schrecklich. Ganz schrecklich.«

»Schrecklich«, stimmte Rilla zu.

»Ich hab selbst eine kleine Kostprobe davon gehabt«, erklärte Joan und deutete auf ihr Haar. »Deshalb die neue Frisur.«

Ach so – daher hatte Rilla sie nicht erkannt. Als sie Joan, die nicht nur eine Stütze des Dorfes, sondern auch sehr gut mit ihrem Vater befreundet gewesen war, das letzte Mal gesehen hatte, war ihr Haar lang und kastanienbraun gewesen. Dieser neue Kurzhaarschnitt hatte sie völlig verändert.

»Neue Frisur – ich staune selbst, aber das Grau gefällt mir recht gut. Und ich hab jetzt diese Brille, die mag ich eigentlich nicht so, und ich bin auch nicht mehr so rank und schlank wie damals, als wir uns zum letzten Mal gesehen haben.« Sie tätschelte sich den Bauch.

»Du siehst toll aus«, erklärte Rilla. »Die Brille steht dir super, finde ich. Sie passt sehr gut zu deiner Gesichtsform.«

»Findest du?« Joan wirkte etwas beschwichtigt.

»Ganz bestimmt.«

»Das ist sehr nett von dir.« Jetzt strahlte Joan.

Zehn Minuten später rumpelten sie die gepflasterte Zufahrt zu Joans Haus hinauf, das auf einem Hügel mit Blick über die Applemore Bay stand. Der Septemberabend war kühl, und über dem Schornstein kräuselte sich Rauch. Rilla zitterte vor Müdigkeit und Kälte.

»Komm rein«, sagte Joan und nahm ihre Tasche aus dem Kofferraum. »Jetzt mache ich dir ein Häppchen zu essen, und dann geht's ab ins Bett.«

»Das ist wirklich ganz lieb von dir«, sagte Rilla, als sie ins Haus und dann weiter in ein hübsches Wohnzimmer geschoben wurde. Auf schmucken, anscheinend neuen Sofas hockten dicke Kissen.

»Nicht der Rede wert. Ich war sehr gut mit deinem Vater befreundet, und wenn er noch hier wäre, würde er das Gleiche für meine Leute tun.«

»Na ja, er würde Tee kochen«, Rilla lächelte wehmütig, »aber ich bezweifle, dass er mehr zustande bringen würde.«

»Na gut, andere zu verpflegen war nie seine Stärke.«

»Wenn ich an die Sommer hier oben denke, erinnere ich mich vor allem an Instant-Nudeln, die man bloß mit kochendem Wasser aufgießen musste, und ab und zu gab es mal eine Steak-&-Kidney-Pastete von Fray Bentos aus der Dose.«

Joan lachte leise. »Also, ich habe eine schöne schottische Graupensuppe mit frischem Brot für dich, und vorhin habe ich Früchtekuchen gebacken. Das gibt dir eine gute Grundlage für die Nacht, und morgen früh überlegen wir uns dann, was nötig ist, um das Cottage bewohnbar zu machen.«

»Ach, ich bleibe nicht lange«, begann Rilla, aber Joan war bereits in die Küche verschwunden, wo sie fröhlich mit Tellern und Besteck klapperte und dabei vor sich hin trällerte.

Rilla war zu müde, um ihre Pläne weiter zu erläutern, daher setzte sie sich einfach hin und wartete ab. Eigentlich hätte sie Joan ihre Hilfe anbieten sollen, aber daran hatte sie gar nicht gedacht, und ...

»Oh, sieh mal einer an, du Schlafmützchen.«

Rilla riss die Augen wieder auf. »Ach je, tut mir leid.« Sie blickte auf die Uhr oben auf dem Kaminsims. Viertel nach fünf. Ihr Hirn schaffte es nicht, auszurechnen, wie spät es jetzt in Maine war oder wie viele Stunden sie vom Haus ihrer Schwester in Marblehead nach Boston und von da aus nach Edinburgh und dann mit Zug und Taxi in die Highlands hinauf gebraucht hatte. Sie wusste nur, dass sie nicht, auf gar keinen Fall, über dem Teller, den Joan ihr gerade so freundlich vorsetzte, einschlafen durfte.

»Wie geht's deiner kleinen Schwester?«, fragte Joan.

»Sally?«

Joan nickte.

»Gut. Sie ist verheiratet und lebt mit ihrem Mann in New England. Er ist Investmentbanker oder so was in der Art. Immer im Anzug und verdient einen Haufen Geld.«

»Dein Vater hat damals erzählt, dass sie eine gute Partie gemacht hat. Er sagte, in der Beziehung würde sie ihrer Mutter ähneln, während du eindeutig nach ihm kommst.«

»Schmuddelig und etwas chaotisch?« Mit einem Lächeln nahm Rilla sich ein Stück von dem selbstgebackenen Brot, das Joan auf einen kleinen Teller gelegt hatte.

»Ach, er hatte immer eine Schwäche für dich, das weißt du ja. Er war so stolz auf deine vielen Reisen. Es ist bloß schade, dass ihr in den letzten Jahren so wenig Zeit miteinander hattet.«

»Ich weiß.« Plötzlich wurde Rilla von Schuldgefühlen gepackt, und sie schämte sich. Sie hatte über E-Mails und Face-Time-Anrufe Kontakt zu ihrem Vater gehalten und ihm von ihren Abenteuern berichtet. »Man denkt immer, man hätte noch Zeit, oder?«

»Das stimmt.« Joan legte ihr die Hand auf den Arm. »Aber jetzt hab mal kein schlechtes Gewissen. Er hat sich so gefreut, wenn er von deinen Abenteuern erfuhr, und wer konnte wissen, dass er so schnell von uns gerufen werden würde?«

Rillas Unterlippe zitterte. Verflixt, jetzt bestand nicht nur die Gefahr, dass sie einschlief und ihr der Kopf in den Teller plumpste, sondern gleich würde sie auch noch in ihre Suppe flennen. Sie ballte die Fäuste und grub die Fingernägel in die Handflächen, ihre patentierte Methode, um nicht zu weinen. Es funktionierte.

Eine halbe Stunde später kuschelte Rilla sich in Joans Gästezimmer unter die Bettdecke. Ihre Sachen lagen ordentlich gefaltet auf dem Stuhl am Fußende des Bettes, und auf dem Nachttisch stand eine Tasse Tee. »Für den Fall, dass du Durst kriegst«, hatte Joan gesagt. Ganz kurz hatte Rilla das Gefühl, dass das Hinlegen sie von ihrem Jetlag geheilt hatte und dass sie aufstehen, zurück zum Cottage laufen und anfangen könnte, alles auszuräumen. Aber gleich darauf schlief sie tief und fest.

Als Rilla am nächsten Morgen erwachte, war es elf Uhr.

Einen Moment lang hatte sie keine Ahnung, wo sie sich befand. Das Bett, in dem sie die letzte Nacht vor ihrer Reise geschlafen hatte, hatte in Sallys makellosem, in neutralen Farben gehaltenem Gästezimmer gestanden. Hier aber waren die Wände rosa, und sie lag unter einer Decke mit einem Muster aus riesigen, knatschroten Hibiskusblüten. An den Wänden hingen Drucke von schottischen Landschaften, und auf dem Nachttisch lag ein etwas furchterregendes, kirschrot besticktes Deckchen, das aussah, als hätte man es aus dem Jahr 1964 herübergerettet.

Als Rilla sich aufsetzte, fiel ihr Blick auf den kalten Tee, und sie rieb sich die Augen. Wie hatte sie nur – sie zählte an den Fingern ab – fünfzehn Stunden schlafen können? Und noch dazu in einem fremden Haus?

Sie stieg aus dem Bett, zog sich an und überlegte, wo das Bad sein könnte. Gestern Abend war sie noch aufs Klo gegangen, aber sie war so jenseits von Gut und Böse gewesen, dass sie sich nicht recht erinnern konnte, welche Tür es gewesen war, und sie wollte nicht versehentlich in Joans Schlafzimmer hineinspazieren.

»Aha«, sagte Joan, als hätten Rillas Gedanken sie herbeigerufen. »Na bitte. Ausgeschlafen? Geht's dir jetzt besser?«

Rilla nickte. »Ja, danke. Viel besser.«

Joan deutete auf eine Tür im Flur. »Im Bad sind frische Handtücher, und in dem Körbchen auf der Fensterbank ist auch eine Zahnbürste, falls du eine brauchst. Shampoo und das alles ist in der Dusche. Bedien dich einfach. Ich mache dir was zum Frühstück.«

Rilla hatte vorgehabt, sich einfach zum Cottage davonzumachen, aber jetzt legte sie sich überrascht die Hand auf den Bauch, als wolle sie ihr lautstarkes Magenknurren dämpfen. »Das wäre wunderbar, danke.«

Sie spülte alle Gerüche von Flugzeugen und von der Reise ab und ersetzte sie durch die Düfte von Joans Shampoo und der Duschlotion von Marks & Spencer. Als sie nach unten kam, fühlte sie sich so gut wie seit Tagen nicht mehr.

Während Rilla am Tisch saß und darauf wartete, dass Joan ihr das Frühstück brachte, überlegte sie, wie seltsam es war, dass sie Hilfe von einem relativ fremden Menschen annehmen konnte. Aber Joans unkomplizierte Freundlichkeit machte es ihr leicht. Bei Sally dagegen hatte sie immer ein vages Schuldgefühl, als wäre sie nicht gut genug, und daher glaubte sie, sich ihrer Schwester alle fünf Sekunden als Babysitterin anbieten zu müssen, als Gegenleistung für ihren Aufenthalt dort ... Sally würde natürlich sagen, dass sich das ausschließlich in ihrem Kopf abspielte. Grund dafür war vermutlich ihre Mutter mit ihrer merkwürdigen, etwas distanzierten Art den Kindern gegenüber. Ihr Vater war chaotisch, aber liebevoll gewesen, ihre Mutter dagegen spröde, ständig besorgt, was andere Leute denken könnten, und immer sehr kritisch. Das machte Besuche bei ihrer Familie so anstrengend, dass Rilla versuchte, sie weitestgehend zu vermeiden. Kein Wunder, dass sie einen großen Teil der letzten zehn Jahre in der ganzen Welt unterwegs gewesen und damit alldem aus dem Weg gegangen war.

»Du freust dich bestimmt darauf, die Frasers wiederzusehen, hab ich recht?« Joan musterte sie über ihren Teebecher hinweg.

»Sind sie denn noch hier?« Das hatte Rilla sich schon auf der Reise gefragt – ob die Frasers noch auf Applemore lebten? Würden sie sich überhaupt noch an sie erinnern? Es war so lange her ...

»Aber natürlich, sie schwirren weiter hier herum, jede auf ihre Weise. Weißt du eigentlich schon, dass Hector Fraser nicht lange nach deinem Vater verstorben ist?«

Rilla schüttelte den Kopf.

»Dass wir die beiden so kurz nacheinander verloren haben – das war ein schwerer Schlag. Und jetzt hat der junge Lachlan die Zügel in der Hand, aber davon merkt man nicht viel. Er ist meistens in Edinburgh. Ein Glück, dass die Mädchen da sind und dafür sorgen, dass alles läuft. Ein Anwesen wie Applemore ist nicht gerade pflegeleicht.«

Rilla kaute nachdenklich ihren Toast. Sally und sie hatten früher häufig die Sommer auf Applemore verbracht und viel mit den Fraser-Mädchen, die etwa im gleichen Alter gewesen waren, gespielt. Lachlan war ein paar Jahre älter gewesen und mehr für sich geblieben, aber Beth, Charlotte und Polly hatten mit ihr und ihrer Schwester herumgetobt, sie hatten sich von Kopf bis Fuß mit Schlamm eingeschmiert und sich jede Menge Ärger eingehandelt. Ihre gemeinsamen Abenteuer hatten Rilla immer an das Buch *Der Kampf um die Insel* erinnert, das sie als Kind verschlungen hatte. Sie hatten gezeltet, Boote gebaut und einmal aus Versehen den Heuschober angezündet. Bei der Erinnerung daran verzog

Rilla das Gesicht. Was für ein Glück, dass Hector, der Vater der Mädchen, genau im richtigen Augenblick vorbeigekommen war, um das Feuer zu löschen. Er hatte sie zornig angebrüllt, mit einem Temperament, das zu seinem roten Haarschopf passte. Das war in ihrem letzten Sommer auf Applemore gewesen, überlegte Rilla. Danach war ihre Mutter so verärgert gewesen, dass sie Sally und ihr nicht mehr erlaubt hatte, nach Applemore zu fahren. Im folgenden Jahr hatte ihre Mutter in letzter Minute umorganisiert, sodass die Schwestern die Ferientage mit ihrem Vater in Edinburgh verbrachten statt in den Highlands.

»Kann ich dir noch irgendetwas holen?«

Rilla fuhr zusammen. »Tut mir leid, ich habe geträumt.«

»Das wundert mich nicht, meine Liebe, du bist bestimmt immer noch erschöpft. Sag Bescheid, wenn du so weit bist, dann fahre ich dich zum Cottage zurück. Aber das hat keine Eile.«

»Das wäre ganz toll, danke – und überhaupt ganz vielen Dank, Joan. Das ist total nett von dir.«

»Es war das Mindeste, was ich tun konnte.«

»Lass mich wenigstens beim Abwaschen helfen.«

»Nichts da. Dafür hab ich eine Spülmaschine.« Bevor Rilla zugreifen konnte, hatte Joan ihr schon lachend Teller und Tasse vor der Nase weggeschnappt.

»Die Buschtrommeln sind bestimmt schon aktiv, ich denke, da solltest du dich auf eine Menge Besuch gefasst machen, der nur mal eben reinschauen will«, bemerkte Joan weise, als sie über die kurvenreiche Straße Richtung Applemore

Estate fuhren. Sie kamen an einer Weide vorbei, auf der die Kühe sich unter einem Baum zusammendrängten, dessen Blätter eine erste Ahnung von Herbstfärbung zeigten. »Du hast einen herrlichen Sommer verpasst. Aber wir haben hier oben auch schöne Winter.«

»Ich ...« Rilla öffnete den Mund und schloss ihn wieder. Warum auch immer, Joan hatte es sich in den Kopf gesetzt, dass sie den Winter hier oben im Cottage, dem früheren Pförtnerhaus des Gutes, verbringen wollte, und Rilla hatte nicht die Energie, ihr zu erklären, dass sie das keineswegs vorhatte. Nur lächelnd zu nicken war einfacher. »Nachdem ich jetzt richtig ausgeschlafen habe, fällt es mir bestimmt leichter, die Sache hier in Angriff zu nehmen«, sagte sie, als Joan vor dem Cottage hielt.

»Bist du sicher, dass ich heute nicht mit anfassen soll?«

Rilla schüttelte den Kopf. »Das ist wirklich lieb von dir, aber ich möchte einfach ein bisschen herumkramen. Ich glaube nicht, dass ich gleich loswirbeln werde.«

Joan nickte. »Klar. Und außerdem brauchst du sicher ein bisschen Zeit mit den Sachen deines Vaters. Ich glaube, es ist alles noch da. Es ist so schade – er hatte immer davon geträumt, ganz und gar hierherzuziehen, und kurz nachdem sich dieser Traum endlich erfüllt hatte, musste er gehen. Man weiß nie, wann das letzte Stündlein geschlagen hat, oder?«

»Dad hätte gesagt, ›wenn deine Zeit um ist, ist deine Zeit um‹«, sagte Rilla nachdenklich.

»Das stimmt. Für Gefühlsduselei hatte er nicht viel übrig.«

»Genau.« Rilla gab Joan zum Abschied einen Kuss auf die Wange. »Danke noch einmal. Ganz lieb von dir.«

»Wenn du möchtest, komme ich in ein paar Tagen vorbei und gucke, wie du vorankommst. Hier ist meine Festnetznummer.« Joan kritzelte Ziffern auf ein Stück Papier und reichte es Rilla. »Ich glaube, das Telefon ist noch angemeldet – wenn nicht, ist das blöd, denn der Handyempfang ist hier ziemlich schlecht. Den besten Empfang hat man, wenn man ein Stück auf den Achiltie da hochgeht.« Joan deutete auf einen Hügel jenseits eines Sträßchens, das von der Straße nach Applemore abzweigte. »Da oben kannst du deine Nachrichten checken.«

Rilla war es gewohnt, sich an abgelegenen Orten aufzuhalten, wo sie keinen Internetzugang hatte, daher machte sie sich deswegen keine Sorgen. Sie winkte Joan zum Abschied und betrat das Haus. Je eher sie hier alles geregelt hatte, desto eher konnte sie Applemore den Rücken kehren …

Als sie am nächsten Morgen unter einer etwas muffig riechenden Decke mit einer Tasse schwarzem Tee im Bett lag – sie musste unbedingt einkaufen, und zwar bald –, überlegte Rilla, dass es wohl am besten war, wenn sie einen Plan machte. Sie hatte keine Ahnung, wo sie anfangen sollte. Vielleicht mit einer Liste? Oder besser mit mehreren Listen. Sie hatte im Haus ein ziemliches Durcheinander vorgefunden, darunter viele Dinge, an die sie sich aus den Ferienzeiten mit ihrem Vater erinnerte, bloß dass alles noch tausendmal chaotischer war als früher. Das Vernünftigste war wohl, einen Container zu mieten, in den sie einfach alles hineinschmeißen konnte. Aber gab es hier oben überhaupt eine Containervermietung? Vielleicht konnte sie die Sachen auch einfach durchsortieren und das, was noch zu gebrauchen war, in einen Laden bringen, der es für wohltätige Zwecke verkaufte. Den Recyclingmüll müsste man wohl – sie verzog das Gesicht bei dem Gedanken – zu einem Verwertungshof fahren. Oder sollte sie alles verbrennen? Es lag zwar eine Menge Krimskrams herum, aber das Zeug einfach anzuzünden erschien Rilla dann doch etwas zu radikal. Im Kopf hörte sie die Stimme ihres Vaters, der ihr sagte, es seien doch bloß Dinge – es war paradox, dass er ein so entspanntes Verhältnis zu Besitztümern hatte, dass sein Haus aber von oben bis unten mit Zeug vollgestopft war, weil er geglaubt hatte, er könnte die Sachen vielleicht irgendwann noch gebrauchen. Wie auch immer, sie würde das Problem nicht lösen, indem sie im Bett liegen blieb und ekelhaften Tee trank. Rilla beschloss, sich zusammenzureißen, aufzustehen, rauszugehen und ins Dörfchen Applemore zu fahren.

Sie zog sich rasch an und drehte ihr Haar zu einem strubbligen Knoten auf. Als sie sich durch den Staub auf dem Flurspiegel hindurch betrachtete, sah sie, dass die Anstrengungen der Reise ihr schwarze Ringe unter den Augen und eine vampirhafte Blässe beschert hatten. Jegliche Bräune, die sie der Spätsommersonne in Sallys Garten verdankt hatte, war verschwunden, und ihre Sommersprossen hoben sich wie Nadelstiche von ihrer Haut ab. Ein bisschen Bewegung und frische Luft würden hoffentlich dagegen helfen. Immerhin schien die Sonne, sodass es nicht so kalt war – trotzdem war es hier wesentlich kühler als in Neuengland. Der Herbst machte sich bemerkbar. Rilla beschloss, den dicken Guernsey-Pullover ihres Vaters überzuziehen – er war ihr viel zu groß, aber sie krempelte die Ärmel auf. Es war schön, ihn anzuhaben – fast so, als würde ihr Vater sie begleiten, um sie moralisch zu unterstützen.

Sein altes Fahrrad lehnte im Esszimmer an der Wand, hinter zwei riesengroßen Kartons, die mit uralten Heften von *The New Scientist* gefüllt waren. Rilla merkte, dass sie jedes Mal, wenn sie einen Raum betrat, im Geiste schon eine Liste machte, was wohin sollte, wenn ihr erst einmal klar war, wie sie vorgehen wollte. Es war einfach so viel. Sie schob die Kartons zur Seite und atmete erleichtert auf, als sie dabei ein kleines Gerät entdeckte – das war eindeutig ein Router. Sie zog ihr Smartphone aus der Tasche und stellte die Verbindung her. Sofort erschien eine ganze Reihe von Nachrichtenmeldungen. Die konnten alle warten, entschied Rilla, bis auf die Nachricht von Sally. Sie guckte auf die Uhrzeit. Sally schlief wahrscheinlich, trotzdem wollte sie ihr sofort mitteilen, dass sie heil angekommen war.

Bin hier, tippte sie, *ist so chaotisch, wie zu erwarten war. Küsse für die Kinder (und für dich).*

Rilla blickte sich im Raum um. Ihr Vater war tagsüber Professor für Genetik an der Universität in Edinburgh gewesen und abends ein leidenschaftlicher Bastler und Erfinder. Als sie klein war, hatte sie immer gefunden, dass er Wallace ähnelte, dem Erfinder der *Techno-Hose*. Leider war es ihm nie gelungen, etwas genauso Spannendes zu schaffen, aber er fummelte ständig an Leiterplatten und irgendwelchen Teilen aus Holz oder Kunststoff herum und war unglücklich, wenn er nicht basteln konnte. Rilla rechnete fast damit, dass auch an seinem Fahrrad irgendein merkwürdiger Apparat angebracht war oder dass Flammen aus den Reifen schießen würden. Als sie das Rad über ein paar kleinere Kartons hob und es durch den Flur schob, stellte sie jedoch mit Erleichterung fest, dass es ein ganz gewöhnlicher – wenn auch für sie etwas zu großer – alter Drahtesel war.

Während sie auf dem schmalen Sträßchen nach Applemore radelte, war sie überrascht, wie gut die Landschaft sich ihrem Gedächtnis eingeprägt hatte. Hinter ihr ragten die hohen Berghänge auf. Am Morgenhimmel über ihr waren noch zartrosa Streifen zu sehen, und vor ihr in der Ferne hob sich die Isle of Skye vom Blau ab. Hier und da verstreut sah Rilla weiß gestrichene Cottages und das langgestreckte, von Kiefern umgebene Farmhaus aus Feldsteinen. Auf der Weide grasten zwei braune Pferde. Und da waren auch schon der handgemalte Wegweiser zur Meierei und die Weide mit schwarzbunten Kühen, die mit dichten, mit Beeren beladenen Hecken eingefriedet war.

Die Stille war fast überwältigend. Auf der Hügelkuppe vor dem Dorf hielt Rilla an, und als sie einen Moment horchte, wurde ihr klar, dass es eigentlich alles andere als still war. Das Vogelgeschrei war ohrenbetäubend – über ihr kreisten Möwen, und in den Hecken flatterte und zwitscherte es. Eine Kuh muhte klagend, und irgendwo blökten Schafe. Aber was man hier nicht hörte, war Verkehrslärm. Überhaupt gab es keine Anzeichen für menschliches Leben. Das war ein bisschen unheimlich – selbst wenn sie sich an entlegenen Orten aufgehalten hatte, waren normalerweise Menschen in der Nähe gewesen, hatten auf den Feldern gearbeitet oder waren unterwegs gewesen. Hier aber war keine Menschenseele zu sehen.

Rilla stieß sich ab und ließ das Fahrrad den Hügel hinunterrollen, bis zum Dorf. Das Meer wurde sichtbar und dann der weite weiße Sandstrand der Applemore Bay. Ihr ging das Herz auf. Es war so schön, wieder hier zu sein, auch wenn es nur für kurze Zeit war. Kein Wunder, dass ihr Vater in dieser Gegend seinen Ruhestand hatte verbringen wollen.

Das Dorf Applemore war immer noch so hübsch, wie sie es in Erinnerung hatte. Die Straße verlief dicht an der Küste und bog hinter einer Reihe von weißgestrichenen Fischerkaten landeinwärts ab. Die Häuschen hatten bunte Türen, und vor allen hingen Blumenkörbe, die sanft im Seewind schaukelten. Leuchtend rote Geranien in Töpfen schmückten die Eingangstreppen.

Rilla sprang vom Rad. Während sie es weiterschob, nahm sie alles in sich auf. Im alten Postamt befand sich jetzt ein hübscher kleiner Buchladen mit Bücherstapeln und bunten Postern im Fenster. Ein Schild an der Tür verkündete, dass der Laden von Montag bis Mittwoch geschlossen hatte, dass man die Bücher aber im Internet bestellen könne. Rilla nahm sich vor, im Laufe der Woche wiederzukommen und sich etwas Schönes zum Lesen zu gönnen.

An der Ecke der Hauptstraße entdeckte sie einen neuen – oder zumindest für sie neuen – Kindergarten. In den Fenstern und über der Eingangstür hingen fröhliche Wimpelketten. Hinter dem Zaun rannte eine Horde kleiner Kinder herum. Sie spielten irgendein Spiel, bei dem sie von einer hübschen Frau mit blondem Pferdeschwanz verfolgt wurden. Ein Schild besagte, dass die Einrichtung von *Education Scotland* als »Exzellent« eingestuft worden war und dass Poppy Harris die Leitung hatte. Bei so viel Leben und Vitalität mitten im Ort lachte Rilla das Herz.

Zwei Häuser weiter war die Tierarztpraxis, vor der ein teurer Range Rover parkte. Eine Frau mit rotem Haar und ernstem Gesicht saß am Empfangstresen. Als sie sah, dass Rilla durch die Glastür lugte, blickte sie auf und lächelte zur Begrüßung. Rilla war es ein bisschen peinlich, dass sie so neugierig gewesen war, und sie winkte schüchtern.

Es wunderte sie, dass ihr nach dieser langen Zeit alles noch so vertraut erschien. Sie erinnerte sich daran, wie sie mit Sally und den Fraser-Schwestern hier entlanggegangen war, das Taschengeld fest in der Faust, und wie sie geplant hatten, was sie im kleinen Dorfladen kaufen würden.

Und da war er schon. Die Holztür mit ihrem verblichenen Grün und die schaukelnden Schilder, die den Verkauf von Eiscreme und Zeitungen bekanntgaben, hatten sich in all den Jahren nicht verändert.

Rilla legte die Hand auf die Türklinke und blieb einen Moment lang stehen, bevor sie den Laden betrat.

Drittes Kapitel

»Es ist eine allgemein anerkannte Wahrheit, dass ein junger Mann, der ein schönes Vermögen besitzt, nichts nötiger braucht als eine –«

»Tasse Kaffee«, sagte Lachlan Fraser, und der Blick, den er seiner jüngsten Schwester Polly dabei zuwarf, bedeutete: »Halt den Mund.«

»Ich sag's ja nur.« Sie schnitt eine Grimasse.

»Bitte nicht.« Lachlans Tonfall war gespielt streng, und Polly wusste ganz genau, dass er es nicht so meinte.

Er sah ihr zu, als sie sich auf die Arbeitsplatte neben dem riesengroßen, launenhaften Aga hochschob, der eindeutig bessere Tage gesehen hatte. So wie fast alles in Applemore House, dachte Lachlan und warf einen Blick auf das Bündel von Rechnungen, das am Morgen mit der Post gekommen war. Es wäre einfacher, diesen alten Kasten anzuzünden, als sich um das alles zu kümmern. Das war tatsächlich ein verführerischer Gedanke.

Vor zwei Tagen war er wiedergekommen, in Sturm und Regen, die seine Gefühle zu seinem Aufenthalt hier auszudrücken schienen. Das Wasser war ihm in den Nacken getropft, als er seine Taschen aus dem Kofferraum gehievt hatte, und als er duschen wollte, um sich aufzuwärmen, stellte er fest, dass der uralte Boiler mal wieder schlappgemacht hatte. Schließlich stocherte er mit einem Schraubenschlüssel aus dem fast leeren Werkzeugkasten seines Vaters in dem Gerät herum, um herauszufinden, was los war. Als ihm das endlich gelungen war, hatte Polly auf dem Aga auf die Schnelle ein Abendessen zubereitet, und er hatte die Dusche ausfallen lassen und lieber mit seiner jüngsten Schwester Neuigkeiten ausgetauscht. Sie hatten eine Flasche Rotwein geleert, und als er dann ins Bett ging, war er so müde gewesen, dass er gar nicht bemerkt hatte, wie der Wind durch das undichte Fenster pfiff. Das war ein Vorteil, dachte Lachlan und lächelte ironisch. Er musste sich auf das Positive konzentrieren.

»Ich weise nur darauf hin«, sagte Polly und deutete wie beiläufig auf den Papierkram auf dem großen Küchentisch, »dass das alles kein Problem mehr wäre, wenn du dich mit Arabella zusammentun würdest.«

»Zusammentun?« Pollys Definition des Positiven war definitiv beängstigend.

Lachlan lehnte sich zurück, verschränkte die Hände hinter dem Kopf und legte die Füße auf den Tisch. Er sah sich in der schäbigen Küche um. Früher einmal musste sie großartig gewesen sein, aber daran konnte Lachlan sich nicht erinnern. Er und seine Schwestern waren in diesem behaglichen, wenn auch leicht verwahrlosten Ambiente aufgewachsen. Inzwischen brauchte es hier aber unbedingt ... ja, was? Ein neuer Anstrich wäre ein Anfang, aber lediglich bloße Kosmetik. Nichts gegen Kosmetik, dachte Lachlan, gelegentlich gefiel ihm so was ganz gut. Aber dieses Haus hing ihm einfach wie ein riesengroßer, verdammt lästiger Mühlstein um den Hals.

»Ich vermute, dass arrangierte Ehen damals im Landadel absolut üblich waren.« Polly zuckte die Achseln. »Ich sag's ja nur.«

»Wenn du nicht endlich mit deinem *Ich sag's ja nur* aufhörst, passiert gleich ein schreckliches Verbrechen.« Lachlan streckte die Arme in ihre Richtung aus und machte mit den Händen eine würgende Bewegung. »Ich sag's ja nur.«

Polly kicherte. »Arabella Roxburgh ist schrecklich nett, auch wenn sie ein Pferdegesicht hat – und sie ist durch und durch single. Außerdem hat sie Geld wie Heu, und wenn ihre Eltern den Löffel abgeben, erbt sie das ganze Gut Lochbrannoch. Das kann nicht mehr lange hin sein. Bloß –« Mit einem Grinsen verstummte Polly.

»Okay. Beginnen wir mit den Fakten.« Stöhnend schüttelte Lachlan den Kopf. »Dir ist doch klar, dass die meisten Eltern erst im hohen Alter sterben, oder? Dass unsere schon mit Anfang sechzig das Zeitliche gesegnet haben, heißt nicht, dass die Roxburghs dir den Gefallen tun würden, auch so früh abzutreten. Das ist das Erste. Und dann kommt die ganz unwesentliche Tatsache, dass ich Arabella nicht im Geringsten attraktiv finde, und das ist –«

»Du könntest *lernen*, sie zu lieben.«

»Das hat Dad immer in Bezug auf Rotkohl gesagt, und weißt du was? Den mag ich bis heute nicht. Ich bin mit meiner derzeitigen Situation ganz zufrieden, vielen Dank. Arabella ist eine wirklich nette Frau, aber ich habe nicht das geringste Interesse daran, unsere beiden Haushalte zusammenzulegen.«

Plötzlich sah Lachlan seinen Vater vor sich, der ein hoffnungsloser, aber unbeirrbarer Koch gewesen war. Nachdem ihre Mutter sich verabschiedet hatte, hatte er lernen müssen, gleichzeitig Applemore zu verwalten und sich um vier Kinder zu kümmern, die Essen, Kleidung und Geborgenheit brauchten. Zum Glück war Joan dagewesen, ihre Haushälterin, die jeden Morgen gekommen war und den Haushalt trotz ihres mageren Lohns und des heillosen Durcheinanders mit grimmiger Entschlossenheit am Laufen gehalten hatte.

»Bestimmt ist die gesamte weibliche Bevölkerung von Edinburgh glücklich, wenn sie hört, dass du single bleiben willst.«

Lachlan seufzte. Seine kleine Schwester war überzeugt, dass er – als Erbe von Applemore und Mitbewohner in Gus' schicker Wohnung in Edinburgh – ein ganz wildes Liebesleben hatte. Dabei war er aber, abgesehen von verschiedenen kurzen Techtelmechteln, eingefleischter Single geblieben. Er hatte seine Gründe, doch er wollte Polly ihre Illusionen nicht rauben, indem er diese Gründe jetzt auf den Tisch packte. »Du bist unmöglich, und außerdem irrst du dich gewaltig. Es gibt keine Frauen in meinem Leben. Und im Übrigen geht dich das nichts an.«

»Also das perfekte Timing für dich und Arabella«, neckte Polly ihn mit Singsangstimme. Diese Schwester war einfach unmöglich.

»Ich werde mich nicht verkuppeln lassen, bloß um hier den Karren aus dem Dreck zu ziehen, ganz egal, wie gern du das vielleicht hättest.« Lachlan schüttelte den Kopf. Manchmal wünschte er sich Pollys sonnigen Optimismus – oder war es blinde Zuversicht? Wie auch immer, sie erwartete von ihm, dass er die tausendundeins Schwierigkeiten, mit denen Applemore House gerade zu kämpfen hatte, bewältigen würde. Lachlan atmete ganz langsam aus. Er musste eine Lösung finden.

Als könnte sie Gedanken lesen, streckte Polly ihm die Zunge heraus, sodass er wider Willen lachen musste. Mit ihren fünfundzwanzig Jahren war sie die Jüngste der vier Geschwister, das Nesthäkchen der Familie. Er sah ihr zu, als sie jetzt auf ihrem Handy herumscrollte und ihre Zungenspitze erschien, wie immer, wenn sie sich konzentrierte. In den vergangenen Jahren hatte sie als Kindermädchen für eine Familie in London gearbeitet, aber als ihr Vater starb, war sie nach Applemore zurückgekehrt, und vorerst wollte sie anscheinend hierbleiben. Lachlan unterdrückte einen Seufzer. Es wäre viel leichter, wenn seine Schwestern nicht so an diesem blöden Anwesen hängen würden.

»Wo ist Beth?«

»Sie kommt gleich, hat sie gesagt. Sie fährt gerade noch die Kleinen spazieren, sie sollen im Buggy einschlafen.«

Dann fehlte nur noch Charlotte. Wenn er alle drei Schwestern zur selben Zeit am gleichen Ort versammeln könnte – was eigentlich, da sie alle drei auf Applemore oder ganz in der Nähe lebten, einfach sein sollte –, könnten sie sich an einen Tisch setzen, und er könnte über seinen Plan sprechen. Lachlan zog sein Handy heraus und checkte WhatsApp.

Bist du unterwegs?, tippte er rasch.

Sofort. Muss noch schnell ein Ferienhaus checken, da ist im Bad was undicht.

Charlotte war diejenige, auf die er sich immer verlassen konnte. Sie war ihm im Alter am nächsten, mit ihren dreiunddreißig Jahren ebenfalls Single, und sie konzentrierte sich ganz auf die Ferienhausvermietung, die sie in den letzten Jahren aufgebaut hatte. Sie hatte mehrere der alten Landarbeiterkaten in moderne, ansprechende Feriendomizile verwandelt, und mittlerweile waren sie praktisch das ganze Jahr über ausgebucht.

Das war zurzeit das einträglichste – nein, das einzige einträgliche Unternehmen auf dem Gut, und Charlotte führte es auf ihre effiziente, pragmatische Weise.

Als ihre Mutter Applemore verlassen hatte, hatte Charlotte die Rolle der Frau des Hauses übernommen und war schnell erwachsen geworden. Sie war tüchtig und kompetent und betrachtete das Leben kühl und vernünftig. Ihr jüngster Plan war, vor einem Waldstück direkt an der malerischen Küste eine Reihe von Ferienhäusern im Blockhausstil zu errichten. Es gab dort einen schmalen privaten Sandstrand und Sonnenuntergänge, die zu schön waren, um wahr zu sein. Solche Häuschen würden sich wahnsinnig gut verkaufen, wenn … Er wurde ganz verzagt, wenn er daran dachte, wie er den Schwestern seine Pläne erläutern sollte.

Außerdem war da noch Beths Gärtnerei. Beth hatte sie in den letzten Jahren aufgebaut, in dem verwilderten Nutzgarten des Gutshauses, der ganz von einer Mauer umgeben war.

Sie hatte die Fläche gerodet und die kaputten Glasscheiben der alten Gewächshäuser ersetzt. Jetzt war der Garten im Sommer eine Farbenpracht, und Beths Sträuße und Gestecke waren auf Hochzeiten und bei anderen Veranstaltungen der Hit. Vielleicht gab es eine Möglichkeit, dass sie den Betrieb weiterführen konnte, wenn ...

Kaum dachte er an Beth, da ... Lachlan drehte sich um, weil er draußen Kies knirschen hörte. Da kam sie mit ihrem dreirädrigen Doppelbuggy. Ihr aschblondes Haar hatte sie zu einem Knoten hochgesteckt, und einige lange Locken fielen ihr ins Gesicht. Während er sie beobachtete, schob sie mit dem Unterarm eine Strähne zurück, die ihr aber sofort wieder über die Augen fiel. Es war witzig – Beth hatte noch die gleichen Angewohnheiten wie als kleines Mädchen. Selbst damals schon war sie am glücklichsten gewesen, wenn sie im Garten herumbuddeln konnte. Jetzt blieb sie kurz stehen und bückte sich, um ein paar Handvoll Unkraut auszurupfen, das sich durch den Kies der Auffahrt gekämpft hatte. Trotz seiner Sorgen musste Lachlan lächeln. Das ganze Anwesen hatte eine Generalüberholung nötig, aber Beth nahm sich die Zeit, ein paar Disteln auszureißen.

»Pscht«, sagte sie, als sie kurz darauf in die Küche kam. Sie deutete auf die Tür. »Ich hab die beiden in der Stiefelkammer geparkt. Hoffentlich bleiben sie ein Weilchen still.«

Mabel und Martha, zwei Springer Spaniels, blickten von ihrem Lager neben dem Aga auf. Die beiden braun gescheckten Jagdhunde wedelten zur Begrüßung.

Beth griff nach dem Wasserkessel, der auf dem Herd

stand, und schüttelte ihn hoffnungsvoll. »Warum ist hier nie was drin?« Kopfschüttelnd ging sie zur Spüle hinüber. »Wenn ihr Wasser nachfüllen würdet, könnte man sich schnell einen Tee machen und müsste nicht ewig warten, bis es heiß ist.«

»Weil wir nicht täglich unser Körpergewicht in Tee schlürfen?« Polly grinste. »Wir könnten ja auch einen elektrischen Wasserkocher besorgen«, schlug sie hilfsbereit vor.

»Nein danke.« Beth schüttelte den Kopf. »Wie auch immer. Kaffee. Ich brauche einen Koffeinstoß. War die halbe Nacht auf, weil die Zwillinge zahnen. Du auch Kaffee, Lachlan?«

»Gerne.« Er betrachtete die Papiere auf dem Tisch. Jetzt, da das von ihm organisierte Familientreffen unmittelbar bevorstand, war ihm unbehaglich zumute. Die Verantwortung lastete schwer auf ihm, und das war der Grund, warum ihm das Amt des Familienvorstands, das er zusammen mit dem Haus geerbt hatte, nicht gefiel.

»Hab ich irgendwas Spannendes verpasst?« Beth öffnete die Schränke und suchte drei ungleiche Becher heraus, dann holte sie die Milch aus dem Kühlschrank.

»Nicht viel.« Polly saß immer noch auf der Arbeitsplatte, wie ein Kind, das man auf diese Weise aus dem Weg geschafft hat, und baumelte mit den Beinen. »Oder – eigentlich doch. Du rätst nicht, wer wieder da ist und im Cottage wohnt.«

»In welchem Cottage?« Beth hob fragend die Hände. »Krieg ich einen Hinweis?«

»Im Pförtnerhaus. Ich dachte, du hättest es schon gehört. Du weißt doch, wie schnell so was hier die Runde macht.«

Lachlan amüsierte sich darüber, dass seine kleine Schwester einen Riecher für Dorfklatsch hatte. »Weiter.« Er rieb sich sein stachliges Kinn – irgendwann musste er sich wirklich rasieren und zum Friseur gehen, aber das konnte warten, bis er wieder zu Hause in Edinburgh war. Hoffentlich schon bald.

»Rilla, die Tochter von David Clark.«

Beth überlegte einen Moment. Auf dem Aga begann der Kessel zu pfeifen, und sie nahm ihn herunter, goss Wasser in die Becher und rührte. »Du meine Güte, nach dieser langen Zeit?«

»Anscheinend ist sie hier, um alles zu regeln. Rilla ist die Ältere, oder? Sally war doch die Jüngere, die fast ertrunken wäre.«

Beth hob die Augenbrauen. »Das hatte ich vergessen. Meine Güte, wir haben sie seit …« Sie zählte an den Fingern ab. »Das muss ungefähr – fünfzehn Jahre her sein. Oder noch länger?«

Lachlan schwieg. Er griff nach seinem Stift und klopfte damit auf den Tisch, ohne sich am Gespräch zu beteiligen.

»Da muss ich noch ziemlich klein gewesen sein.« Polly rutschte von ihrem Sitz herunter und ging zum Kühlschrank. Nachdem sie lange hineingeschaut hatte, brach sie sich ein Stück Parmesan ab und steckte es in den Mund. »Ich erinnere mich kaum noch an sie – ich glaube, sie war nett, die mit den braunen Haaren. War das Rilla?«

Spontan blickte Lachlan zu seiner Schwester hoch. »Ja«, sagte er.

Polly sah ihn rasch an, aber er senkte den Blick wieder, nahm ein paar Papiere in die Hand und sortierte sie neu.

»Finger weg von dem Käse, der ist für die Carbonara, die ich nachher mache.«

»Sorry«, sagte Polly, aber es klang nicht so, als täte dieser Mundraub ihr leid. Ehrlich, es war, als würde man mit einem Teenager zusammenwohnen.

Lachlans Handy meldete sich. Charlotte hatte eine Nachricht geschickt: *Zehn Minuten.*

Er stand auf und ließ, um irgendetwas zu tun, die Hunde nach draußen. Ihre Klauen klackerten auf dem Boden der Eingangshalle, dann flitzten sie durch die Haustür und hinaus auf die Auffahrt. Lachlan beobachtete, wie sie im Zickzack über das gekieste, mit Unkraut bewachsene Halbrund sausten und wedelnd in den Rhododendren verschwanden. Er fand es richtig, dass sein Vater darauf bestanden hatte, ihre Schwänze nicht zu kupieren, obwohl Jim, der alte Wildhüter des Gutes, der mittlerweile längst in Rente war, entsetzt gewesen war.

Gleich darauf kam, mit lauter Musik und Kies verspritzend, Charlotte die Auffahrt heraufgebraust.

»Tut mir sehr leid. Worum geht es überhaupt?«

»Ich hatte einfach Bock auf eine Tasse Kaffee mit meinen Schwestern«, log Lachlan. Dafür würde er einen Blick ernten, der deutlich machte, dass Charlotte ihm keine Sekunde glaubte, das war ihm klar. »Brauche ich dafür einen Anlass?«

»Hm.« Charlotte sah ihn finster an und steckte ihr Handy ein. »Kommst du mit rein?«

»Sofort. Ich will eben noch die beiden da reinholen.« Er deutete auf die Büsche, aus denen Knacken und Krachen und hin und wieder ein Bellen zu vernehmen war.

»Mabel hat eine Fährte«, bemerkte Charlotte.

»Irgendwann ist immer das erste Mal. Die beiden haben ja überhaupt keine Erfahrung mit dem Jagen.«

»Es sind eben Haushunde, keine Jagdhunde.« Charlotte, schon auf dem Weg ins Haus, drehte sich kurz noch einmal zu ihm um. »Und das ist auch gut so.« Lachlan pfiff, und die Hunde tauchten auf. In Marthas gelocktem Stirnhaar hatte sich ein langer Strang Klettenlabkraut verfangen. Er griff danach und zog ihr das klebrige Zeug aus dem Fell. »Dann kommt«, sagte er zu den Hunden, »lasst uns das hinter uns bringen.« Sie folgten ihm ins Haus.

In der Küche besprachen die Schwestern Rillas Rückkehr ins Pförtnerhaus.

»Meine Güte, jetzt fühle ich mich uralt. Wisst ihr noch, wie wir ganze Sommer lang gespielt haben, frei nach *Der Kampf um die Insel*?« Charlotte hatte ihre Fleeceweste ausgezogen und krempelte die Ärmel auf. »Ganz schön warm heute hier drinnen.«

»Ich hatte vergessen, dass wir damals beinahe ihre Schwester Sally im See ertränkt hätten, als wir das Boot geklaut hatten ... das muss vor fünfzehn Jahren gewesen sein.« Beth prustete vor Lachen. »Ich weiß noch, wie Dad mich deswegen zusammengefaltet hat. Und beim schönsten Sommerwetter seit Jahren hat er uns ungefähr zwei Wochen Hausarrest aufgebrummt.«

»Vor fünfzehn Jahren? Verdammt lang her.«

»Das ist achtzehn Jahre her.« Lachlan, der bisher still gewesen war, rieb sich die Nase und versuchte, unbeteiligt zu wirken.

»Woher weißt du das so genau?« Alle drei Schwestern wandten sich ihm zu.

»Ich erinnere mich noch gut daran.« Er verschwieg, wie sehr er im folgenden Sommer gewartet hatte, denn in jenem Jahr hatte er beschlossen, all seinen Mut zusammenzunehmen und mehr als zwei Worte zu Rilla zu sagen. Er hatte sie von Anfang an gemocht, mit ihren wilden Locken, den Sommersprossen und dem ansteckenden Lachen. Aber dann waren die beiden Mädchen nie mehr wiedergekommen.

Charlotte und Beth wechselten einen Blick, den er ignorierte. Er packte die Papiere auf einen Stapel und schob ihn zur Seite. Dann streckte er die Arme aus und trommelte kurz mit den Fingern auf dem Tisch.

»Also.«

»Also?« Beth sah ihn fragend an. »Wir haben uns heute hier versammelt, weil?«

»Ich hab mir die Zahlen angesehen – und ich hab mit meinem Studienfreund Andrew gesprochen. Er ist Wirtschaftsprüfer. Dieses Haus ist der größte weiße Elefant in der Geschichte der Menschheit. Es fällt zusammen –«, er deutete auf einen Küchenschrank, der wie betrunken schräg an der Wand hing, »die Elektrik muss saniert werden, es braucht eine neue Heizung, ein neues Dach ... und so weiter. Es ist nur noch Schrott.«

»Als ob wir das nicht wüssten.« Charlotte trank einen Schluck Kaffee.

»Genau, das ist eigentlich nichts Neues. Wir sind alle hier aufgewachsen.« Polly verdrehte die Augen.

»Und damals war es auch schon sanierungsbedürftig. Jetzt ist Dad seit einem halben Jahr tot, und wir müssen überlegen, was wir mit Applemore machen.«

»Na ja, wir müssen es eben flicken, so gut es geht«, sagte Beth. »Denkt mal daran, in welchem Zustand das Farmhaus war, als Simon und ich eingezogen sind. Das war doch mehr oder weniger eine Ruine.«

Beth wandte kurz den Blick ab und starrte ins Leere. Lachlan fiel auf, dass auch Polly das bemerkt hatte, aber sie schwiegen beide. Gleich darauf war Beth wieder ganz präsent.

Das alte Farmhaus, in dem Beth mit ihrem Mann Simon und den Zwillingen lebte, war jahrzehntelang an einen Bauern vermietet gewesen, der in dieser Zeit nichts, aber auch gar nichts daran gemacht hatte. Ihr Vater war ein entspannter, lockerer Typ gewesen – was für die Mieter, die für die Farmen und Häuser nur eine mehr oder weniger symbolische Pacht oder Miete zahlten, toll gewesen war, weniger toll aber für die Instandhaltung der Gebäude.

»Das ist nicht ganz das Gleiche wie die Sanierung von diesem Kasten hier. Außerdem ist es nicht ... ich meine, ich weiß nicht ...« Lachlan zögerte und verstummte. Wie sollte er seinen drei Schwestern, die den Familiensitz abgöttisch liebten, klarmachen, dass er das Anwesen einfach nur loswerden wollte?

Die Wanduhr surrte und tickte in der Stille, sie stöhnte fast unter der Anstrengung, die volle Stunde anzukündigen. Gleich darauf schlug draußen in der Eingangshalle die alte Standuhr. Keine einzige der Uhren auf Applemore ging genau. Das war nur ein weiterer Punkt, um den man sich kümmern musste.

»Ach komm, Lachlan.« Charlotte überraschte ihn. Er hatte gedacht, sie sei diejenige von den dreien, die pragmatisch genug war, um ihn zu verstehen. »Applemore ist seit Jahren im Besitz der Familie. Seit vielen, vielen Jahren.«

»Was hast du vor? Ich meine, du willst das hier doch nicht etwa verkaufen?« Polly sah ihn an, als wäre das für sie einfach undenkbar. Sie hockte sich auf den Fußboden und nahm die Hunde in die Arme, wie um sich an ihnen festzuhalten.

»Wenn du dich auf Applemore einlassen würdest, könntest du dich hier wohlfühlen.« Beth warf ihm einen klugen Blick zu. »Du kannst nicht ewig in der Stadt den Partylöwen spielen. Du bist jetzt fünfunddreißig. Allmählich wirkt das doch ein bisschen traurig, als wärst du Simon Cowell oder so.«

»Simon Cowell?« Er warf Beth einen Blick zu. »Ernsthaft? Ich hab mir in Edinburgh ein Leben aufgebaut. Mit einem Job. Mit Freunden.« Ach, zum Teufel. Lachlan spürte, wie seine Widerstandskraft angesichts dieser dreifachen Attacke schwand. Genau das hatte er befürchtet. Es war schon immer schwer gewesen, gegen die drei Schwestern anzukommen.

»Du hast eine Brauerei, mit der du ganz einfach umziehen könntest.« Polly stand vom Fußboden auf.

»Ja, weil es wirklich praktisch ist, die Pubs in Edinburgh und Glasgow mit Bier zu beliefern, wenn man hier oben in der Pampa hockt.« Er schüttelte den Kopf.

»Hier gibt es auch Pubs«, protestierte Charlotte.

»*The Eagle and Feather* ist eher nicht mein Zielmarkt.«

»In Oban hat ein Pub mit richtig guter Küche eröffnet. Das ist doch ganz in der Nähe.« Beth stand auf, und unmittelbar danach ging in der Stiefelkammer ein gewaltiges Geschrei los. »Na klar. Ich wusste doch, dass sie nicht lange schlafen würden.«

»Wie macht sie das bloß? Eben war noch kein Mucks zu hören.« Interessiert sah Polly Beth nach, die bereits aus der Küche flitzte.

»Mütterlicher Instinkt. Ich finde das ein bisschen unheimlich«, erklärte Charlotte.

»Jedenfalls«, sagte Lachlan in dem Gefühl, dass er sein Publikum verloren hatte, »wie Polly bereits weiß, habe ich nicht die Absicht, mit der Brauerei umzuziehen. Gus übernimmt vorübergehend die Leitung, und Lucinda hilft ihm –«

Polly, die schon immer ein bisschen für Gus geschwärmt hatte, verdrehte die Augen. »Und ehe du dich's versiehst, klebt sie dir rosa Etiketten auf deine Bierflaschen.«

»Jetzt fang nicht damit an«, warnte Lachlan, obwohl er im Stillen befürchtete, dass Lucinda genau das tun würde.

»Hauptsache, du versprichst, dass du Applemore nicht verkaufst.« Polly verschränkte die Arme.

»Da sind Polly und ich uns einig«, sagte Charlotte, besaß aber immerhin den Anstand, ein bisschen verlegen zu wirken. Sie war pragmatisch genug, um einzusehen, dass Applemore großen Einsatz erfordern würde, trotzdem hinderte die sonderbare Anziehungskraft des Familiensitzes auch sie daran, einem Verkauf zuzustimmen. Lachlan fand es seltsam, dass er anscheinend als Einziger diese Anhänglichkeit überwunden hatte – aber gerade er als alleiniger Verantwortlicher für Applemore hätte sie dringend gebraucht.

Charlotte tippte eine kurze Nachricht in ihr Smartphone, dann stand sie so energisch auf, dass ihr Stuhl auf dem Fußboden quietschte. »Ich muss los. Der Klempner kommt, er will sich diese undichte Stelle ansehen. Wir sprechen später weiter, ja?«

Das Kreischen kam jetzt aus der Eingangshalle und wurde immer lauter. Beth streckte den Kopf zur Küche herein. »Tut mir leid, Leute. Die zwei sind total übermüdet, sie haben einfach nicht genug Schlaf gekriegt. Ich schiebe sie jetzt im Buggy herum, vielleicht schlafen sie dann wieder ein. Wenn nicht, dann geht einem das Geschrei draußen im Freien jedenfalls nicht so durch Mark und Bein. Bis später!«

Lachlan öffnete den Mund und schloss ihn wieder.

Polly stieß hörbar die Luft aus und reckte die Arme hoch über den Kopf. »Ich glaube, damit ist dieses außerplanmäßige Familientreffen beendet, was meinst du? Sorry, Lachlan, aber wenn du nicht noch was anderes auf dem Zettel hast, leiste ich jetzt Beth Gesellschaft. Falls die Zwillinge nicht einschlafen wollen, spiele ich mit ihnen, dann kann sie sich um ihre Blumensachen kümmern.«

Und mit einem fröhlichen Winken war auch sie verschwunden.

Auf einmal war die Küche leer, und nur die benutzten Becher auf dem Tisch zeugten davon, dass hier gerade ein Familienrat stattgefunden hatte.

Lachlan steckte sein Handy ein und bückte sich, um die lockigen Ohren der beiden Spaniel zu kraulen. Vielleicht sollte er selbst auch einen Spaziergang machen und sich die ganze Sache noch einmal mit kühlem Kopf und ohne emotionale Beteiligung überlegen.

Draußen sausten die Hunde gleich wieder ins Gebüsch. Der Himmel war klar geworden, und kein Wölkchen trübte mehr das helle Blau. Lachlan drehte sich um und betrachtete das Gutshaus mit kritischem Blick. Er musste fast lachen, weil es so bilderbuchmäßig aussah – mit all den Türmchen, den versteckten Fenstern und den Bäumen auf beiden Seiten wirkte es wie ein kleines Märchenschloss. Vor hundertfünfzig Jahren hatte ein Vorfahr es erbaut, der weitblickend erkannt hatte, dass das Äußere des Hauses Eindruck machen, das Innere aber ein behagliches Zuhause bieten musste. Wenn man einmal die weitläufige, prunkvolle Eingangshalle durchwandert hatte, in der ausgestopfte Tierköpfe angestaubt und verblichen neben alten Ölgemälden hingen, führte eine mit dunkelrotem Teppich belegte Treppe zur offenen Galerie hinauf, über der sich eine weitere Galerie befand. Die Zahl der Spinnweben nahm mit jeder Treppenstufe zu, und das gesamte oberste Stockwerk war seit Jahren nicht benutzt worden und entsprechend vernachlässigt. Im Erdgeschoss gab es ein gemütliches Wohnzimmer mit alten Sofas voller Hundehaare und einem Couchtisch aus Eichenholz, auf dem sich Kaffeetassen und Bücher tummelten, und daneben eine Bibliothek mit einem Konzertflügel und Regalen voller stockfleckiger, in Leder gebundener Bücher. Auf dem Boden lagen stapelweise die uralten *Vogues* ihrer Mutter. Durch eine Lichtung im Wald hatte man den Blick auf die Applemore Bay.

Applemore House stand auf zwölf Hektar Land, das zum größten Teil mit Wald und den allgegenwärtigen Rhododendren bewachsen war und einer begüterten Familie, die Prunk und Pracht liebte, den Traum vom perfekten Feriensitz erfüllen würde – oder erfüllen könnte, falls er das Haus verkaufte. Sein Maklerfreund Felix hatte erklärt, reiche Amerikaner liebten solche Anwesen, und selbst wenn er Applemore als renovierungsbedürftig auf den Markt bringen würde, würde er einen vernünftigen Preis erzielen. »Aber«, hatte Felix schlau hinzugefügt, »wenn ihr das Haus auf Vordermann bringt, könnt ihr ein paar Hunderttausend mehr herausschlagen.« Und das würde reichen, um allen Geschwistern einen ordentlichen Batzen Geld zukommen zu lassen, eine Summe, die vielleicht sogar groß genug wäre, um das schlechte Gewissen zu vertreiben, das er beim Verkauf ihres Erbes haben würde.

Lachlan stellte sich vor, wie einer von Felix' Topfotografen

Aufnahmen vom Haus machen würde. Zwischen den alten, mit Moos und Flechten bewachsenen Bäumen wirkte es imposant, das musste er zugeben. Der Kies der Auffahrt war stellenweise verschwunden und hatte kahle Flecken hinterlassen. Der Anstrich der Fensterrahmen war rissig und blätterte ab. Als Lachlan an einem Farbfetzen zog, erschien darunter das rohe Holz. Es wäre kein großer Aufwand, alle Rahmen abzuschleifen und neu zu überpinseln. Wenn er sich den ganzen Winter Zeit für diese Dinge nähme, könnte er das Haus zur Rhododendronblüte, wenn in den Wäldern eine lila Blütenpracht loderte, auf den Markt bringen. Das würde seinen Schwestern Zeit geben, sich an den Gedanken zu gewöhnen.

Lachlan ging die Auffahrt hinunter und beschloss, einmal um das Anwesen herumzuwandern, um sich ein Bild davon zu machen, welche Arbeiten notwendig waren.

Viertes Kapitel

»Morgen«, sagte das rothaarige junge Mädchen hinter dem Tresen. »Schöner Tag heute, nicht?«

Rilla nickte. »Wunderschön.«

»Endlich kein Regen mehr.« Die junge Frau wandte sich wieder ihrem Smartphone zu.

Sie stand vor einem schweren Vorhang mit Blümchenmuster, und irgendwo dahinter lief eine Quizsendung im Fernsehen. Eine Frauenstimme rief: »Das ist die verkehrte Antwort!«

»Meine Oma«, sagte die junge Frau und sah Rilla kurz an. »Sie ist süchtig nach der Sendung.«

Rilla nahm sich einen Korb. Neben den üblichen Zeitungen und Zeitschriften gab es einfach alles, was man so brauchte: Säcke mit Brennholz für die Mieter der Ferienhäuser, weiße Strampelanzüge hingen neben Elektrokabeln, und in einem Regal standen Schachteln mit Schrauben und Kleinteilen für den Zaunbau. Ein verblichener Karton enthielt eine Kaffeemaschine, die aussah, als stamme sie aus den 1990er Jahren. Rilla blieb stehen, um alles zu betrachten. Geschäfte wie dieses waren rar geworden. Der Laden sah aus, als hätte er sich in den achtzehn Jahren, seit sie zum letzten Mal hier gewesen war, kein bisschen verändert – und in den zwanzig Jahren davor vermutlich auch nicht.

»Suchen Sie etwas Bestimmtes?«, fragte das junge Mädchen mit weichem, singendem Akzent. Rilla hatte diesen Klang vergessen, und jetzt gab er ihr das Gefühl, zu Hause zu sein. Fast rechnete sie damit, dass ihr Vater gleich hereinkommen und ihr ein Eis kaufen würde.

»Ach so, tut mir leid, ich brauche bloß ein paar Kleinigkeiten.« Rilla schüttelte die Erinnerungen ab. »Ich überlege gerade – hätte mir einen Zettel machen sollen.«

»Alles gut«, sagte das Mädchen, steckte das Handy hinten in die Jeans und zog den Vorhang eben so weit auf, dass sie ins Zimmer nebenan schlüpfen konnte. »Rufen Sie mich, wenn Sie etwas nicht finden können.«

Rilla schlenderte durch den Laden und füllte ihren Korb mit Milch, einem in Plastik verpackten Weißbrot, Eiern und Käse, Schinken und Schokolade. Als ihr Handy mehrmals brummte, zog sie es aus der Gesäßtasche.

Hab gedacht, das gefällt dir vielleicht. Wir vermissen dich!

Sally hatte eine WhatsApp mit einem Foto von den Kindern geschickt. Die beiden saßen auf der Eingangstreppe des Hauses und hielten eine Tafel mit der Aufschrift »Schulanfang« hoch. Das würde auf Sallys Instagramseite bestimmt Hunderte von Likes bringen.

Rilla schüttelte lächelnd den Kopf. Es schien schon tausend Jahre her zu sein, dass sie zusammen auf der Veranda gesessen hatten, dabei waren es in Wirklichkeit erst ein paar Tage. Sie nutzte den guten Empfang im Laden und checkte ihre anderen Nachrichten – ein paar Freundinnen erkundigten sich, wie es lief, ein früherer Arbeitgeber fragte, ob sie Interesse daran hätte, im Winter in China zu unterrichten, und ihre Freundin Ella in Boston, die frisch und bis über beide Ohren verliebt war, schickte Fotos ... Rilla seufzte angesichts des jungen Glücks und steckte ihr Handy wieder ein. Hier stand sie, mitten in der Pampa und ganz allein. Aber – sie straffte die Schultern – sie war damit glücklich. Tatsächlich genügte ihr meistens ihre eigene Gesellschaft – nur manchmal fragte sie sich, wie es wäre, jemanden zu haben, mit dem man alles teilen konnte.

Etwas schepperte, und dann bimmelte die Glocke über der Tür und verkündete allen, dass eine neue Kundin eingetreten war.

»Morgen!«, rief eine frische Stimme.

»Oh, Charlotte, hallo«, sagte das Mädchen und kehrte an den Tresen zurück.

Rilla stand gerade hinter einem Regal mit Nudeln und Reis. Aus den Augenwinkeln sah sie eine große, schlanke Frau in einem karierten Hemd und Jeans, die ihr irgendwie bekannt vorkam. Sie hatte das lange rotblonde Haar zu einem Pferdeschwanz gebunden, und Rilla, deren Gedächtnis für Gesichter schon immer hoffnungslos gewesen war, versuchte krampfhaft, sich zu erinnern, wer sie sein könnte. Aber es war vergeblich.

Sie packte eine Flasche Wein und eine Tüte Chips in ihren Korb und überlegte kurz, ob sie sonst noch etwas brauchte. Das Cottage musste unbedingt gründlich saubergemacht werden – also nahm sie noch ein paar Flaschen Putzmittel für Badezimmer und Fußboden mit und ging dann zum Tresen.

Die Frau – die offenbar Charlotte hieß – stand bereits dort, mit einer Packung Waschmittel in der Hand. Sie runzelte die Stirn, als versuche sie, Rilla einzuordnen. »Rilla?«, sagte sie dann. »Stimmt doch, oder?« Sie lachte unsicher. »Wenn nicht, bin ich ratlos.«

»Doch, das stimmt.«

»Ja, klar bist du das. Ich bin Charlotte – Charlotte Fraser!«

Natürlich. Ihre Wangenknochen waren jetzt ausgeprägter, und um die Augen herum zeigte sich ein Netz aus feinen Linien. Obwohl Herbst war, war sie sonnengebräunt, sie verbrachte eindeutig viel Zeit im Freien. Aber wie konnte es sein, dass Rilla sie nicht sofort erkannt hatte? Es war so merkwürdig, nach all der Zeit plötzlich hier vor ihr zu stehen. Rilla wurde von Emotionen überwältigt, die sie nicht richtig deuten konnte – aber das stärkste Gefühl war Freude. »Charlotte! Hallo!«

Charlotte stellte den Karton mit Waschpulver ab und nahm Rilla überraschend herzlich in die Arme. Dann schob sie sie von sich, um sie von Kopf bis Fuß zu mustern. »Rilla. Wie seltsam und wie schön. Wir haben gerade von dir gesprochen. Es ist Jahre her. Viele, viele Jahre.«

»Achtzehn.«

»Ich weiß. Oder, um genau zu sein, Lachlan wusste das. Wer hätte gedacht, dass er so eine Fundgrube für Informationen über die Familie ist?«

Wie witzig, dass Lachlan sich so genau erinnerte. Ein Bild vom Bruder der Fraser-Schwestern kam ihr in den Kopf, und sie errötete ganz leicht, als sie sich erinnerte, wie gern sie ihn als Teenager gemocht hatte. Und es war schön, dass Charlotte von *Familie* sprach – so hatte Rilla es auch immer empfunden. Damals, als sie sich bei ihrer Mutter und dem neuen Stiefvater verunsichert und fehl am Platze gefühlt hatte, waren die Frasers wie eine Familie für sie gewesen, immer herzlich und freundlich, und sie hatten keinen Wert auf Förmlichkeiten gelegt, obwohl sie dieses riesige Stück Land besaßen. Hector Fraser, den Vater, hatte sie als sehr angenehmen Menschen in Erinnerung – was für ein merkwürdiger Zufall, dass er nur wenige Monate nach ihrem eigenen Vater gestorben war. Die beiden waren immer sehr gute Freunde gewesen.

Charlotte schüttelte den Kopf. »Es ist toll, dich zu sehen. Du und Sarah, ihr wart doch jeden Sommer hier, und dann war plötzlich Schluss. Ich hab immer befürchtet, dass ihr nicht wiedergekommen seid, weil wir damals beinahe deine Schwester im See ertränkt hätten. Aber dein Vater hat gesagt ... na ja, er hat gesagt, es wäre kompliziert.«

»Ja.« Rilla kaute einen Moment innen auf ihrer Unterlippe. »Das ist ein gutes Wort dafür. Familien sind kompliziert.« Das war eine ganz schöne Untertreibung.

»Ja, das kannst du laut sagen.« Charlotte verdrehte die Augen. »Ach, ist das schön. Und du wohnst im Pförtnerhaus? Bist du eine Weile hier?«

»Ja, ich wohne in Dads Cottage.« Rilla fiel ein, dass der Mietvertrag erst in drei Monaten endete. Sie überlegte, ob die Frasers vielleicht dringend auf das Häuschen warteten, und ihr war etwas unbehaglich zumute.

Aber Charlottes Fröhlichkeit war so unerschütterlich, wie Rilla es in Erinnerung hatte. »Ja, natürlich. Oh Mann, bin ich blöd. Wie geht's dir denn da? Muss ja das reine Chaos sein. Dein Vater war immer ein bisschen ...« Sie stockte, als würde ihr gerade klar, was sie da sagte. »Es ist eine Weile her, oder?«

»Es ist alles ein bisschen verstaubt und vollgeräumt.« Das war absolut untertrieben.

»Das tut mir leid mit deinem Vater. Er war so ein lieber Mensch. Er und Dad sind sehr gute Freunde gewesen.«

Rilla verschwieg, dass sie Hector Fraser, den Familienvorstand und Besitzer von Applemore, immer für weitaus exzentrischer gehalten hatte als ihren eigenen Vater. Er hatte sie »Rilla auf Green Gables« genannt, was alle verwirrte, die nicht wussten, dass die jüngste Tochter von Anne auf Green Gables auf den Namen Bertha Marilla getauft und bekannt für ihre Sturheit und Entschlossenheit war.

»Du hast es vermutlich gehört? Dad ist Anfang des Jahres gestorben. An Krebs.« Charlotte wirkte für einen Augenblick niedergeschlagen. »Das ist so eine gemeine Art zu sterben, findest du nicht? Immerhin ging es schnell. Das können wir beide für unsere Väter sagen, oder?«

Rilla nickte. »Mein Beileid.« Sie legte Charlotte mitfühlend die Hand auf den Arm. »Dein Vater war ein sehr netter Mann.«

»Ja. Ich bin froh, dass ich so viel mit ihm zusammen sein konnte, weil ich ...«, Charlotte sprach den Satz nicht zu Ende. »Tut mir leid. Das war taktlos. Ich weiß, dass du deinen Vater nicht so oft gesehen hast, wie ihm lieb gewesen wäre.«

»Oder wie mir lieb gewesen wäre. Ich dachte, wir hätten noch ewig Zeit.«

»Das denken wir immer«, sagte Charlotte. »Aber jetzt reicht's mit den traurigen Geschichten. Besuchst du uns? Die anderen würden dich auch sehr gern sehen. Und ausnahmsweise sind wir mal alle zusammen, sogar Lachlan ist da.«

»Gerne.« Rilla hob ihren Korb auf den Tresen, und das Mädchen tippte die Preise in die Kasse ein.

»Super. Was machst du heute?«

»Heute?« Rilla unterdrückte einen Freudenschrei. Sie hatte halb damit gerechnet, dass Charlottes Einladung bloß eine Höflichkeitsfloskel ohne weitere Konsequenzen war.

»Ich habe nämlich in meinem arbeitsreichen Leben ausnahmsweise gerade nichts Besonderes vor. Bist du mit dem Auto hier?«

»Nein, ich bin mit Dads altem Fahrrad gekommen.«

»Wir legen es hinten auf den Pick-up und ich nehme dich mit. Dann können wir gleich bis zum Haus hochfahren, und du kannst die anderen begrüßen. Wann, wenn nicht jetzt? Beth ist wahrscheinlich nicht da – sie hat Zwillinge, sind noch Babys, und sie ist praktisch ihre Sklavin. Die beiden Kleinen sind zum Anbeißen, aber ermüdend. Gib mir zwei Sekunden, ich suche nur eben die Sachen zusammen, die ich kaufen wollte, während du bezahlst.«

Kurz darauf saß Rilla auf dem Beifahrersitz von Charlottes Lieferwagen. Im Stillen fand sie, dass diese Mitfahrgelegenheit ein Segen war. Der Hügel, den sie so fröhlich hinuntergesaust war, wäre die Hölle gewesen, wenn sie ihn wieder hätte hinaufstrampeln müssen, zumal sie zwei schwere Einkaufstaschen bei sich hatte. Sie erzählte Charlotte alle Neuigkeiten aus Sallys Leben und lieferte einen leicht beschönigten Bericht über ihr eigenes – das mit den vielen Reisen und Abenteuern immer richtig glamourös wirkte –, und bald waren sie am Pförtnerhaus angelangt.

Charlotte bremste. »Ich habe gerade eine geniale Idee. Komm, wir laden das Fahrrad ab.«

Es war witzig, überlegte Rilla, dass immer noch durchschimmerte, wie Charlotte als Fünfzehnjährige gewesen war. Auch damals war sie schon – na ja, manche hätten vielleicht gesagt, autoritär gewesen, andere hätten es als Selbstvertrauen bezeichnet. Rilla ihrerseits hatte immer gezögert, ihre Komfortzone zu verlassen, sie hatte Neues lieber erst allein ausprobiert, um sich nicht vor anderen zu blamieren. Das hatte sich eigentlich nicht sonderlich geändert.

»Das Auto von deinem Vater hat immer in der Garage gestanden, wenn ich mich richtig erinnere. Ich denke, wenn wir ihm Starthilfe geben, kriegen wir es zum Laufen. Dann müsstest du nicht mitten im Winter mit dem Fahrrad durch die Gegend fahren.«

Sie stiegen aus.

»Ich bleibe nicht den Winter über«, begann Rilla, aber Charlotte wühlte schon in einer Kiste unter dem Beifahrersitz.

»Da. Ich wusste doch, dass ich Überbrückungskabel habe. Jetzt bin ich mal gespannt, ob der Wagen noch da ist oder ob Feen ihn weggezaubert oder Jugendliche damit eine Spritztour gemacht haben.« Charlotte mühte sich mit dem Holztor der Garage ab, die gleich neben dem Cottage stand.

»Gibt es hier viele Teenager, die gern mal mit geklauten Autos rumfahren?« Rilla sah ihr amüsiert zu.

»Irgendwann ist immer das erste Mal«, sagte Charlotte atemlos. »Aha! Geschafft. Aber ehrlich gesagt, ich kann mir nicht vorstellen, dass viele Jugendliche Spaß daran hätten, mit einem alten Nissan rumzugurken, du etwa?«

Dem Wagen schien die ausgedehnte Ruhepause überraschend wenig ausgemacht zu haben. Der Schlüssel steckte im Zündschloss – zum Glück gab es auf der Halbinsel keine Gelegenheitsdiebe –, und die Batterie war zwar völlig leer, aber nach zehn Minuten lief der Motor wieder.

»Jetzt müssen wir ihn ein bisschen laufen lassen, und dann musst du nach Ullapool in die Werkstatt fahren und dir eine neue Batterie besorgen. Ich glaube kaum, dass diese hier noch lange mitmacht. Weißt du was? Fahr doch hinter mir her, dann kannst du bei uns an der Auffahrt parken, und während wir denen, die gerade da sind, hallo sagen, lässt du einfach den Motor laufen.«

»Okay.« Rilla fühlte sich etwas überrumpelt. Eben noch hatte es so ausgesehen, als würde sie hier still für sich sein und planen, wie sie an einen Container herankommen könnte – schließlich hatte es keinen Sinn, das Haus auszuräumen, wenn sie nicht wusste, wohin mit dem Krempel. Und jetzt hatte Charlotte sie für einen Besuch im Gutshaus eingeplant, bei den anderen Mitgliedern der Familie Fraser. Das war schön, allerdings auch etwas überraschend.

Rilla folgte Charlotte die Zufahrt entlang, die links hinter dem Applemore Cottage von der Straße abzweigte. Früher einmal hatte der Wildhüter, der auf dem Landsitz arbeitete, das ehemalige Pförtnerhaus bewohnt, doch das war gewesen, bevor die Frasers mehr als hundert Hektar Land verkauft hatten, um die Erbschaftssteuer bezahlen zu können. Bevor Rillas Vater eingezogen war, hatte das Cottage einige Jahre leergestanden. Rilla sah es im Rückspiegel. Jetzt stand es wieder leer. Vielleicht fühlte es sich so wohler.

Die Zufahrt zum Gutshaus war mit Schlaglöchern übersät und von schütteren Rhododendronbüschen gesäumt. In den Rissen der abgenutzten Asphaltdecke wuchs Gras. Das alles war seltsam vertraut, doch Rilla erinnerte sich auch, dass damals Tag für Tag ein Gärtner hier gearbeitet hatte. Er war in einem alten Land Rover herumgefahren und hatte Bäume für Feuerholz gefällt. Jetzt bestand die Gefahr, dass der Wald bis auf die Fahrbahn vordrang, und in dem alten Baumbestand schoben sich spirrelige junge Bäumchen hoch. Es war fast wie im Märchen, und Applemore war das Schloss, das in Gefahr war, von einem wilden Zauberwald verschluckt zu werden. Rilla schüttelte sich und lachte über ihre blühende Fantasie.

Gleich darauf wurde sie in die Realität zurückgeholt, denn als sie um eine Kurve bog, stand Applemore House mit seinen Türmchen in aller Pracht vor ihr.

Charlotte hatte angehalten und wartete nun darauf, dass Rilla aus dem Auto kletterte. Mit der Hand auf der Wagentür blieb sie noch einen Moment stehen und nahm alles in sich auf. In ihren Erinnerungen an die Sommer ihrer Kindheit war das Gutshaus immer eine robuste graue Version des berühmten Disney Castle gewesen, und jetzt war sie überrascht, wie baufällig das große Gebäude wirkte. In dem alten Gartenhaus, das vor Jahrzehnten seitlich an das Haupthaus angebaut worden war, fehlten Scheiben, und durch die Fensteröffnungen wuchs ein Gestrüpp aus wilden Rosen. Auf den Treppengiebeln hatte sich Schmetterlingsflieder ausgesät und war unglaublich in die Höhe geschossen. Das Kräuterbeet unter dem Küchenfenster erstickte in Unkraut und Disteln, die bereits braun wurden und ihre federleichten Samen dem Wind anvertrauten. Das Ziegelsteinpflaster des Fußwegs, der in Windungen hinter das Haus und in den Wald führte, war rissig und bemoost. Aber an den Seiten des Hauses standen noch die hohen Pappeln, wie alte, ehrwürdige Wächter, die ihren Posten nicht aufgaben. Insgesamt hatte Rilla den Eindruck von verwahrloster, verblichener Größe. Aber nach so vielen Jahren wieder hier zu sein machte sie vor Aufregung ganz kribbelig.

»Wir lassen den Motor eine halbe Stunde laufen, das sollte reichen.« Charlotte tätschelt die Haube des alten Nissans.

»Ich denke gerade – vermutlich sind die Steuern nicht bezahlt, und TÜV hat er wohl auch nicht mehr, oder?« Rilla schrak zusammen, als ihr klar wurde, wie lange sie einfach dagestanden und das Haus angestarrt hatte. Sie ließ den Motor weiterlaufen und schloss die Autotür.

»Und versichert ist er wahrscheinlich auch nicht, es sei denn, du hast zu Hause eine Autoversicherung. Wo immer das auch ist.«

Rilla schüttelte den Kopf. Sie fühlte sich wurzellos. »Hab gar kein Auto.« *Und auch kein Zuhause* sagte sie nicht, auch wenn das die Wahrheit war. Meistens machte sie sich deswegen keine Gedanken.

»Okay.« Charlotte rieb sich die Hände. »Mach dir keinen Stress wegen des Autos. Vom Pförtnerhaus bis hierher fährst du auf Privatgelände, und Steuern und Versicherung und so können wir online regeln.« Wie gewohnt übernahm Charlotte die Führung. »Lass uns reingehen und mal sehen, wer da ist.«

Beim Gedanken daran, sie alle wiederzusehen, fing in Rillas Bauch ein kleiner Schwarm Schmetterlinge wie wild an zu tanzen. Nervös folgte sie Charlotte durch die Stiefelkammer, wo der Geruch nach Gummistiefeln und Lederöl sie sofort in die Vergangenheit zurückversetzte. Die Küche war so groß, wie Rilla sie in Erinnerung hatte, aber viel schäbiger. Alles sah aus, als müsste es geschüttelt und wieder zum Leben erweckt werden. An einer Wand wiesen Ausblühungen auf Feuchtigkeit hin, und an einer Ecke war der Putz schon so weit abgebröckelt, dass das Mauerwerk zum Vorschein kam.

»Halloooo!«, rief Charlotte, öffnete den Kühlschrank und nahm eine Flasche Milch heraus. »Wo seid ihr denn alle?« Sie zog ihr Handy heraus. »Ich werde sie jetzt mit der Familien-Chatgruppe zusammentrommeln. Wo ist Lachlan hin? Wo er ist, sind die Hunde normalerweise auch nicht weit weg.«

Charlotte machte eine Kanne Kaffee.

Rilla hockte auf der Kante der langen Bank, die an einer Seite des großen Küchentisches stand, und sah sich in dem Raum um, der ihr früher so vertraut gewesen war.

»Lachlan wohnt jetzt also auch hier?«

»Lachlan?« Charlotte prustete los. »Also, theoretisch ist das der Plan, aber ganz unter uns, mein Bruder ist nicht besonders scharf darauf. Er sollte sich mal aufraffen und seine Verpflichtungen ernst nehmen, wenn du mich fragst. Applemore wird sich nicht von selbst managen.« Sie klang wieder sehr wie die autoritäre älteste Schwester von früher, und Rilla musste schmunzeln.

Sie selbst hatte sich ihr Leben lang Vorwürfe angehört, weil sie jeder Art von Verantwortung aus dem Weg ging, und sie empfand etwas wie Seelenverwandtschaft mit Lachlan und jedenfalls Bewunderung für ihn, weil er den Wünschen der Familie nicht nachkam, und gleichzeitig hatte sie leichte Schuldgefühle, weil ihre eigene Familie wahrscheinlich das Gleiche über sie sagte.

Charlotte entschuldigte sich, sie müsse mal eben für kleine Mädchen.

»Hallo«, sagte gleich darauf eine junge Frau mit langen blonden Haaren.

Rilla stand auf und streckte ihr zur Begrüßung die Hand hin. »Hi, ich bin –«

»Ich weiß, wer du bist«, sagte die junge Frau lachend. »Aber du erinnerst dich vermutlich nicht mehr an mich, oder?«

Rilla runzelte die Stirn, und dann machte es plötzlich Klick. Sie erinnerte sich an ein elfenhaftes Kind, das immer ein dreckverschmiertes Gesicht und ebensolche Füße hatte und sich nie weiter als ein paar Meter von seinem rundlichen Welsh Pony Edward entfernte. »Polly? Ich werd verrückt! Als ich dich das letzte Mal gesehen habe, warst du noch ziemlich klein.«

»Und als ich dich das letzte Mal gesehen habe, wurde deine Schwester gerade auf einem Schlauchboot an Land gezogen, nachdem meine große Schwester ...« – Polly brach ab und versetzte der zurückgekehrten Charlotte einen Rippenstoß – »versucht hatte, sie im See zu ertränken.«

»Genau. Meine Mutter fand das super«, berichtete Rilla und merkte dann erst, dass Charlotte und Polly sie erschrocken ansahen. Sie kicherte. »Nein, nicht dass Sally die denkbar schlechteste Vorstellung als Seejungfrau abgegeben hatte, sondern dass mein Vater jetzt ganz offiziell dermaßen gründlich versagt hatte, dass sie uns weitere Sommer auf Applemore verbieten konnte.«

»Ach so.« Charlotte und Polly wechselten einen Blick. »Wir haben uns oft gefragt, warum ihr nicht mehr gekommen seid. Ich hab immer ein schlechtes Gewissen gehabt, weil es vielleicht meine Schuld war«, sagte Charlotte.

»Es war einfach ein blöder Unfall«, sagte Rilla. »Zum Glück ist Sally ja nicht ertrunken. Aber meine Mutter war sowieso nie richtig damit einverstanden, dass wir herkamen. Sie gehörte – und gehört immer noch – zu den Menschen, die gerne Schlussstriche ziehen. Das Problem war bloß, dass wir bei ihrer Entscheidung kein Wörtchen mitreden durften.« Rilla fand es merkwürdig, dass sie selbst nach dieser langen Zeit so freimütig mit den Frasers darüber sprechen konnte, während Sally und sie das Thema stets umgingen, wenn es auftauchte.

»Ganz schön beschissen.« Polly verzog das Gesicht.

»Polly«, zischte Charlotte und warf ihrer kleinen Schwester einen tadelnden Blick zu.

»Stimmt doch«, entgegnete Polly.

»Sie hat recht.« Rilla nickte. »Ich war immer so gern hier bei euch. Es war die einzige Zeit, in der Sally und ich uns wirklich frei fühlen konnten – wir durften tun, was wir wollten, und Blödsinn machen, und Dad hat nie geschimpft, wenn wir dreckverschmiert nach Hause kamen oder Mitternachtspicknicks veranstalteten oder sonst was anstellten.«

»Mitternachtspicknicks«, sagte Charlotte träumerisch, und ihr ernstes Gesicht hellte sich auf. »Sag mal, weißt du noch, wie wir einmal in der Mittsommernacht in der Scheune gepicknickt haben? Daran denke ich immer noch, an jedem Mittsommerabend. Wir hatten wirklich eine traumhafte Kindheit.«

»Abgesehen davon, dass kein Geld da war und wir nur scheußliche Klamotten zum Anziehen hatten«, ergänzte Polly. Sie deutete mit einer Armbewegung auf die Küche, »und dass wir in einem Haus mit undichtem Dach aufgewachsen sind, wo im Winter Eisblumen an den Fensterscheiben wuchsen.«

»Das sind bloß Kleinigkeiten, Polly.« Charlotte lachte. »Ich habe gerade eine Nachricht von Beth gekriegt: Die Babys haben sich selbst und sie von oben bis unten vollgespuckt, und die Windeln sind auch voll. Sie kommt also nicht weg, aber sie kann es nicht erwarten, dich zu sehen. Und sie freut sich, dass du ins Pförtnerhaus eingezogen bist, und meldet sich bald.«

»Ich bin nicht ...«, begann Rilla wieder, schwieg dann aber. Charlotte war manchmal nicht zu bremsen. Sie in dem Glauben zu lassen, dass sie tatsächlich ins Cottage einziehen wollte, war einfacher, als ihr zu erklären, dass sie nur zu einem kurzen Besuch gekommen war.

Die Frauen verbrachten ein paar vergnügliche Stunden, unter anderem mit Erinnerungen an den Ärger, den sie sich als Kinder eingehandelt hatten, und Charlotte grub ein altes Fotoalbum aus und fand Aufnahmen davon, wie sie Höhlen gebaut und sich für komplizierte Spiele unten am Fluss verkleidet hatten.

»Ich kann mir nicht vorstellen, dass Kinder heutzutage noch so was machen, ihr etwa?« Charlotte zeigte auf ein Foto, auf dem sie alle mit Schlamm bedeckt in einem Bach standen.

»Ich glaube, wir waren auch für damalige Verhältnisse ganz schön sonderbar.« Charlotte schüttelte lachend den Kopf.

»Sonderlinge oder Glückspilze?«

»Glückspilze.« Rilla grinste. »Ich hätte um nichts in der Welt tauschen wollen.«

»Das ist unfair«, brummelte Polly. »Damals hab ich die ganzen tollen Sachen verpasst, und jetzt kann ich bei den Erinnerungen nicht mitreden. Ich hasse es, die Kleine zu sein.«

»Pscht, meine Kleine.« Charlotte tätschelte ihr schmunzelnd den Kopf.

Rilla sah auf die Küchenuhr. Sie wollte die Gastfreundschaft der Schwestern nicht zu sehr beanspruchen.

»Kein Zeichen von Lachlan«, bemerkte Polly kurz darauf, als Rilla in den Nissan stieg.

»Wahrscheinlich hat er sich wieder nach Edinburgh verdrückt und hofft, dass wir es nicht merken.« Charlotte grinste.

»Shit«, war Pollys Kommentar.

»Ganz vielen Dank.« Rilla drehte den Zündschlüssel und hoffte inständig, dass die Batterie wieder genug Saft hatte. »Für Kaffee und Kuchen und dafür, dass ich vom Lachen Seitenstiche gekriegt habe.«

»Ich auch. Das ist bestimmt genauso gut wie Pilates, meinst du nicht?«

»Auf jeden Fall.«

»Schön. Vergiss nicht, wenn du irgendwas brauchst, Drucker, Papier oder sonst was, komm einfach her. Du musst sicherlich eine Menge regeln. Aber immerhin haben wir die Versicherung für den Wagen und den ganzen Quatsch organisiert.« Charlotte rieb sich die Hände.

»Und der Container kommt auch«, sagte Rilla erleichtert.

»Ach, ich liebe solche therapeutischen Ausräum-Aktionen«, sagte Charlotte. »Falls du Hilfe brauchst …«

»Dann sag ich Bescheid. Aber du kannst gern jederzeit vorbeikommen.«

»Mach ich.« Charlotte trat zurück und winkte. »Bis bald also!«

Zurück im Cottage, entdeckte Rilla, dass Joan einen Zettel durch den Türschlitz geworfen hatte. »Bin vorbeigekommen, um zu sehen, ob du Hilfe gebrauchen kannst«, hatte sie geschrieben und einige Infos über das Dorf hinzugefügt.

Das war die Motivation, die Rilla noch brauchte, nachdem das Gespräch mit Polly und Charlotte sie schon angespornt hatte. Sie musste zugeben, dass es, obwohl sie Zeit für sich haben wollte, auch schön war, mit anderen zusammen zu sein. Sie machte sich an die Arbeit und beschloss, radikal vorzugehen. Ihr Vater war nicht sentimental gewesen, und in dieser Hinsicht würde sie jetzt in seine Fußstapfen treten.

Sie arbeitete bis in die Nacht hinein. Dabei machte sie verschiedene Stapel und Haufen: Es gab Müll, und zwar eine ganze Menge, und sie murmelte nur leise »Sorry, Dad«, wenn sie das Zeug in schwarze Plastiksäcke stopfte, die sie draußen vor der Haustür stapelte. Außerdem waren da die wiederverwertbaren Dinge – die Containerfirma hatte gesagt, sie solle das alles in Kartons packen, dann würden sie es am Morgen, wenn sie den Container brachten, mitnehmen. Und dann war da Dads gesamte Kleidung. Nicht, dass er viel gehabt hätte – er hatte sich immer eher funktional als modisch angezogen, aber Rilla tat das Herz weh.

Lange stand sie vor seinem Kleiderschrank, atmete ein und inhalierte den vertrauten Geruch und den holzigen Duft des Aftershaves, das er immer benutzt hatte. Sie straffte die Schultern, denn jetzt hörte sie im Kopf seine Stimme: »Das sind doch bloß Gegenstände, mein Liebes«, hatte er immer gesagt. Und so nahm sie die Sachen von den Kleiderbügeln, faltete sie ordentlich zusammen und packte sie in die Tüten für den Rote-Kreuz-Laden. Den riesengroßen Wollpullover behielt sie – seine Wärme war wie eine Umarmung von ihrem Vater und gab ihr das Gefühl, dass er ganz in der Nähe war.

Rilla hatte eine Menge geschafft. Sie schaute sich im Schlafzimmer um. Das Bett war abgezogen, die Schränke waren beinahe leer. Wie seltsam, dass man die Spuren eines ganzen Lebens so einfach auslöschen konnte. Sie lehnte sich an die Schlafzimmertür und schloss kurz die Augen. Dann drehte sie sich um, weil sie seinen Bademantel im Rücken spürte. Etwas raschelte ganz leise, als sie ihn vom Haken nahm. In einer der Taschen steckte ein Bündel gefaltetes weißes Papier, das vom Alter weich geworden war. Vorsichtig klappte Rilla das erste Blatt auseinander.

Mein Lieber,
bloß ein paar Worte, um Dir zu sagen, wie sehr ich unseren gemeinsamen Wochenendausflug genossen habe. Ich hoffe, dass Du diese Zeilen am Montag findest, wenn Du wieder in Edin-

burgh bist, und dass sie Dich nach Deinem, wie Du befürchtetest, schwierigen Tag im Labor aufheitern werden. Ich werde an Dich denken.

Immer

Deine größte Liebe

Rilla betrachtete die schöne Handschrift. Stirnrunzelnd wandte sie sich dem nächsten Brief zu.

Mein süßer Liebster …

Und dem nächsten:

Mein Geliebter,

Es mussten etwa zwanzig Briefe sein. Alle waren in der gleichen wunderschönen Handschrift verfasst, auf dem gleichen weißen Büttenpapier, sorgsam zusammengefaltet und eindeutig so oft gelesen und wieder gelesen, dass die Ränder mürbe und zerfleddert waren. Auf keinem der Blätter stand ein Name. Rilla war nie auf den Gedanken gekommen, dass ihr Vater in den Jahren nach der Trennung ihrer Eltern wieder eine Frau kennengelernt haben könnte … Lächelnd schüttelte sie den Kopf. Sie fand die Vorstellung schön, dass er in diesen vielen Jahren nicht ganz allein gewesen war. Er hatte seine Freundschaft mit Hector Fraser gepflegt, und natürlich hatte er immer eine enge Beziehung zu Joan gehabt, aber – diese Briefe zeugten eindeutig von etwas anderem.

Wer auch immer diese Frau gewesen war, ihr Vater hatte das Geheimnis offenbar mit ins Grab genommen.

Rilla ging nach unten, legte Holz nach und döste dann ein bisschen auf dem Sofa. Ihr war klar, dass die Containerfirma in aller Frühe vor der Tür stehen würde.

*

»Alles in Ordnung? Haben Sie jemanden, der Ihnen bei den ganzen Sachen mit anfasst?« Der Fahrer warf einen Blick auf die Kartons, die Rilla neben der Hintertür gestapelt hatte.

Sie schüttelte den Kopf. »Nein, aber das ist gar nicht so schlimm.« Das Gute war, dass sie sich nicht um die Möbel zu kümmern brauchte – so schäbig und abgenutzt sie waren, sie gehörten alle zum Haus und folglich den Frasers. Rilla brauchte nur das auszuräumen, was ihrem Vater gehört hatte, und bei dieser Aktion verabschiedete sie sich ein letztes Mal von ihm. Unerwartet überfiel sie der Kummer, und ihre Knie wurden weich.

»Ist wirklich alles okay?« Besorgt sah der Fahrer sie an.

»Doch, schon gut.« Sie holte tief Luft und setzte ihr tapferstes Lächeln auf. »Bin bloß müde.«

Er nickte ihr verständnisvoll zu, dann lud er die Kartons für den Recyclinghof auf. »Dann brauchen Sie das nicht auch noch selbst zu machen.«

»Danke.« Rilla fühlte sich ganz benebelt. Vielleicht würde sie sich einfach aufs Sofa setzen und fünf Minuten die

Augen zumachen, bevor sie wieder mit der Arbeit loslegte. Sie nahm sich eine Decke und kuschelte sich darunter ...

Ein scharfes Klopfen am Fenster weckte sie.

»Hallo?«

Rilla kniff die Augen fest zusammen und zwang sich dann, sie zu öffnen. Draußen stand Joan, das Gesicht an die Scheibe gedrückt und durch einen lila Regenmantel mit weißen Punkten vor dem Regen geschützt.

Sie deutete auf den bleigrauen Himmel. »Bist du gerade beschäftigt?«

»Nein! Komm rein, schnell!« Rilla sprang aus den Tiefen des Sofas auf. So direkt nach dem Aufwachen war ihr richtig flau, und sie machte einen tiefen Atemzug. Als sie zur Haustür ging, kam Joan schon in den Flur, in einem Wirbel aus Regentropfen und voller Sorge, dass sie mit ihrem nassen Mantel den Flur schmutzig machen könnte.

»Mal ehrlich.« Rilla nahm Joan den Regenmantel ab und hängte ihn an den Garderobenständer neben der Tür. »Von ein paar Regentropfen wird der Fußboden hier auch nicht schmuddeliger.«

Aber Joan hörte gar nicht zu. Gedankenverloren blickte sie den Flur entlang zum Wohnzimmer. Gleich darauf schüttelte sie sich, als würde ihr bewusst, dass Rilla auch da war, und sie rieb sich resolut die Hände.

»Also«, sagte sie beinahe zu munter. »Mensch, es ist seltsam, wieder hier zu sein, ohne dass David da ist, oder? Was kann ich tun?«

Später hätte Rilla schwören können, dass sie in Joans

Augenwinkel eine Träne gesehen hatte, doch der Moment, in dem sie etwas hätte sagen oder fragen können, war vorbei – und es war nicht angebracht, dass sie nachbohrte. Während Joan sich in die Küche begab, steckte Rilla die Briefe, die sie gefunden hatte, sorgsam in das Seitenfach einer ihrer Taschen. Wer auch immer die Verfasserin war – und allmählich wurde Rilla neugierig –, es wäre ihr bestimmt nicht recht gewesen, dass Rilla ihre Zeilen gelesen hatte.

Fünftes Kapitel

Als Lachlan am Vortag von seinem Gang um die Ländereien von Applemore zurückgekommen war, hatte er Rillas Besuch verpasst. Er hatte keinen Empfang gehabt, als Charlotte in ihrer Nachricht an die Familien-Chatgruppe geschrieben hatte, sie sei zufällig Rilla begegnet, und in die Runde gefragt hatte, ob jemand mit ihnen Kaffee trinken wolle. Auch Beths Erklärung für ihre Absage hatte ihn erst viel später erreicht. Er vermutete, dass Polly nichts anderes zu tun gehabt hatte, wie immer, denn als er am späten Nachmittag zurückgekehrt war, war sie noch ganz aus dem Häuschen gewesen. Eine neue Bewohnerin auf Applemore war ein großes Ereignis, und Polly war von Rilla offenbar sehr angetan. Er selbst war cool geblieben und hatte sich nur beiläufig, fast herablassend zu den Ereignissen geäußert. In Wirklichkeit jedoch hatte er sich den Moment vergegenwärtigt, als Rilla vor der Tür gestanden hatte, müde und ärgerlich und noch hübscher, als er sie in Erinnerung hatte. Doch an Rilla zu denken war das Letzte, was er jetzt gebrauchen konnte. Er hatte weitaus größere Sorgen, zum Beispiel Polly ... sie machte ihm am meisten Kopfzerbrechen.

Zurzeit ließ sie sich im Grunde einfach treiben, sie machte fast gar nichts. Seit die Eltern nicht mehr lebten, war er praktisch der Haushaltsvorstand, und er fühlte sich für die kleine Schwester verantwortlich, auf eine Weise, die ihn selbst ein wenig erschreckte. Wie um alles in der Welt veranlasste man eine leicht verpeilte Fünfundzwanzigjährige dazu, etwas aus ihrem Leben zu machen? Vor ihm lag wirklich verdammt harte Arbeit, denn all die Probleme würden nicht von allein verschwinden.

Wie von selbst wanderten seine Gedanken zu Rilla zurück. Merkwürdig, sie hatte ihn offenbar nicht erkannt. Vielleicht war es der Bart, oder aber er war bei dem ganzen familiären Stress so gealtert, dass er nicht wiederzuerkennen war. Sie dagegen hatte noch genauso ausgesehen, wie er sie in Erinnerung hatte – nur noch hübscher. Als sie da vor der Tür stand, hätte er am liebsten nach der widerspenstigen Locke gegriffen, die ihrem Pferdeschwanz entkommen war, und sie ihr hinters Ohr geschoben. Sie war offensichtlich von der Reise erschöpft gewesen. Die Fahrt vom Flughafen in Edinburgh bis ganz nach hier oben war lang, ganz abgesehen von der Reise aus den USA nach Schottland. Ein Windstoß heulte durch den Schornstein und unterbrach seinen Gedankengang.

Der Regen prasselte gegen das Fenster seines Zimmers. Auf der Fensterbank war schon eine kleine Wasserlache entstanden, weil das uralte Schiebefenster nicht mehr richtig schloss. Lachlan schwang sich aus dem Bett, zog rasch eine Jeans und ein T-Shirt an und ging in die Küche hinunter, um sich Kaffee zu machen. Gus hatte ihm eine ganze Reihe von Nachrichten geschickt – sein Freund war schon immer eine Nachteule gewesen. Er hatte Rezepte für neue Biere ausprobiert und war entschlossen, die Brauerei in Lachlans Abwesenheit erfolgreich allein zu leiten. Für Lachlan hieß das, dass er erstens etwas finden musste, womit er hier oben ein bisschen Geld verdienen konnte, und dass er sich zweitens überlegen musste, wie er den Landsitz innerhalb von sechs Monaten aufpeppen konnte. Wenn der Winter dann vorbei war, konnte er Applemore House zur Vermarktung an Felix übergeben und schnellstmöglich wieder nach Hause fahren, nach Edinburgh.

In der Küche war es still. Polly schlief bestimmt noch ein paar Stunden, und Charlotte und Beth würden erst viel später hereinschauen. Auf seiner Wanderung gestern war Lachlan klar geworden, dass es am besten wäre, schon einmal Fotos von Applemore zu machen und sie Felix zu schicken. Dann brauchte Felix nicht die weite Fahrt nach hier oben auf sich zu nehmen und konnte trotzdem einigermaßen realistisch einschätzen, welchen Preis das Anwesen erzielen würde. Bei diesem Gedanken meldeten sich leichte Schuldgefühle – oder nein, wenn Lachlan wirklich ehrlich war, er hatte ein furchtbar schlechtes Gewissen. Aber es gab eigentlich keine andere Lösung. Er setzte sich an den Küchentisch und klappte seinen Laptop auf.

Der Vormittag verging wie im Flug. Lachlan erledigte die Arbeiten für die Brauerei, und als Polly sich für den Tag nach Inverness verabschiedete, nutzte er die Gelegenheit, um ohne Verdacht zu erwecken Fotos von den Innenräumen des Hauses zu machen. Dabei kam er sich zwar schrecklich illoyal vor, aber während er kurze Beschreibungen der verschiedenen Bereiche des Hauses in den Computer tippte, schob er seine Gefühle beiseite. Pragmatisch vorzugehen war die Lösung. Für Gefühlsduselei war hier kein Platz.

»Hallo, Fremder«, sagte eine fröhliche Stimme. Lachlan war an seinen Lieblingstisch am Fenster des Applemore Hotels umgezogen. Er hatte seine Arbeit beendet und beschlossen, seinen Bärenhunger mit dem Mittagsangebot hier zu stillen, mit Applemores Steak Pie und Pommes.

Harry, der Besitzer, hatte das Hotel erst kürzlich von seinen Eltern übernommen, die sich zur Ruhe gesetzt hatten. Er war mit Lachlan zur Grundschule gegangen, und sie waren quasi zusammen aufgewachsen, hatten sich in Booten auf der Bucht herumgetrieben und allen möglichen Unfug gemacht.

»Harry! Wie geht's? Ist es nicht komisch, wieder hier zu sein?«

Harry strich sich die roten Locken aus der Stirn und nickte heftig. »Ist schon ein bisschen anders hier als in Sydney.«

»Das ist die Untertreibung des Jahrhunderts.«

»Aber ich konnte die Alten doch nicht hängenlassen. Sie haben ihren Ruhestand verdient.«

»Hast du Zeit, was mit mir zu trinken?«

Harry sah sich kurz im Restaurant um. Außer Lachlan saßen da noch zwei ältere Damen bei einer Kanne Tee und Scones und drei Wanderer in praktischer Outdoor-Kleidung, die ihre Rucksäcke an die Wand gelehnt hatten. »Ja, ist ja gerade nichts los hier. Das ist einfach die Jahreszeit.«

Harry ging zur Theke hinüber, zapfte zwei Pints Bier und

kam damit zurück. Er setzte sich wieder, stützte das Kinn in die Hand und sah Lachlan fragend an.

»Also?«

»Zum Wohl.« Lachlan hob andeutungsweise sein Glas. »Auf uns und so weiter.«

»Genau.« Harry trank einen Schluck. »Wer hätte gedacht, dass wir schließlich doch wieder hier landen, weil die Pflicht uns ruft?«

Lachlan stöhnte. »Planst du schon deine Flucht?«

Harry schüttelte lachend den Kopf. »Ich bin genug gereist. Hab die Welt gesehen, meine Abenteuerlust ist befriedigt.«

»Und jetzt lässt du dich zufrieden hier nieder?« Erstaunt sah Lachlan seinen Freund an.

»Ich weiß nicht, ob zufrieden das richtige Wort ist oder eher –«

»Resigniert?«

»Das auch nicht. Du verstehst das bestimmt – seit dein Vater tot ist, musst du dich ja auch um das Haus und die Ländereien und das alles kümmern.«

»Mmm«, sagte Lachlan unverbindlich.

»Man kann an schlimmeren Orten landen.« Harry deutete auf den kleinen Hafen. »Hat doch auch irgendwie Niveau, in der schönsten Gegend der Highlands zu leben.«

»Ach ja, ich weiß.« Lachlan blickte aus dem Fenster. Ein absolut überdrehter, absolut ungepflegter Springer Spaniel zerrte eine Frau in einem leuchtend lila Mantel über den Bürgersteig. Lachlan musste lachen.

»Ich habe eine Menge Pläne für das Hotel. Ende des Monats starte ich mit einer Halloween-Party. Hast du schon ein Kostüm?« Harry grinste.

»Nee.« Lachlan schüttelte den Kopf. »Sind wir nicht ein bisschen zu alt, um uns zu verkleiden?«

»Zum Verkleiden ist man nie zu alt, finde ich. Letztes Jahr haben wir in Sydney einen ganz tollen Halloween-Abend gehabt – nein, es war eine ganze Nacht, und wir waren tagelang verkatert. Du kannst die Mädels mitbringen, dann sind wir ein paar Leute mehr.«

»Ich weiß nicht, ob Beth es einrichten kann, sich für eine Party ihren Mutterpflichten zu entziehen.«

»Nicht zu fassen, dass sie Zwillinge hat.« Harry schüttelte den Kopf. »Da hab ich mir etwas entgehen lassen.«

Überrascht sah Lachlan seinen Freund an. »Du und Beth?«

Harry machte ein geheimnisvolles Gesicht. »Ein Gentleman genießt und schweigt ...«

»Ernsthaft?«

»Du weißt doch, dass wir uns immer gut verstanden haben.«

»Ja, früher. Aber ich hatte keine Ahnung, dass da was zwischen euch gelaufen ist. Warst du nicht mit einer Australierin zusammen?«

»Mit Meghan, ja. Aber das hab ich beendet, als ich zurückkam. Eine Fernbeziehung über Tausende von Meilen funktioniert nicht.« Harry trank wieder von seinem Bier und rückte ein wenig zur Seite, als ein blonder junger Mann Lachlan das Essen servierte. Dann klaute er sich eine Pommes von Lachlans Teller und schwenkte sie, um seine nachfolgenden Worte zu unterstreichen. »Ehrlich gesagt hatte ich sowieso nach einem Vorwand gesucht, um die Sache zu beenden. Die Frau hat es auf den Punkt gebracht – sie ist immer fast stehen geblieben, wenn wir an einem Goldschmied oder einem Juwelier vorbeikamen, wenn du verstehst, was ich meine.«

»Doch, ja.« Lachlan hatte das bei Freunden miterlebt, aber in seinen eigenen Beziehungen war es nie so weit gekommen.

»Aber ich bin nicht der Typ zum Heiraten.«

»Vielleicht hast du noch nicht die Richtige kennengelernt?« Lachlan spießte eine Pommes auf. Die Frau im lila Mantel war offenbar wieder umgekehrt. Jetzt stand sie auf der anderen Straßenseite und wirkte etwas durcheinander. Der Hund sprang wild herum. Anscheinend benutzte sie einen langen Gürtel als Leine, dessen Ende sie sich ums Handgelenk gewickelt hatte. Sie sah Lachlan mit einem leicht verzweifelten Blick an, dann kam sie über die Straße, während der Spaniel vor ihren Füßen herumtanzte. Sie sah aus, als hätte sie keine Ahnung von Hunden.

Harry sagte versonnen: »Vielleicht doch, aber sie hat einen anderen geheiratet.«

Bevor Lachlan etwas antworten konnte, öffnete sich krachend die Tür zum Restaurant und die Frau, die aus Leibeskräften die Leine festhielt, taumelte herein.

»Hilfe!«, japste sie.

Lachlan und Harry sahen einander an und mussten sich das Lachen verbeißen.

Eine Viertelstunde später war die Frau fort, und Lachlans Steak Pie war im Bauch des klapperdürren Spaniels verschwunden.

»Ich gehe mit ihm zur Tierärztin. Vielleicht hat er ja einen Mikrochip. Jemand muss ihn auf der Durchreise ausgesetzt haben«, sagte Lachlan.

Harry warf einen Blick zur Theke, wo der junge Kellner jetzt Gläser spülte und interessiert zu ihnen herübersah. »Wenn es für dich okay ist – ich muss weitermachen, bevor es mit dem Abendgeschäft richtig losgeht. Außerdem kommt in einer halben Stunde eine Lieferung, und vorher muss ich noch etwas regeln.«

»Kein Problem.« Lachlan kraulte den Hund hinter den Ohren. Bei näherem Hinsehen stellte sich heraus, dass er den Gürtel auch als provisorisches Halsband trug und es nichts gab, anhand dessen man ihn hätte identifizieren können. Er war gut erzogen und noch recht jung, so viel war klar. Irgendwo musste irgendjemand ihn vermissen.

Die Tierarztpraxis lag an der Hauptstraße, hinter einer leuchtend blau gestrichenen Holztür, an die als Glücksbringer ein Hufeisen genagelt war. Drinnen gab es eine bunte Mischung von Stühlen, und der Tresen hatte sich nicht verändert, seit Lachlan als Junge mit seinen Schwestern und ihren diversen Haustieren hergekommen war. Fiona MacEwan, die Tierärztin, war eine resolute Frau Mitte fünfzig, die alle, Menschen und Tiere, mit der gleichen munteren Fröhlichkeit behandelte.

»Wen haben wir denn da?« Sie kam aus dem Behandlungsraum und trocknete sich die Hände mit einem Papierhandtuch ab. »Ah, Lachlan. Hab schon gehört, dass du wieder da bist. Für immer, oder?«

»Oder so ähnlich«, wich er aus. Über dieses Thema wollte er jetzt nicht sprechen.

»Und das ist? Dein Hund? Jedenfalls keiner von den Spaniels deines Vaters. Er könnte ein paar ordentliche Mahlzeiten gebrauchen. Und trimmen müsste man ihn auch mal. Er sieht ja verboten aus. Hallo, mein Süßer«, sagte sie und kniete sich hin, um sich den Hund genauer anzusehen.

»Er gehört mir nicht.« Lachlan berichtete Fiona, wie er zu dem Hund gekommen war, während sie das Tier mit geübter Hand abtastete.

»Einige Kilo Untergewicht, aber ...« Sie griff nach dem Stethoskop, das sie um den Hals hängen hatte, und hörte den Hund ab. »Abgesehen davon scheint er ganz gesund zu sein. Komm, wir scannen ihn, mal sehen, ob wir einen Chip finden.« Sie winkte Lachlan, ihr ins Behandlungszimmer zu folgen.

Gemeinsam hoben sie den Hund auf den Untersuchungstisch. Fiona fuhr ihm mit dem Scanner über den Nacken und schüttelte dann den Kopf.

»Also, das ist ungewöhnlich. Nichts. Komm wieder runter, mein Junge.« Fiona hob den Hund vom Tisch herunter. »Ich gucke mal eben auf der Seite für vermisste Hunde. Normalerweise werden die Ausreißer da ganz schnell aufgenommen – dieser hier sieht allerdings aus, als wäre er schon seit einigen Wochen unterwegs.«

Fionas Suche war ergebnislos – zwar wurden viele Spaniels vermisst, aber keiner hatte dieses spezielle Abzeichen – mit dem kleinen weißen Fleck auf der Nase war der Hund unverwechselbar.

»Also.« Fiona verschränkte die Arme und betrachtete den Spaniel. Er ließ sich auf den Fliesenboden fallen und sah die beiden Menschen hoffnungsvoll an. »Die Frage ist jetzt – was machen wir denn mit dir?«

»Ich nehme ihn erst mal mit«, hörte Lachlan sich sagen. »Dann können wir überlegen, wie es mit ihm weitergehen soll.«

»Da bin ich froh«, sagte Fiona erleichtert. »Das Tierheim ist nämlich komplett voll. Ich weiß es von Janice, der Leiterin, denn ich war gestern da. Aber Applemore ist groß, da fällt ein zusätzlicher Mitbewohner gar nicht auf. Bist du froh, dass du wieder zu Hause bist?«

Lachlan nickte.

»Schön. Also«, Fiona sah auf die Uhr, »in zehn Minuten fängt die Nachmittagssprechstunde an, und vor dem Abendessen muss ich noch rüber zu den Milchkühen. Wenn es dir nichts ausmacht ...«

Lachlan begriff. Und er fragte sich, wie zum Teufel er dazu kam, die Tierarztpraxis mit einem neuen Hund an der Leine zu verlassen. Das jedenfalls hatte er für seine Rückkehr nach Applemore nicht eingeplant.

Sechstes Kapitel

Joan hatte wahre Wunder vollbracht. Zu zweit hatten sie das Pförtnerhaus ausgeräumt und klar Schiff gemacht. Sie hatten den Container gefüllt und alles Übrige in Taschen und Kartons sortiert. Seit Rilla die Stimme ihres Vaters im Kopf hatte, der ihr sagte, sie solle das einfach erledigen, fiel es ihr leicht, sich von den Dingen zu trennen. Es gab nur Weniges, das sie behalten wollte. Im Nachttisch hatte sie ein altes Fotoalbum gefunden, mit Aufnahmen von Sally, ihr selbst und ihrem Vater, und beim Durchblättern hatte sie lachen und weinen müssen. Ihre Kindheit hier oben auf Applemore war magisch gewesen. Es war schade, dass ihre Mutter nicht eingesehen hatte, dass ihre Abenteuer – mit den dazugehörigen Unfällen und Katastrophen – ihnen Erfahrungen ermöglicht hatten, die die meisten Kinder niemals machen konnten.

Nachdem Joan gegangen war, hatte Rilla etwas gegessen und etwa drei Tassen Tee getrunken – eine Gewohnheit, die sie von ihrem Vater übernommen und nie abgelegt hatte. Dabei hatte sie seinen Schreibtisch durchgesehen. In gewisser Weise war das, als würde sie ihn ein letztes Mal besuchen, sagte sie sich, als sie ein neueres Notizheft aufschlug und durchblätterte. Beim Anblick seiner Handschrift musste sie wieder einmal schlucken – er hatte so ordentlich und exakt geschrieben und immer mit den gleichen, feinen schwarzen Füllfederhaltern. In diesem Notizheft fanden sich keine wissenschaftlichen Bemerkungen und Diagramme, sondern Zeichnungen, die Bauplänen ähnelten. Rilla betrachtete sie genauer. Anscheinend waren es Pläne für ein Wohnmobil. Sie erkannte ein Bett, eine kleine Kücheneinheit und einen niedlichen Tisch mit zwei Stühlen. Auf einer Skizze war der Raum unter dem Bett zu sehen, mit einem Schrank für einen Benzinkanister neben einer Reihe von Batterien und einer sehr exakt geplanten Elektroanlage. Das war witzig – ihr Vater hatte immer davon gesprochen, dass er eine Europarundreise machen wolle, sobald er im Ruhestand war, und er hatte ihr sehr gern zugehört, wenn sie von den Städten erzählte, in denen sie Englisch unterrichtet hatte. Wie schade, dass es zu dieser Rundreise nicht mehr gekommen war. Armer Dad – mit einem Seufzer schloss Rilla das Heft. Für heute hatte sie genug getan. Sie hatte Staub in der Nase und befürchtete, dass sie zusätzlich zum Jetlag jetzt auch noch einen Hüttenkoller bekommen könnte.

Rilla stand auf, streckte sich, bis ihr Rücken knackte, und blickte aus dem Fenster. Es hatte aufgehört zu regnen. Sie konnte ein bisschen herumlaufen, die alten Wirtschaftsgebäude inspizieren und sich vergewissern, dass keine Sachen von ihrem Vater mehr darin waren. Früher hatte sie es immer geliebt, ihm dabei zuzusehen, wie er in seiner Werkstatt etwas baute. Er hatte an ihre Fähigkeiten geglaubt, anders als ihre Mutter, die immer übervorsichtig gewesen war und ständig befürchtet hatte, dass die Mädchen sich verletzen könnten – oder, noch schlimmer, dass sie etwas tun würden, das ihr peinlich sein könnte. Pete, ihr zweiter Mann, war ein altmodischer Gentleman aus den Südstaaten. Rilla vermutete, dass ihre Mutter nicht mal eine Glühbirne ausgewechselt hatte, seit sie mit ihm zusammen war. Kein Wunder, dass sie allein schon bei dem Gedanken ausgerastet war, dass Rilla eine Weltreise machen und nur so viel Gepäck mitnehmen wollte, wie sie tragen konnte …

Irgendwo in der Ferne bellte ein Hund, als Rilla vor die Tür trat. Die feuchte Luft, deren Kühle bereits den Winter ankündigte, roch frisch. Im Gegensatz zu New England waren die Bäume hier schon zur Hälfte entlaubt, und auf dem Boden lag ein Teppich aus abgefallenen Blättern.

Da war wieder das Gebell. Was machte ein fremder Hund hier? Nein, das musste Mabel sein, oder Martha? Vielleicht ging eine der Schwestern mit den Hunden spazieren. Rilla schaute sich gründlich um, konnte aber nirgends einen Hund entdecken. Jetzt war es wieder still, abgesehen von einigen Vogelrufen in den Bäumen, die das Cottage umgaben. Doch gleich darauf glaubte Rilla, ein Winseln zu hören. Das war doch albern – offenbar hatte sie schon Halluzinationen. Sie schüttelte den Kopf und ging auf Entdeckungsreise.

Als ihr Vater Applemore Cottage – oder das Pförtnerhaus, wie die Frasers es oft nannten – gemietet hatte, waren die Nebengebäude am Wirtschaftshof noch benutzt worden. Der Wildhüter hatte seine Hunde in dem gemauerten Zwinger gehalten. Er hatte in einem Cottage ein Stück die Straße hinauf gewohnt, das mittlerweile zu einem von Charlottes hübschen Ferienhäusern geworden war, und wenn er morgens früh herübergekommen war, hatte Rilla ihm begeistert geholfen, das Hundefutter zu mischen. Inzwischen war er längst in Rente, und der Hundezwinger stand leer. Nur ein abgenutzter Besen, ein Eimer und in einer Ecke ein Stapel Hundenäpfe aus Edelstahl bezeugten, dass er jemals benutzt worden war. Rilla blieb einen Moment stehen und meinte fast zu hören, wie Sally und die Fraser-Schwestern hier Verstecken spielten. Damals hatte der alte George, der früher für das Vieh zuständig gewesen war, immer die Kühe hier entlanggetrieben – aber auch die gab es nicht mehr. Die Fenster der Milchkammer waren völlig verstaubt, und die Tür war fest verschlossen. Das Tor zum Kutschenhaus jedoch war offen – ein Torflügel war angelehnt. Ganz kurz bildete Rilla sich ein, sie könne den Geist eines der alten Jagdhunde ganz leise winseln hören. Oder war dieses Geräusch doch real?

Sie sah sich auf dem Hof um und versuchte zu ergründen, wo die Laute herkamen – anscheinend aus dem Kutschenhaus. Als Rilla hineinschaute, rannte ihr ein ziemlich verwahrloster braunweißer Spaniel entgegen. Er schien erleichtert zu sein. Bestimmt gehörte er den Frasers – allerdings wirkten die beiden Spaniels in Applemore House viel gepflegter und domestizierter als dieser kleine Wirbelwind. Aber vielleicht war er mit auf der Jagd gewesen oder was auch immer Lachlan mit den Hunden unternahm.

Rilla kniete sich hin und streckte sachte die Hand aus. »Hallo«, sagte sie.

Der Hund kam auf sie zugesprungen, beschnupperte ihre

Hand, rannte dann einmal im Kreis um den Hof herum und verschwand wieder. Vielleicht durften die Hunde auf dem ganzen Anwesen frei herumlaufen? Stirnrunzelnd blickte Rilla sich weiter um.

Was machte sie hier eigentlich? Sie wollte doch die Wirtschaftsgebäude durchstöbern …

Sie zog die Doppeltür zum Pferdestall auf, von dem aus man direkt in ihr Küchenfenster sehen konnte. Als Mädchen hatte sie davon geträumt, dass sie eines Tages ein eigenes Pony haben würde, das ihr beim Frühstücken zuguckte.

Sie schüttelte den Kopf, als wolle sie die Erinnerung daran vertreiben, und ging in den Stall hinein. Es war lange her, dass ein Pferd einen Huf über die Schwelle gesetzt hatte. Wie überall auf Applemore blätterte auch hier die Farbe ab, und das ganze Gebäude machte den Eindruck von verwahrloster Pracht. In den Heuraufen steckten leere Kraftfuttersäcke. Die Spinnen hatten den Stall übernommen, und in ihren zahllosen Netzen hatten sich Staub und Schmutz verfangen. Es musste eigenartig sein, solche Gebäude zu erben. Rilla fragte sich, wie Lachlan mit dieser Verantwortung umging. Eine der Pferdeboxen war mit einem Durcheinander von landwirtschaftlichen Geräten vollgeräumt, so als hätte man die Sachen holterdiepolter hineingeschmissen. Es sah nicht so aus, als würde irgendetwas davon ihrem Vater gehören, daher konnte sie die Stalltür wohl einfach wieder schließen und dieses Problem den Frasers überlassen.

Der Spaniel tauchte wieder auf, wedelte heftig mit dem Schwanz und bellte das Kutschenhaus an – das hohe, bogenförmige Tor, das so groß war, dass ein ganzes Gespann hindurchfahren konnte. Rilla zog den Torflügel ganz auf. Wenigstens eine Tür hier ließ sich mühelos öffnen, dachte sie leicht amüsiert und erinnerte sich daran, wie ärgerlich sie gewesen war, als sie geglaubt hatte, sie käme nicht ins Pförtnerhaus hinein. Wer auch immer ihr dann den Schlüssel gegeben hatte, musste sie für total unhöflich gehalten haben. Da das Dorf Applemore ja nicht groß war, vermutete sie, dass sie ihm irgendwann einmal begegnen würde und sich dann entschuldigen konnte. Zögernd betrat sie das Kutschenhaus.

Im nächsten Moment erschrak sie fast zu Tode.

»Gefunden!«, sagte eine Männerstimme draußen triumphierend.

Rilla drehte sich um. Vor dem Nachmittagslicht erschien die Silhouette eines großen, breitschultrigen Mannes. In seinen Armen wand sich der zottige Spaniel und gab ein letztes kleinlautes Bellen von sich.

»Hallo?« Neben dem Tor entdeckte Rilla einen Lichtschalter. Sie drückte darauf, doch nichts geschah. Erst einige Momente später flackerte eine Neonröhre einige Male, bis sie schließlich Licht gab.

»Hi.« Der Mann schob dem Hund eine Schlupfleine über den Kopf, stellte ihn wieder auf den Boden und drohte ihm mit dem Zeigefinger. »Keine Bewegung.«

Wenn man vom Teufel spricht, dachte Rilla. Da war er wieder. Sie schob sich das Haar hinter die Ohren und beschloss, ihre Unhöflichkeit von neulich wiedergutzumachen.

»Was machst du denn hier?« Mit unverhohlener Belustigung betrachtete er ihr Haar.

Rilla strich sich über den Kopf und hielt einen staubigen Klumpen Spinnweben in der Hand.

»Was ich hier mache? Ich sortiere die Sachen meines Vaters.« Sie blickte auf den Hund, der das Gespräch mit hängender Zunge und offenbar sehr interessiert verfolgte. Wieso duzte dieser unverschämte Fremde sie? War das hier so üblich?

»Ich weiß nicht, ob du dich hier aufhalten solltest.« Er deutete auf den großen alten Traktor, der aussah, als stünde er seit zwanzig Jahren am gleichen Fleck. »Das ist nicht ganz ungefährlich.«

Rilla reagierte gereizt. »Ich weiß nicht, ob *Sie* sich hier aufhalten sollten«, sagte sie scharf. Und dabei hatte sie sich doch für ihre Unfreundlichkeit entschuldigen wollen.

Ärgerlicherweise sah er sie jetzt mit einem rätselhaften Blick an. »Darf ich das nicht?«

Sie stemmte die Arme in die Seiten und hob eine Augenbraue. »Ich meine, das hier ist *mein* …« begann Rilla und setzte zögernd hinzu: »Ich meine, mein Vater hat hier gewohnt, aber sein Mietvertrag läuft erst in drei Monaten aus und …« Was redete sie denn da? Dieses Gefasel trug nicht gerade dazu bei, ihr die Autorität zu verleihen, die sie gern ausgestrahlt hätte.

Im nächsten Moment trat er einen Schritt vor und sah ihr in die Augen. Seine Augen waren braun wie dunkle Schokolade und von langen Wimpern umrahmt, und das Braun seiner Haut verdeckte beinahe die Sommersprossen, die ihn jünger wirken ließen, als Rilla ihn anfangs geschätzt hatte. Auf einmal erinnerte er sie an –

»Lachlan Fraser.« Sie schlug sich mit der flachen Hand an die Stirn und lachte.

»Rilla Clark.« Kopfschüttelnd sah er sie an. »Habe ich mich denn so sehr verändert?«

»Du hast einen ...« Sie deutete auf sein Kinn. »Als ich dich das letzte Mal gesehen habe, hattest du noch keinen Bart.«

»Stimmt.« Er strich sich nachdenklich über die Stoppeln. »Ich hatte keine Ahnung, dass er eine so effektive Tarnung sein würde.«

»Ich war müde.« Plötzlich war Rilla verlegen. Lachlan sah wirklich sehr gut aus, das musste sie zugeben, aber streifte er nicht gerade unbefugt auf dem Gelände ihres Vater herum? Oder durchstöberte sie unbefugt Lachlans Wirtschaftshof?

Aber er streckte einfach mit einem breiten Lächeln die Hand aus. »Ich bin mir nicht sicher, ob ich dir jetzt die Hand schütteln oder dich in die Arme nehmen sollte.«

Als Rilla seine Hand nahm, sah er sie einen Moment lang an, dann legte er ihr einen Arm um die Schultern. Es war ein schönes Gefühl – ein sehr schönes Gefühl, wenn sie ehrlich war. Sie drückte das Gesicht gegen die kratzige Wolle seines Pullovers und nahm den Geruch nach frisch geschlagenem Holz und einen leicht zitronigen Duft wahr. Dann trat sie einen Schritt zurück und betrachtete die Erwachsenenversion des Jungen, für den sie einmal wahnsinnig geschwärmt hatte.

»Schön, dich nach so langer Zeit wiederzusehen.« Er lächelte – ja, schöne Zähne hatte er auch.

Rilla überkam eine recht vertraute Empfindung, für die sie jetzt überhaupt keine Zeit hatte. Lachlan war, man konnte es nicht leugnen, zum Anbeißen.

Als sie ihn das letzte Mal gesehen hatte, war er der immer etwas distanzierte ältere Bruder der Fraser-Schwestern gewesen. Ja, als Teenager war sie in ihn verknallt gewesen, doch als sie dann nicht mehr nach Applemore gekommen waren, hatte sich das gelegt. Ab und zu hatte sie sich noch gefragt, was er wohl machte und wo er lebte, aber auch das war schon Jahre her. Und jetzt stand er vor ihr, noch ein ganzes Stück gewachsen und sehr viel attraktiver, und er sah sie mit dem Selbstvertrauen eines Mannes an, der ein Landgut besaß und obendrein noch ein Schloss.

Rilla war verunsichert. »Tut mir leid, dass ich neulich so pampig gewesen bin. Mein Jetlag war so schlimm, dass ich fast schon hirntot war. Eigentlich bin ich das immer noch. Sorry!« Sie spürte, wie sie errötete.

»Du hast dich nicht verändert.« War das jetzt spöttisch oder positiv gemeint? Und wieso war ihr das wichtig?

»Aber du hast dich verändert.« Dieser hochgewachsene, selbstbewusste Mann hatte kaum noch Ähnlichkeit mit dem schlaksigen, eher schüchternen Jungen von früher. Aber jetzt war nicht der richtige Augenblick, um sich von Gefühlen überwältigen zu lassen, und schon gar nicht von unerwartet lustvollen Gefühlen. Zur Ablenkung wandte Rilla sich dem offenbar ausgerissenen Hund zu.

»Und wer ist das?« Sie bückte sich, um ihn zu streicheln, und versuchte dabei, sich zu sammeln. Wahrscheinlich wurde sie schon wieder rot – das passierte ihr immer in den unpassendsten Momenten. Um ihre Gefühle unter Kontrolle zu bringen, konzentrierte sie sich auf das verfilzte Fell des Spaniels und auf die Kletten, die ihm an den Ohren hingen. Er brauchte auf jeden Fall eine ordentliche Fellpflege. Rilla sah zu Lachlan hoch.

»Ach ja.« Er wirkte ein bisschen durcheinander, während er mit gerunzelter Stirn den Hund betrachtete. »Auf die Frage habe ich noch keine Antwort.«

»Dann ist er vielleicht ein Geheimagent?«

»Ein Spion? Der aus der Kälte kam? Hat er einen Namen?«

»Wenn er uns den verrät, muss er uns töten.«

»Ganz sicher.«

»Also«, Rilla richtete sich auf, »du hast also einen No-Name-Hund?«

»Ich habe zwei Hunde mit ordentlichen Namen. Du musst sie bei deinem Besuch gestern kennengelernt haben.«

»Martha und Mabel.« Rilla nickte. »Aber der hier gehört dir nicht?«

»Ich würde mich schämen«, sagte Lachlan entrüstet, »wenn einer von meinen Hunden so aussehen würde wie dieser kleine Bursche hier. Nein, wo der herkommt, ist mir ein Rätsel. Ich hab ihn heute Mittag mehr oder weniger zufällig aufgelesen.«

»Er ist herrenlos?« Rilla schmolz dahin. Ohne auf Staub und Schmutz zu achten, kniete sie sich auf den Boden und streichelte den Spaniel. Er wälzte sich auf den Rücken, und als sie ihm den Bauch kraulte, wand er sich selig. »Wie kann jemand so einen Hund aussetzen? Oder überhaupt einen Hund aussetzen?«

»Keine Ahnung.« Lachlan schüttelte den Kopf. »Er ist ein lieber Kerl, oder? Aber er ist weder gechippt, noch steht er auf der Liste der vermissten Hunde im Internet, und die Tierärztin kennt ihn auch nicht. Also habe ich gesagt, ich nehme ihn mit nach Applemore. Das Problem ist bloß, dass Martha und Mabel die alteingesessenen Damen des Hauses sind – sie gehörten ja meinem Vater, und sind sicher nicht scharf darauf, ihr Lager mit diesem Rüpel zu teilen.«

Der Rätselhund stupste mit der Schnauze Rillas Hand an, eine Aufforderung, das weiche, extrem dreckige Fell auf seiner Brust weiter zu streicheln.

»Ich könnte ihn doch nehmen«, hörte Rilla sich sagen.

»Wirklich?« Lachlan kniete sich zu ihr auf den Boden. Rätselhund schien sehr zufrieden mit sich zu sein und wedelte heftig mit dem Schwanz.

»Ich meine, ich kann ihn in Pflege nehmen. Wenn du möchtest.« Das sollte ganz beiläufig klingen.

»Du würdest mir einen riesigen Gefallen tun. Wie lange bist du denn hier?«

»Na ja –« Plötzlich war sie verlegen, weil ihr einfiel, dass das alles hier Lachlan gehörte. »Dads Mietvertrag läuft erst Ende des Jahres aus.«

»Noch drei Monate.« Lachlan nickte, als würde er sich gerade an etwas erinnern. »Natürlich.« Dann betrachtete er den Hund. »Ich glaube, er findet die Idee richtig gut.«

»Ich hab mir immer einen Hund gewünscht«, sagte Rilla, während der Spaniel sich mit einem tiefen Seufzer an sie schmiegte und sich weiter kraulen ließ.

»Na dann«, sagte Lachlan und stand auf, »das ist doch *die* Gelegenheit.« Er reichte Rilla die Hand und half ihr hoch.

Siebtes Kapitel

Rilla stand auf. Sie hielt noch kurz seine Hand fest, und er sah sie an und überlegte, wie sehr der siebzehnjährige Lachlan diesen Moment genossen hätte. Irgendwie schaffte diese Frau es, dass sie, obwohl sie von Kopf bis Fuß mit Staub und Spinnweben bedeckt war, einfach süß aussah. Ihre grünen Augen funkelten, und ihr sommersprossiges Gesicht war genauso anziehend, wie er es all die Jahre in Erinnerung gehabt hatte. Sogar auf der Nase hatte sie einen Schmutzfleck, und Lachlan hätte ihn am liebsten weggewischt, aber ... sie ließ seine Hand los und sah mit einem Blick, von dem er nur träumen konnte, auf den struppigen Hund hinunter.

»Also«, Lachlan nahm sich zusammen, »eins nach dem anderen.« Er wollte gerade erklären, dass sie sich als Erstes um ein Hundebett, Futternäpfe, Hundefutter und eine eigene Leine für den Spaniel kümmern mussten.

»Ich kann mich nicht entscheiden«, sagte Rilla stirnrunzelnd. Sie rieb sich die Nase, sodass der Schmutzfleck verschwand. »George? Herbie?«

Der Hund wedelte mit dem Schwanz.

»Hugo.«

Wieder wedelte er.

»Hugh?«

Der Spaniel sprang Rilla an, legte ihr die Vorderpfoten auf den Arm und wedelte weiter.

»Mir scheint, das ist ein Ja für Hugh.« Rilla kraulte den Flaum auf seiner Stirn.

»Hugh, der Spaniel.« Lachlan schüttelte schmunzelnd den Kopf. »Was für ein Name. Hoffentlich wird er dem gerecht.«

»Ganz bestimmt, Hugh, oder?«

Und da das geklärt war, räumte Rilla ein, dass es neben der Namensgebung noch weitere, sogar ein wenig wichtigere Einzelheiten gab, um die sie sich kümmern mussten.

»Ich laufe schnell ins Haus und besorge ein paar Sachen«, erbot Lachlan sich. »Er ist abgehauen, als ich grade aus dem Auto ausgestiegen war. An deiner Stelle würde ich ihn an der Leine behalten, bis er dich ein bisschen besser kennt. Dann verschwindet er nicht, sobald du mal nicht auf ihn achtest.«

Rilla sah Hugh liebevoll an. »Du verschwindest nicht, oder?«

Hugh erwiderte ihren Blick mit dem gleichen Gesichtsausdruck, bloß mit dem Unterschied, dass er ziemlich dämlich die Zunge aus dem Maul hängen ließ, was man von Rilla nicht behaupten konnte. Lachlan bemühte sich, ernst zu bleiben.

»Okay, in einer halben Stunde bin ich mit den Sachen wieder hier.«

»Wenn du möchtest, fahre ich dich.« Rilla deutete auf den Wagen, den sie neben dem Pförtnerhaus geparkt hatte.

Lachlan hatte vergessen, dass Charlotte, tüchtig, wie sie war, gestern Davids Auto zum Laufen gebracht hatte.

Rilla brachte Lachlan und Hugh zum Gutshaus zurück,

wobei der Spaniel vorn im Fußraum sehr viel Platz beanspruchte. Er wandte den Blick nicht von seiner neuen Pflegemutter. Anscheinend war er von Rilla genauso begeistert wie sie von ihm. Als Lachlan das Fenster herunterließ, streckte Hugh den Kopf heraus und ließ seine Ohren im Fahrtwind flattern.

»Ich habe von deinem Vater gehört, das tut mir leid«, sagte Rilla, während sie auf dem Weg zum Gutshaus vorsichtig um die Schlaglöcher herumkurvte.

Lachlan schaute mit kritischem Blick über das Land. Da drüben hing ein Gatter nicht mehr richtig in den Angeln – das musste repariert werden. Der Farmer, der das Land für seine Schafe gepachtet hatte, sollte sich eigentlich auch um die Umzäunung kümmern. Lachlan nahm sich vor, ihn anzurufen, sobald er zu Hause war.

»Mir geht es mit deinem Vater genauso«, erwiderte er. »Ich mochte David sehr gern.«

»Ich auch. Es ist so seltsam, seine Sachen auszuräumen. Gleichzeitig traurig und schön.«

Lachlan nickte. »Ich wünschte, ich könnte das auch machen, aber dazu würde ich mehr als einen Container brauchen.« Während er sprach, kam das Gutshaus in Sicht.

»Es ist so ein schönes Gebäude«, sagte Rilla und hielt im Bogen der Auffahrt.

»Schön schrecklich«, scherzte Lachlan. »Das ist nicht ernst gemeint«, fügte er hinzu, als Rilla ihn überrascht ansah. »Oder doch – na ja –, es ist kompliziert.«

»Verstehe.« Sie legte ihm ganz kurz die Hand aufs Knie.

»Für so ein Gebäude verantwortlich zu sein, ist eine ganz schön große Verpflichtung. Ich selbst war nie gut darin, länger an einem Ort zu bleiben, ich glaube, an deiner Stelle würde ich bei dieser Aussicht einen Nervenzusammenbruch kriegen.«

»Damit fasst du ziemlich gut zusammen, wie ich mich fühle.«

Rilla wartete draußen im Auto, während Lachlan die wichtigsten Dinge für Hugh zusammensuchte. Seine beiden Spanieldamen waren nach draußen gekommen und machten sehr deutlich, was sie von einem potenziellen Eindringling hielten, indem sie knurrten und aus vollem Halse bellten. Dabei war völlig klar, dass sie Hugh nie auch nur ein Härchen krümmen würden, aber weil das Risiko bestand, dass er vor Angst die Flucht ergreifen könnte, behielt Rilla ihn im Auto.

Lachlan füllte so viel Trockenfutter ab, dass es Hugh ein paar Tage reichen würde, fand eine überzählige Leine und ein altes Lederhalsband und holte aus dem Schrank unter der Spüle in der Stiefelkammer, wo man so gut wie alles finden konnte, ein paar Futternäpfe. Als er sie herauszog, raschelte es leise, und er sah gerade noch, wie ein winziges braunes Mäuschen verschwand. Unwillkürlich musste er lachen.

Er lächelte noch, als er wieder nach draußen ging.

»Du siehst so vergnügt aus.« Rilla sah ihn fragend an. »Gute Nachrichten?«

»Wohl kaum. Nein, ich lache bloß darüber, dass ich in der Stiefelkammer gerade ein Mäusenest entdeckt habe. Hier kommt wirklich eins zum anderen, und es hört nicht auf. Hast du etwas dagegen, wenn ich gleich hinter dir herfahre? Ich möchte mir etwas in einem der Wirtschaftsgebäude ansehen.« Aus irgendeinem Grund wollte er Rilla nicht sagen, dass er plante, Applemore zu verkaufen. »Will mal sehen, ob alles, an das ich mich erinnere, noch da ist.«

»Na klar, mach das.« Sie lächelte, und ihre Grübchen machten sie noch bezaubernder, als sie ohnehin schon war. Was war er doch für ein Idiot – hoffentlich wirkte er jetzt nicht wie ein liebeskranker Teenager, der ihr überallhin nachlief, dachte Lachlan.

Doch Rilla fügte fröhlich hinzu: »Es ist schön, Gesellschaft zu haben.«

»Wenn du Lust hast«, sagte Lachlan »könnten wir auf dem Rückweg noch mit Hugh spazieren gehen. Ich muss ein umgekipptes Gatter aufstellen, der Farmer soll es dann reparieren.« Da – jetzt schlug er zwei Fliegen mit einer Klappe. »Und es könnte Hugh vielleicht helfen, sich ein bisschen zu orientieren.«

»Gute Idee.« Rilla warf einen Blick auf den Hund, der sich auf dem Rücksitz zusammengerollt hatte.

Hugh war begeistert, dass er zwei Menschen ganz für sich hatte. Er trottete an der Leine neben Rilla her, wedelte vergnügt mit dem buschigen Schwanz und nahm mit der Nase am Boden die köstlichen und noch unbekannten Gerüche von Applemore Estate auf. Lachlan ging auf Rillas anderer Seite und betrachtete sie im Profil. Sie hatte schon mehrmals gegähnt.

»Du siehst aus, als könntest du eine ordentliche Mütze voll Schlaf gebrauchen.«

»Ich muss versuchen, bis heute Abend durchzuhalten. Die frische Luft hilft. Aber erzähl mal, was hast du denn in den vergangenen achtzehn Jahren so gemacht?«

»Kaum zu glauben, dass es so lange her ist, oder?«

Rilla schüttelte den Kopf. »Und ich fühle mich immer noch nicht richtig erwachsen.«

»Ich glaube, wir werden uns nie erwachsen fühlen. Dein Vater hat mal gesagt, er hätte es aufgegeben, darauf zu warten.«

Rillas Gesicht verdüsterte sich, während sie jetzt am Gatter stehen blieben. Sie wartete, während Lachlan es notdürftig mit einem Stück Schnur aus seiner Jackentasche befestigte.

»Tut mir leid«, sagte er verlegen. »Ich wollte dich nicht traurig machen.«

Sie gingen weiter, und Rilla schüttelte den Kopf. »Ist schon okay. Weißt du, es ist beschissen, aber es gehört eben dazu. Er würde nicht wollen, dass ich den Kopf hängen lasse. Und deiner würde so was vermutlich auch nicht wollen.«

Lachlan machte Platz, um Rilla und Hugh über den Zaunübertritt steigen zu lassen. »Das stimmt. Er hatte nicht viel Zeit für Sentimentalität. Jedenfalls hat er das immer gesagt, aber er hing sehr an diesem Anwesen.« Lachlan deutete mit einer vagen Armbewegung in Richtung Gutshaus und Ländereien.

»Es muss schwer gewesen sein, euch vier Kinder allein

großzuziehen, meinst du nicht? Glaubst du, dass er manchmal am liebsten alles hingeschmissen und verkauft hätte?« Rilla hatte schon immer ein Talent besessen, die Fragen zu stellen, die andere Leute für sich behielten.

Lachlan zog die Stirn in Falten. »Vielleicht, ja. Das hätte er aber vor uns niemals zugegeben. Es ging ihm immer um Pflichterfüllung und dem Namen Fraser Ehre machen und das ganze Zeug.«

»Glaubst du, das war der Grund, weshalb er nicht noch mal geheiratet hat?«

Wieder typisch Rilla.

»Ich glaube, er war mit seinem Landsitz verheiratet.« Rilla hatte mit ihrer Frage den Kern von Lachlans Problem mit Applemore getroffen. »Für unsere Mutter war gar kein Platz. Vermutlich war das der Grund, weshalb sie gegangen ist.«

»Traurig, oder?« Rilla trat auf eine kleine Böschung, weil der Fußweg zum See jetzt schmaler wurde. Hugh sprang hinter ihr hinauf, ohne sie auch nur eine Sekunde aus den Augen zu lassen. Er himmelte sie an. Willkommen im Klub, dachte Lachlan schmunzelnd.

Es war seltsam, wie entspannt er sich nach dieser langen Zeit in ihrer Gegenwart fühlte. Als würde eine Freundschaft wieder aufleben, die er mehr vermisst hatte, als ihm bewusst gewesen war – und hinzu kam der Pluspunkt, dass er mit dem Älterwerden auch selbstbewusster geworden war. Der zaghafte, scheue Teenager Lachlan hätte in der jetzigen Situation vor Verlegenheit keinen Ton herausgebracht.

»Wenigstens hatten unsere beiden Väter sich gegenseitig«, fuhr Rilla fort. Sie blieb stehen und sah ihn an. Eine Hand legte sie auf den niedrigen Ast einer Weißbirke, und mit der anderen schützte sie ihre Augen vor der Sonne, die gerade durch die Wolken brach. »Darüber bin ich froh, besonders nach allem, was sonst noch passiert ist.«

»Er hat dich und Sally sehr vermisst.« David war ein guter Mann gewesen – freundlich und gütig und jederzeit bereit zu helfen, wenn im Dorf Hilfe gebraucht wurde. Lachlan hatte immer vermutet, dass er sich auf diese Weise beschäftigte, um nicht an den Verlust seiner Töchter zu denken. »Aber er hat immer gesagt, es sei nicht eure Entscheidung gewesen, dass ihr nicht mehr wiedergekommen seid.«

»Das stimmt«, sagte Rilla nachdenklich.

In stillem Einvernehmen gingen sie weiter. Der Fußweg wand sich zwischen Felsbrocken hindurch abwärts, und die silberbraunen Samenhülsen des Stechginsters rasselten, wenn sie daran entlangstreiften. Inzwischen verfluchte Lachlan sich für seine Gedankenlosigkeit – warum bloß nahm er sie ausgerechnet hierhin mit?

Als der kleine See in Sicht kam, blieb Rilla stehen.

»Ach, er ist wirklich so schön, wie ich ihn in Erinnerung habe. Sogar noch schöner.« Sie seufzte. »Seltsam, es ist das erste Mal seit dem Unfall, dass ich wieder zum See gehe.«

»Es tut mir leid, ich habe nicht nachgedacht. Es ist nicht gerade taktvoll von mir, mit dir hier runterzugehen.«

»Im Gegensatz zu meiner Mutter«, sagte Rilla mit leichter Schärfe, »bin ich nicht nachtragend, und ich gebe niemandem die Schuld an dem, was passiert ist. Wir haben auf einem selbstgebauten Floß herumgetobt, und Sally ist ins Wasser gefallen und hat sich das Bein gebrochen.«

»Sie wäre fast ertrunken.« In der Gerüchteküche des Dorfes hatte es noch monatelang rumort, insbesondere, als klar war, dass Davids Frau, die immer etwas frostig gewesen war, die Mädchen nicht wieder nach Applemore lassen wollte.

»Es hätte jede von uns treffen können. Würdest du die Abenteuer, die wir als Kinder erlebt haben, gegen ein risikoloses Leben mit Computerspielen eintauschen wollen?«

Er lachte. »Auf keinen Fall.«

»Siehst du. Und Sally ist damit auch im Reinen.«

»Ich hatte gehört, dass sie vielleicht ihr Bein verlieren würde.« So viel zum Dorfklatsch. David, der sich vollkommen heraushielt, wenn es um die Mädchen ging, hatte nie etwas richtiggestellt. Lachlan hatte bei vielen Gelegenheiten miterlebt, wie er einfach still vor sich hin lächelte. »Sollen sie denken, was sie wollen«, hatte David dann schmunzelnd gesagt. »Ich kenne die Wahrheit. Und irgendwann sind die Mädchen alt genug, um selbst zu entscheiden, was sie wollen.«

»Ihr Bein verlieren?« Rilla sah ihn fragend an. »Wer hat das denn behauptet? Das ist Unsinn. Die Gefahr hat nie bestanden. Sie humpelt bloß ein kleines bisschen und etwas stärker, wenn sie müde ist. Weiter nichts.« Rillas entschiedener Tonfall und der feste Blick ihrer grünen Augen machten klar, dass sie dieses Gespräch schon oft geführt hatte.

»Dein Vater war ein guter Mann.«

»Ich weiß. Und noch wichtiger ist, dass er wusste, dass ich das wusste.« Sie klang unglaublich gelassen – die feurige Rilla, deren Lachen genauso spontan gewesen war wie ihre Wutanfälle, wenn sie sich mit ihrer jüngeren Schwester zankte, hatte sich in den vergangenen achtzehn Jahren stark verändert. Im Stillen war Lachlan beeindruckt.

»Er hat meinem Vater immer von deinen Reisen erzählt. Ich wurde richtig neidisch – du bist ja überall und nirgends gewesen.« Sie waren am Ufer des Sees angelangt, und Rilla setzte sich auf einen der großen flachen Steine. Als Mädchen hatten sie darauf oft in der Sonne gelegen und gepicknickt. Sie ließ Hugh von der Leine. Lachlan wollte sie gerade warnen, dass der Spaniel wahrscheinlich wie der Blitz verschwinden würde, konnte dann aber nur staunend zusehen, wie das Tier sich neben Rilla auf den großen Stein setzte, sich leicht an sie lehnte und sich nicht vom Fleck rührte.

»Ich glaube, mein Pflegehund hier und ich werden uns richtig gut verstehen, was meinst du?« Sie strahlte Hugh an, und der Hund wedelte mit dem Schwanz. »Aber jetzt erzähl doch mal, was hast du denn so während meiner Abwesenheit getrieben?« Rilla streckte ihm neckend die Zungenspitze heraus. »Abgesehen natürlich davon, dass du mich vermisst hast?«

Lachlan musste sich kurz abwenden. Sie hatte absolut keine Ahnung, welche Wirkung sie auf ihn hatte. Es bestand keine Gefahr, dass die Flamme, die während all der Zeit für sie gebrannt hatte, verlöschen könnte. Einen Moment lang ließ er den Gedanken zu, dass Rilla mit ihm flirtete, aber …

nein. Das war albern. Er hatte in Edinburgh zahllose Freundinnen gehabt, und ein paar Beziehungen waren ernsthaft gewesen. Er hatte sogar überlegt, Anna einen Heiratsantrag zu machen, doch dann war ihm klar geworden, dass er keine Frau mit Applemore, diesem riesigen weißen Elefanten, den er an der Backe hatte, belasten wollte. Außerdem wollte er sich selbst – oder der wirklich netten Anna – nicht den langsamen Zerfall einer Ehe zumuten, den die Besitzer von Applemore anscheinend zu erwarten hatten, jedenfalls, wenn man nach den Ehen seines Vaters und seines Großvaters ging. Lieber würde er Single bleiben oder – er blickte über den See und stellte sich vor, wie Felix mit einer Drohne Aufnahmen für begeisterte ausländische Käufer machte – alles verkaufen und irgendwo anders sein Glück versuchen.

»Ich habe zusammen mit meinem Freund Gus in Edinburgh eine Brauerei. Er leitet die Firma zurzeit allein, weil ich mich darum kümmern muss, wie es hier weitergehen soll.«

»Was braut ihr denn?«

»Craftbiere – India Pale Ale nach amerikanischer Art und so. Es macht Spaß – das Brauen an sich, meine ich – und wir sind auch einigermaßen erfolgreich. Jedenfalls kommen die Unkosten rein.« Lachlan war sich bewusst, dass er damit ziemlich untertrieb. Tatsächlich lief Hedgepig überraschend gut. Die kleine Brauerei mit ihren gut fünfzehn Hektolitern bemühte sich, der lebhaften Nachfrage gerecht zu werden, und auf den verschiedenen Bewertungsportalen, denen die Brauereien auf Gedeih und Verderb ausgeliefert waren, hatte ihr Bier einen guten Ruf.

»Ich hatte gehofft, ihr würdet Gin brennen.« Rilla lächelte.

»Witzig, dass du das sagst.« Lachlan hatte immer wieder mal daran gedacht – hier auf dem Anwesen gab es eine Quelle, aus der sie ihr gesamtes Wasser bekamen, und wenn sie Früchte und Kräuter, die Beth in ihrer Gärtnerei zog, verwenden könnten, ließe sich daraus bestimmt etwas machen – aber plante er nicht gerade, Applemore zu verkaufen?

»Hast du schon eine Idee?« Rilla klang interessiert. Sie hob einen flachen Stein auf und schleuderte ihn ins Wasser. Hughs Schlappohren hoben sich leicht, und gleich darauf stürzte der Hund sich hinterher und platschte ganz unelegant in die Richtung, wo der Stein gelandet war.

Lachlan machte eine unentschlossene Handbewegung. »Es wäre eine Möglichkeit.«

»Charlotte hat gesagt, du bist in der nächsten Zeit hier? Das ist ja eine ganz schöne Umstellung für dich.«

»Du sagst es. Ja, ich muss versuchen, hier alles einigermaßen in Ordnung zu bringen.«

»Falls du Hilfe brauchst«, sagte Rilla, »ich bin bis Anfang Januar da. Ich kann dir zur Hand gehen. Dann mache ich wenigstens keine Dummheiten.«

»Da wird dein Hund schon für sorgen.« Doch noch während Lachlan das sagte, merkte er, dass es abweisend klang. »Nein, mal ernsthaft, das wäre super. Vielleicht schaffst du es ja sogar, Polly anzustiften, dass sie sich mal überlegt, was sie mit ihrem Leben anfangen will.«

»Ich mag Polly gern«, sagte Rilla. »Sie ist ein Schatz.«

»Ich hab sie wahnsinnig lieb«, stimmte Lachlan zu, »aber in den Monaten seit Dads Tod lässt sie sich nur noch treiben und ist zu nichts zu gebrauchen. Sie braucht ein Projekt.«

»Ich hätte gedacht, Applemore zu renovieren würde für den Anfang reichen? Da werden mehr Leute gebraucht als nur du, um das Haus einigermaßen in Ordnung zu bringen.« Rilla legte sich die Hand auf den Mund und bekam rote Wangen. »Ich meine – nicht, dass es jetzt nicht in Ordnung wäre oder so, aber …«

Er mochte es, dass sie sich in all den Jahren ihre Offenherzigkeit bewahrt hatte. »Das Haus ist total verwahrlost«, sagte er lachend. Dann stand er auf und reichte ihr zum zweiten Mal an diesem Tag die Hand. »Aber das alles wird verdammt viel mehr Spaß machen, wenn ich nicht allein davorstehe.«

»Abgemacht.« Mit gespieltem Ernst schüttelte Rilla ihm die Hand. »Also los.«

Achtes Kapitel

Die nächste Woche verging wie im Flug. Lachlan und Polly stellten Listen auf, was alles im Gutshaus getan werden musste. Rilla putzte das Pförtnerhaus, machte mit Hugh Spaziergänge auf dem Gut und fuhr immer wieder in die zehn Meilen entfernte Stadt, wo sie im Rot-Kreuz-Laden säckeweise Kleidung und andere Dinge ablieferte, die ihr Vater hinterlassen hatte. Das hatte fast therapeutische Wirkung, denn die Frau im Laden war freundlich und mitfühlend und fand nichts dabei, dass Rilla ein bisschen weinen musste, als sie den letzten Sack mit Kleidungsstücken und einen Karton mit seinen alten Büchern übergab. »Das erlebe ich oft, meine Liebe«, sagte sie, reichte Rilla ein Papiertaschentuch und tätschelte ihr die Schulter. »Aber bestimmt ist es ein gutes Gefühl zu wissen, dass das Geld, das wir mit den Sachen einnehmen, für wohltätige Zwecke verwendet wird.«

»Ja, das stimmt.« Rilla brachte ein etwas feuchtes Nicken zustande. Nachdem sie ihren Abschluss als Englischlehrerin gemacht hatte, hatte sie als Freiwillige in Afrika gearbeitet, und sie war ganz sicher, dass es ihren Vater gefreut hätte, wenn er gewusst hätte, dass der Verkauf seiner Sachen die Welt ein kleines bisschen verändern würde. Sie straffte die Schultern und ging in das kleine Café nebenan, um sich mit einer Tasse Kaffee und einem Stück Kuchen zu stärken. Dort hatte niemand etwas dagegen, dass Hugh hechelnd unter ihrem Stuhl saß und die Vorübergehenden angrinste.

Eines Nachmittags kam sie von einem Spaziergang mit Hugh nach Hause, müde und frierend, weil das Oktoberwetter plötzlich umgeschlagen war und der Winter jetzt spürbar Einzug hielt. Hugh erwies sich als viel verlässlicher, als Lachlan erwartet hatte. Er blieb auch ohne Leine bei ihr, flitzte vor ihr herum, um interessante Gerüche zu untersuchen, kam aber schwanzwedelnd zurück, sobald sie ihn rief – natürlich hatte sie immer Leckerlis in der Tasche. Im Näherkommen sah Rilla erfreut, dass Polly in dem kleinen Garten hinter dem Pförtnerhaus auf sie wartete.

»Lachlan ist gerade wiedergekommen, er war in Inverness und hat ganz viel Material für die Renovierung eingekauft. Hast du Lust, rüberzukommen und mit uns zu essen? Dann kann ich dir auch von meinen tollen Plänen für die Veränderung des Hauses erzählen.«

»Sehr gerne.« Pollys Begeisterung war ansteckend. »Aber ich muss Hugh mitbringen. Ich weiß nicht, was er anstellt, wenn ich ihn hier im Cottage allein lasse.«

»Klar!« Polly kraulte dem Hund zur Begrüßung den Kopf. »Du siehst ja schick aus! Haben sie dich ein bisschen aufgehübscht, was?«

»Er war bei der Hundefriseurin.«

»Ah ja, bei Kerry?«

Rilla nickte. Lachlan hatte die Telefonnummer vorbeigebracht und gesagt, dort würde die Familie ihre Spaniels immer zum Trimmen hinbringen. Rilla fand den Weg zu dem

Haus am Dorfrand, wo eine umgebaute Garage als Hundesalon mit allem Komfort diente. Als sie wieder ging, hatte Hugh das ganze Haus zusammengeheult. Rilla hatte im Applemore Hotel die berühmte Steak Pie probiert, von der Lachlan behauptete, sie wäre himmlisch gut – womit er recht hatte –, und als sie in den Hundesalon zurückkehrte, war Hugh wieder der schwanzwedelnde, fröhliche Hund, als den sie ihn kannte. Bloß dass er deutlich sauberer war, keine verfilzten Stellen mehr im Fell hatte und nach Lavendel roch. Das hatte etwa einen Tag lang angehalten, dann war er auf einem Spaziergang bei einer wilden Jagd nach einem Stöckchen, das sie geworfen hatte, in den See gesprungen. Jetzt sah er zwar immer noch sauber aus, roch aber ein bisschen muffig, so als hätte man ihn an einem feuchten Tag draußen auf die Wäscheleine gehängt. Nach dieser ersten Woche war Rilla klar, dass er ihr Herz im Sturm erobert hatte, und sie wollte sich gar nicht vorstellen, wie ihr zumute wäre, falls sein Besitzer doch noch auftauchte oder falls sie ihn im Tierheim abgeben müsste.

Als die beiden Frauen das Gutshaus betraten, schlug ihnen gleich ein köstlicher Geruch nach frischgebackenem Brot entgegen. Rilla lief das Wasser im Mund zusammen.

»Das riecht ja lecker«, sagte sie. Seit sie im Pförtnerhaus wohnte, hatte sie sich ziemlich karg ernährt, hauptsächlich von Spaghetti oder Ei auf Toast, vielen Äpfeln und Käse, und dazu literweise heißen Tee getrunken.

»Du brauchst bloß einen Bruder, der toskanische Bohnensuppe macht und dazu Sauerteigbrot backt«, sagte Polly und griff über den Tisch, um sich ein Stückchen Brotrinde abzubrechen.

»Finger weg«, mahnte Lachlan lachend. »Hallo!« Er sah zu Rilla hinüber.

Sie hatte keine Ahnung, wie er es schaffte, in einem schwarzen T-Shirt mit weißen Mehlstreifen so attraktiv auszusehen, aber – Rilla schüttelte sich. In den vergangenen Tagen hatte sie sich gegen die Erkenntnis gewehrt, dass ihre jugendliche Schwärmerei sich in etwas Erwachseneres verwandelt hatte – genauso, wie er erwachsen geworden war. Er werkelte weiter in der Küche herum, in einer abgetragenen Jeans – in der sein ausgesprochen hübscher Po gut zur Geltung kam – und mit einem Geschirrtuch über der Schulter. Sie staunte, wie flink und leichtfüßig dieser große, kräftige Mann sich bewegte.

»Wirklich sehr nett von dir«, begann sie in der Hoffnung, er würde ihr lautes Magenknurren nicht bemerken, »aber ich habe Hugh im Auto, und ich weiß nicht so recht …« Sie deutete auf die beiden Hündinnen, die als hellbraun und weiß gescheckter kleiner Fellberg in ihrem Hundebett neben dem Aga lagen.

»Ich habe ihnen eingeschärft, dass sie zu Gästen höflich sein müssen.« Lachlan grinste. »Und wenn sie das nicht sind, verbanne ich sie in die Bibliothek. Hol ihn rein.«

Es gab ein kakophonisches Gebell, als Rilla kurz darauf mit Hugh auf den Fersen die Küche betrat. Die Hündinnen stürzten auf ihn zu und beäugten ihn misstrauisch. Hugh warf nur einen Blick auf die beiden und beschloss dann, sich auf den Rücken zu werfen und Welpe zu spielen. Daraufhin stellten Mabel und Martha ihr Gebell ein und beschnupperten ihn schwanzwedelnd, was einer zurückhaltenden Begrüßung gleichkam. Im nächsten Moment wuselten alle drei Hunde schon glücklich und zufrieden in der Küche herum.

Rilla hockte sich auf die Armlehne des großen Sessels, und Hugh gesellte sich zu ihr und ließ sich mit einem tiefen Seufzer vor ihre Füße fallen.

»Sieht ganz so aus, als wäre das geklärt.« Lachlan nahm die angewärmten Teller aus dem Backofen. »Also, Polly hat einen Schlachtplan entworfen. Falls du dir dein Angebot, uns zu helfen, noch mal überlegt haben solltest, dann ist jetzt die letzte Möglichkeit, dich ganz schnell aus dem Staub zu machen.«

»Halt den Mund!« Polly riss ihm das Geschirrtuch von der Schulter und zog ihm damit scherzhaft eins über.

Sie aßen – es war köstlich –, und dabei berichtete Polly, Lachlan und sie seien zu dem Schluss gekommen, dass die Arbeiten unterschiedlich dringlich seien.

»Einmal sind da die notwendigen Arbeiten, zum Beispiel am undichten Dach«, sagte sie mit dem Mund voll Brot, »und dann gibt es jede Menge Schönheitsreparaturen.«

»Und außerdem hat Polly noch eine Menge Flausen im Kopf, weil sie glaubt, wir hätten heimlich im Lotto gewonnen.« Lachlan schmunzelte. »Ich nehme dich jetzt auf einen Rundgang mit, dann kannst du es dir selbst ansehen.«

Polly erbot sich, die Küche aufzuräumen, und Lachlan begann mit seiner Führung.

»Wenn wir oben anfangen, da, wo die undichten Stellen im Dach sind, kriegst du einen Eindruck davon, was alles gemacht werden muss. Und dann kannst du mir sagen, ob die Renovierung Wahnsinn ist und ob wir das Haus nicht lieber abfackeln und dann das Geld von der Versicherung kassieren sollten.«

»Das hört sich an, als wärst du alles andere als überzeugt von der ganzen Sache«, sagte Rilla, als sie die Treppen ins erste Stockwerk hinaufstiegen. Die Galerie im ersten Stock war schön, aber die rotgestrichenen Wände hatten dunkle Schimmelflecken. »Das ist die Feuchtigkeit – wenn die Wände erst trocken sind, verschwinden die Flecken, oder?«

»Du klingst schon wie Polly.« Lachlan blieb stehen und strich über die Wand. »Ich hab echt keine Ahnung.«

Sie gingen weiter ins oberste Stockwerk und blickten in die große Eingangshalle hinunter. Aus dieser Höhe sah der fadenscheinige, von Motten zerfressene Teppich schön aus. Seine verschlungenen Muster passten zu den satten Farbtönen der übrigen Einrichtung.

»Ich glaube, das Geheimnis besteht darin, das Haus so weit instandzusetzen, dass es einigermaßen gut aussieht und dann ...« Lachlan verstummte. Rilla hatte einen Verdacht, was in seinem Kopf vorging, und als er weiter schwieg, drängte sie ihn nicht.

Oben im Dachgeschoss war Rilla damals nicht gewesen. Sie betraten einen riesigen Raum, der leer war bis auf ein abgekämpftes graues Schaukelpferd in einer Ecke und einen Kamin, der mit einer Sperrholzplatte zugemacht worden war. An einer Wand hing noch eine uralte Schultafel, und auf dem Kaminsims stand ein Abakus.

»Hier ist es ein bisschen unheimlich, findest du nicht? Wie in einem Horrorfilm.«

Lachlan nickte. »Als ich klein war, habe ich mich in diesem Raum richtig gegruselt. Man rechnet fast damit, dass es hier nachts lebendig wird. Ich hab immer geglaubt, wir würden irgendwann mal hören, wie kleine Kinder hier spielen, und dazu Musik aus einer Musikbox.«

Rilla schauderte es, und sie schlang sich die Arme um den Leib.

Er lachte. »Wenn es dich beruhigt, ich habe in der ganzen Zeit, die ich hier im Haus gewohnt habe, nie etwas gehört.«

»Das hilft mir ein bisschen.« Trotzdem war Rilla froh, als sie den Raum hinter sich ließen.

An einem Flur lag eine Reihe winziger Mansarden, »die Dienstbotenkammern«, erläuterte Lachlan ein wenig verlegen. »Nicht, dass wir jemals welche gehabt hätten«, fügte er hinzu.

»Ich erinnere mich.« Rilla wusste noch, wie erstaunt sie gewesen war, als sie Lachlans Vater, den schroffen, aber sympathischen Hector Fraser, dabei angetroffen hatte, wie er in dem ebenso gemütlichen wie schmuddeligen Wohnzimmer den Teppich saugte. »Ich habe Joan getroffen. Sie war total lieb und hat mich in meiner ersten Nacht bei sich untergebracht. Und sie hat mir beim Ausräumen geholfen – ich wollte mich noch bei ihr bedanken, sie war wahnsinnig nett.«

»Sie ist ein Engel«, stimmte Lachlan zu. »Wenn sie nicht bei uns den Haushalt gemacht hätte, weiß ich nicht, wie es hier ausgesehen hätte.«

Rilla legte eine Hand auf das im Laufe der Jahre abgenutzte, seidenglatte Eichengeländer und sah sich um. »Ein bisschen Farbe würde schon helfen«, sagte sie.

Lachlan schaute sie an, und beide schwiegen einen Moment. Dann brachen sie angesichts der ungeheuren Aufgabe, die vor ihnen lag, in schallendes Gelächter aus.

»Du musst hier nicht mithelfen«, wiederholte Lachlan, nachdem sie sich in einem der verfallenen alten Badezimmer umgesehen hatten.

Seine aufrichtige Dankbarkeit berührte Rilla. Aber in ihrer Unterhaltung beim Essen war ziemlich deutlich geworden, dass die Familie zu kämpfen hatte. Polly war herausgerutscht, dass sie eine sechsstellige Summe an Erbschaftssteuer bezahlen mussten. Und außerdem war es ja nicht so, als würde sie gerade in Arbeit ertrinken.

»Ich liebe Projekte«, sagte sie und zog probeweise an der Metallkette, die vom Spülkasten der Toilette herabhing. Schon hatte sie das alte Ding in der Hand. »Huch!«

»Aber bei näherer Überlegung ...« Lachlan schmunzelte.

Rilla sah aus dem Badezimmerfenster. Der Blick ging über den ummauerten Garten, in dem sie Beth erkannte, die gerade in ihren Arbeitshosen ein Beet umgrub. Ihr Haar hatte sie unter einem Kopftuch versteckt. Neben ihr schliefen die Zwillinge in ihrem Doppelkinderwagen.

Mit einem Lächeln wandte Rilla sich zu Lachlan um.

»Nein, es ist mein Ernst. Gib mir einen Pinsel, dann bin ich zufrieden. Bis ich meine neue Stelle in Paris antrete, habe ich ja weiter nichts zu tun.«

»Na gut.« Lachlan sah sie mit seinen dunkelbraunen Augen an. »Das finde ich wirklich toll. Danke dir, Rilla.«

Beim Klang seiner tiefen, ernsthaften Stimme richteten sich die Härchen auf ihrem Arm auf, und als er ihren Namen sagte, bekam sie eine leichte Gänsehaut.

»Nach dir.« Er ließ ihr auf der Treppe den Vortritt. Wenn sie ihre gesamte Zeit im Gutshaus verbringen wollte, musste sich sie wirklich zusammenreißen. Lachlan Fraser war zwar wahnsinnig attraktiv und unheimlich nett, aber er war absolut tabu.

Es half nicht gerade, dass er immer wieder Gründe fand, um sie zu besuchen. Am nächsten Tag tobte Rilla gerade mit Hugh im Hof herum und ließ ihn immer wieder einen Tennisball fangen, da erschien Lachlan in Jeans und einem dunkelblauen Pullover, was ihm ganz ausgezeichnet stand. Der Bart, den er sich in der Woche zuvor abrasiert hatte, begann wieder zu sprießen. Die dunklen Stoppeln betonten sein kantiges Kinn und die ausgeprägten Wangenknochen.

»Hast du mittlerweile alle Wirtschaftsgebäude nach Sachen von deinem Vater durchsucht?«

Erschrocken sah Rilla ihn an. »Ach je, nein, tut mir leid.« Am Vortag war die Containerfirma wiedergekommen und hatte das schwere Ding an dicken Eisenketten auf den Laster gehoben. »Wenn du noch irgendwas findest, kann ich es ja zum Recyclinghof bringen.«

»So hab ich das nicht gemeint.« Lachlan grinste und deutete mit dem Kopf auf ein größeres Gebäude an einer Seite des Hofes. »Hast du da mal reingeguckt?«

Rilla schüttelte den Kopf. »Seit Hugh da ist, bin ich fast nur damit beschäftigt, Hundemama zu spielen.«

»Hab mir gedacht, dass du den noch nicht entdeckt hast.« Lachlan winkte ihr, ihm zu folgen. »Du musst ihn dir ansehen.«

Er schob das Tor auf und knipste das Licht an. Es flackerte kurz, dann beleuchtete es eine geräumige Werkstatt. Und mitten in dem Gebäude parkte ein großer weißer Kastenwagen.

»Tatsächlich!« Rilla blieb die Luft weg. Sie legte die Hand auf die Motorhaube, als würde sie einen alten Freund begrüßen. »Mir war nicht klar, dass er wirklich existiert.«

»Und mir war nicht klar, dass du schon davon wusstest.« Lachlan schien sich zu freuen. Er öffnete die Schiebetür des Wagens so weit, dass Rilla sehen konnte, wie viel von seinen Plänen ihr Vater schon verwirklicht hatte.

Die Küche war schon gut zu erkennen, und auch das Bettgestell war fertig, ebenso wie der Tisch – aber die auf dem Plan eingezeichneten Stühle fehlten noch, von dem einen konnte man durch die Schiebetür sehen, auf ... ja, auf was? Wo hatte Dad hinfahren wollen? Rilla wurde traurig, als sie an die Orte dachte, die er nicht mehr kennengelernt hatte.

»Als ich deinen Vater das letzte Mal gesehen habe, hat er gesagt, er wollte unbedingt wieder gesund werden, um im Sommer eine Rundreise durch Frankreich zu machen.«

Das war also eins seiner Ziele gewesen. Rilla spürte einen Kloß im Hals. »Echt?«

»Der Wagen ist noch nicht ganz fertig, aber viel ist nicht mehr dran zu tun.«

Rilla stieg in den Campingbus hinein und sah sich um. Im mit Holz verkleideten Dach war ein kleines Oberlicht, das sich öffnete, wenn man den Griff drehte. Die Wände waren mit hellem Kiefernholz vertäfelt und da, wo die kleine Bordküche angedacht war, hing bereits ein Regal. Es zeugte von handwerklichem Können, wie alles, was ihr Vater gebaut hatte. Sogar eine kleine Kombination mit Spüle und Gaskocher stand schon da, so niedlich, dass Rilla lächeln musste. Es war ein ganzes Haus, ordentlich in einen Kastenwagen hineingepackt. Wenn die Türen geschlossen waren, ahnte man nicht, was sich dahinter befand. Hier also hatte ihr Vater seine Pläne ausgeführt. Er hatte immer eine erstaunliche Fähigkeit besessen, etwas zu entwerfen und es dann zu bauen, eine sehr praktische Form der Magie.

»Du könntest den Wagen fertig ausbauen.«

»Ich?« Rilla sah Lachlan zweifelnd an. »Als Handwerkerin habe ich null Erfahrung.«

Doch schon während sie das sagte, begeisterte Rilla sich für den Gedanken. Wenn der Campingbus fertig war, konnte sie in ihrem eigenen kleinen Haus nach Paris fahren. Sie könnte reisen, wohin sie wollte – wo die Räder sie hintrugen. Rilla bekam Herzklopfen. Sie sah Lachlan an. Ein Schatten flog über sein Gesicht, aber dann klopfte er auf das Wagendach.

»Ich könnte dir helfen.«

»Wirklich?«

»Wenn du möchtest. Schließlich hast du mir Hilfe beim Haus angeboten, das wäre also nur fair.«

»Ich habe nicht vor, mein Angebot zurückzunehmen und einfach in die Werkstatt zu verschwinden, so wie Dad das gemacht hat.« Rilla lächelte bei der Vorstellung. Allerdings war es vernünftig gewesen, dass sie in letzter Sekunde beschlossen hatte, seinen alten Blaumann zu behalten. Der würde bei solchen Arbeiten praktisch sein.

»Weißt du, wir hängen beide für die nächsten paar Monate hier fest. Du bist ja noch bis nach Weihnachten hier. Wenn wir das Streichen im Haus satthaben, können wir herkommen, und du zeigst mir, wie gut du mit Bohrmaschine und Stichsäge umgehen kannst.«

»Da bin ich mir nicht so sicher.« Rilla betrachtete die Werkbank an der Wand. »Ich meine, Dad hat uns mit Hammer und Säge herumspielen lassen, aber wenn ich Schranktüren und so was bauen müsste, wäre ich ratlos.« Dabei überlegte sie schon, was für den Innenausbau noch nötig war.

»Ich finde, jetzt machst du dich selbst klein.« Lachlan sah sie an. »Ich bin überzeugt, dass du so ziemlich alles kannst, was du dir in den Kopf setzt.«

Rilla spürte, wie ihr Herz wieder heftig klopfte, aber sie sagte sich, dass sie sich einfach darauf freute, das Vorhaben ihres Vaters in die Tat umzusetzen.

»Ich habe die Pläne«, sagte sie und stieg aus dem Wagen. »Warte mal, ich hole sie schnell.«

Sie flitzte über den Hof. Hugh spürte die Aufregung, rannte mit ihr ins Haus und schnappte sich einen Tennisball. Während Rilla nach dem Notizheft ihres Vaters griff, legte er ihr den Ball vor die Füße. Zum Glück hatte Dad so genaue Pläne gemacht. Sie lief mit dem Heft zu Lachlan zurück.

»Hier. Sieh dir das an.« Rilla legte das Heft aufgeschlagen auf das Bettgestell und beugte sich darüber. Auch Lachlan beugte sich vor, um sich die Zeichnungen ansehen zu können, und es war eng. Überdeutlich nahm sie den Druck seines Armes und seine Körperwärme wahr. Sie tat ihr Bestes, um sich ausschließlich auf die Zeichnungen zu konzentrieren, und senkte den Kopf, wie um sie ganz genau zu betrachten. Dabei versuchte sie, sich zu sammeln. Wie albern war das denn jetzt?

»An diesen Schränken hier müssen wir Türen anbringen.« Lachlan deutete auf eine Zeichnung. Sein Handgelenk war gebräunt und mit feinen schwarzen Härchen besetzt. Einen Moment lang stellte Rilla sich vor, wie es sich anfühlen würde, wenn sie mit einem Finger über seinen Handrücken fahren würde, einfach um zu spüren, wie ihre Haut auf seiner ...

»Rilla?«

Sie schüttelte den Kopf. »Sorry, hab gerade überlegt ...«

»Türen«, fuhr Lachlan fort, »aber das ist gar nicht so schwer – ich meine, da muss man natürlich Scharniere anschrauben, aber das kriegen wir schon hin. Und die Rohrleitungen sind noch nicht fertig, aber anscheinend hat David das meiste schon gemacht.« Lachlan richtete sich auf, stieg aus dem Wagen und öffnete die Doppeltür im Heck. Rilla folgte ihm. »Siehst du, hier ist der Wassertank und da die Pumpe und – Mann, das ist beeindruckend.« Er stieß einen leisen Pfiff aus.

Rilla ermahnte sich streng, dass sie kein schmachtender Teenager mehr war, und trat neben ihn.

»Oh, wow.« Es sah alles sehr technisch und sehr ordentlich aus.

»Typisch David. Die Klempnerarbeiten sind praktisch gemacht und die Elektrik ist auch schon fertig. Sieht auf jeden Fall besser aus als das Kabelchaos bei uns im Haus.«

»Was bei dem Zustand des Hauses kein Wunder ist«, bemerkte Rilla trocken.

»Nee, da hast du recht. Also, hier im Wagen gibt's nichts, wovor man Angst haben müsste. Schau dir die Pläne noch mal genau an, und dann können wir uns überlegen, wann wir anfangen.«

»Danke.« Rilla warf ihm einen kurzen Blick zu, und plötzlich fiel ihr ein: »Wolltest du eigentlich etwas Bestimmtes?«

»Ach so.« Er rieb sich ein wenig verwirrt das Kinn. »Doch – ja.«

»Ich meine, abgesehen von meiner Gesellschaft?«

»Versteht sich.«

»Also?« Rilla grinste. »Verrätst du mir, was? Oder ist das ein Geheimnis?«

»Hm«, sagte Lachlan, »also – das ist witzig, als ich über die Wirtschaftsgebäude nachdachte, wurde mir klar, dass du nichts von dem Campingbus erzählt hast. Und dann war ich vorhin mit den Hunden unterwegs und habe mir den Kopf zerbrochen, was ich tun könnte, damit ein bisschen Geld reinkommt.«

»Außer eine Niere zu verkaufen, meinst du?« Sie sagte das scherzhaft, aber sie wusste ja von Polly und von ihm, welche Sorgen die Familie sich wegen der hohen Erbschaftssteuer und der Kosten für die nötigen Instandsetzungen machte.

»Glaub mir, darüber habe ich auch schon nachgedacht«, sagte Lachlan reumütig. »Aber mir kam noch eine andere Idee ... Komm mit, ich will dir etwas zeigen. Oder jedenfalls will ich versuchen, es dir zu zeigen.«

Neuntes Kapitel

Lachlan konnte sich nicht entscheiden: Sollte er Rilla gestehen, was er in Wahrheit vorhatte – sollte er sich bei einem Menschen aussprechen, der gefühlsmäßig nicht so mit Applemore verbunden war und ihm vielleicht einen Rat geben konnte? Doch er fühlte sich so jämmerlich, weil er auch nur in Erwägung zog, den Landsitz zu verkaufen, dass er nicht wusste, was er machen sollte.

»Hier entlang.« Er wies mit dem Kopf auf ein weißgestrichenes Gebäude auf der anderen Seite des Hofes, neben der früheren Milchkammer. Rilla passte sich seinem Schritt an, mit Hugh auf den Fersen. »Vor vielen Jahren hat mein Vater mal beschlossen, selbst Whisky herzustellen. Er war ja ein Original, und mit Vorschriften und so was hatte er nichts am Hut. Keine Ahnung, vielleicht dachte er, er könnte auf diese Weise ein Vermögen sparen.«

»Oha.« Rilla sah ihn an. »Das ist doch sicher illegal, oder?«

»Wenn man es ohne Lizenz zu Hause macht, ja. Sehr sogar.« Lachlan schmunzelte, weil ihr Gesicht ein Bild der Missbilligung und der Faszination war.

»Und dann?«

»Ich glaube, unser Dorfpolizist hat ihm auf die Finger geklopft. Er hat gesagt, er würde ein Auge zudrücken, solange Dad es nicht noch mal probieren würde.«

»Und hat er es daraufhin bleiben lassen?«

Lachlan musste lachen, denn er erinnerte sich an das Gesicht seines Vaters, als er das Gebräu probiert hatte. Es war unsäglich scheußlich und absolut ungenießbar. »Ja. Man konnte das Zeug nicht mal als Pinselreiniger verwenden, so ekelhaft war es. Dad hat alles weggeschüttet. Ich fürchte, er hat die Hälfte der Forellen im See damit vergiftet.«

»Und was hat das jetzt mit deinen eigenen Plänen zu tun, ein Vermögen zu machen?«

Lachlan öffnete die Tür des Gebäudes und tastete nach dem Lichtschalter. Weil es so schön war, Rilla hier zu haben – aus den verschiedensten Gründen –, vergaß er immer wieder, dass sie nicht bleiben würde, schließlich war sie nur auf der Durchreise. Ihr Besuch rief bei ihm viele Erinnerungen wach, und er stellte fest, dass er häufig an sie dachte. Aber war es nicht ganz natürlich, dass er sich einer alten Freundin, sozusagen einer Sandkastenfreundin, verbunden fühlte? Und mehr war da nicht.

»Was gibt es hier zu sehen?« Wieder einmal lugte Rilla in ein Gebäude, in dem das reinste Chaos herrschte.

»Wenn ich mich richtig erinnere, hat mein Vater die kupferne Brennblase, also sozusagen den Destillierkessel, und alles andere, was er zum Whiskybrennen benutzt hatte, hier abgestellt. Er sagte damals, er wolle die Sachen aus dem Weg haben, denn ihr bloßer Anblick erinnere ihn daran, wie scheußlich das Endprodukt gewesen sei.«

Lachlan stieg auf einen Stapel von Zaunpfählen, der hier ebenfalls aus den Augen und aus dem Sinn verschwunden war. Von hier oben sah er etwas matt schimmern.

»Da!«, sagte er und kletterte über die Zinken einer Egge und einen Stapel alter Möbel. Gleich darauf hatte er den Kessel freigelegt. »Gefunden.«

»Toll.« Rilla hob den Daumen. »Jetzt musst du dir nur noch überlegen, wie du die Sachen verkaufen willst, oder? Sind sie viel wert?«

Lachlan schüttelte den Kopf und stieg vorsichtig aus dem Gerümpelberg heraus.

»Du meine Güte«, sagte Rilla mit großen Augen. »Du willst hier doch nicht etwa schwarz brennen und das Zeug dann unter der Hand verhökern?«

Lachlan prustete los. Rilla war immer noch die Gleiche wie damals – witzig und fantasievoll und mit einem scharfen Auge für Lächerliches.

»Nein, ich denke darüber nach, ob Applemore Gin der Schlüssel zum Erfolg sein könnte.«

Auf einmal schien Rilla richtig interessiert zu sein. »Meinst du, du brauchst eine Verkosterin?«

»Ganz bestimmt.« Er lachte über ihre Begeisterung.

»Super. Wann geht es los?«

»In der Spirituosenbranche braucht alles seine Zeit. Ich muss erst mal recherchieren, die Kosten zusammenstellen, herausfinden, ob es einen Markt dafür gibt … und dann müssen wir bis zum nächsten Frühjahr warten, bis Beths Garten wieder richtig sprießt –«

»Ach so.« Rilla machte ein langes Gesicht.

Lachlan räusperte sich. »Tja – vielleicht können wir dir eine Flasche schicken, wo auch immer du dann bist.«

»Das wäre schön.«

Der Augenblick war vorüber. Lachlan hielt Rilla die Tür auf, und sie traten wieder in den Nachmittag hinaus, wo das Wetter mit seiner Regendrohung ernst gemacht hatte und der Himmel tiefviolett war. Ein Unwetter braute sich zusammen.

»Ich sehe lieber zu, dass ich zurückkomme«, sagte Lachlan, blieb aber vor der Milchkammer stehen und tätschelte Hugh.

»Bis morgen also.«

»Ich überlege gerade noch …« Lachlan schob die Hände in die Taschen, und sein nachdenkliches Gesicht erinnerte Rilla blitzartig an den Teenager Lachlan. »Ich brauche einen Raum, den man putzen kann. Er muss total hygienisch sein. Im Gutshaus ist gerade alles feucht und schimmelig, aber die Gebäude hier sind anscheinend trocken. Wollen wir uns die Milchkammer mal ansehen?«

Rilla zögerte, aber als Lachlan sagte: »Geh du vor«, öffnete sie die Tür. In ihrer Kindheit hatte es auf Applemore eine kleine Herde Jerseykühe gegeben, die auf den Weiden um den Landsitz herum grasten und in dem Wald, in dem sie gespielt hatten, Schutz suchten. Es war viele Jahre her, dass Lachlan in der Milchkammer gewesen war, aber als sie nun den leeren Raum betraten, war ihm gleich klar, dass er für seine Idee perfekt war. Im Gutshaus gab es keinen Raum, der geeignet gewesen wäre, denn eine Brennerei musste blitzsauber und aufgeräumt sein, und dort waren nicht nur die feuchten Wände ein Hindernis, sondern auch die Hunde und das allgemeine Chaos, das Polly anscheinend mitgebracht hatte. Und, sagte Lachlan sich, es wäre schön, einen Zufluchtsort außerhalb des Hauses zu haben. Er beobachtete, wie Rilla mit der Hand über die kühle Arbeitsfläche strich. Dass sie sozusagen gleich nebenan wohnte, war selbstverständlich reiner Zufall.

Der Raum war nicht besonders groß, aber er bot genügend Platz für alles, was er brauchen würde. Gin war zurzeit das große Geschäft, und kleine, unabhängige Destillerien schienen recht gut davon zu leben. Damit könnte er sich ein zusätzliches Einkommen erwirtschaften, und wenn er Applemore dann verkauft hatte, konnte er die ganze Geschichte nach Edinburgh transportieren und zusammen mit der Brauerei weiterführen.

»Dann wirst du also die Welt des Gins erobern, und ich werde mich damit befassen, wie ich Dads Camper fertigmachen kann.«

»Das ist der Plan.«

»Und dann verziehst du dich mit deinen Millionen auf die Malediven, und ich unternehme eine Rundreise durch Europa.«

»So machen wir es.«

»Okay.« Rilla rieb sich die Hände. »Dann lass uns loslegen.«

Zehntes Kapitel

Rilla war früh aufgewacht und überlegte sich gerade bei einer Tasse Kaffee, was nach den Plänen ihres Vaters noch an dem kleinen Wohnmobil zu tun war. In seiner Werkstatt gab es praktisch alle elektrischen Werkzeuge, die man sich vorstellen konnte, sie lagen in einem Wirrwarr aus Kabeln und Akkus auf seiner Werkbank. Rilla hatte ein bisschen geweint, als sie sich vorstellte, wie er hier gearbeitet hatte, sich dann aber zusammengenommen. Dad hätte gesagt, sie solle nicht so sentimental sein, sondern weitermachen, also hatte sie die Schultern gestrafft, sich wieder seinen Bauplänen zugewandt und beschlossen, eine Liste aufzustellen. Als Erstes brauchte sie Schrauben. Anscheinend waren keine mehr da, bloß noch eine leere Schachtel. An der Wand lehnte ein verstaubtes, mit Spinnweben überzogenes Brett, das eindeutig als Tischplatte dienen sollte. Rilla maß es zweimal aus, zur Sicherheit. Sie brauchte es nur anzuschrauben, und dann musste sie sich überlegen, wie sie die Scharniere an den Schranktüren für die kleine Küche befestigen sollte. Das konnte doch nicht so schwer sein.

Sie fuhr ins Dorf, parkte am Hafen und ging die kleine Gasse hinauf, die zur Hauptstraße mit den Geschäften führte. Der Ort war hübsch, wie aus dem Bilderbuch, trotz der finsteren Wolken, die zu bersten drohten. Der Wetterbericht hatte Sturm vorhergesagt, und Rilla zitterte. Sie wünschte, sie hätte an einen Mantel gedacht, und steckte die Hände in die Pulloverärmel, um sie warm zu halten.

»Hallo, meine Liebe.« Jemand tippte ihr auf die Schulter, sodass sie erschrocken herumfuhr. Es war Joan. Passend zu ihrem gepunkteten lila Regenmantel trug sie eine schicke lila Brille. Im Gegensatz zu Rilla war sie für dieses Wetter richtig angezogen. »Tut mir schrecklich leid, Liebes, ich wollte wieder vorbeischauen und sehen, wie du vorankommst, aber mein Neffe und seine Frau sind unerwartet aufgetaucht. Sie machen gerade eine Autotour an der Westküste entlang, und ich hatte keinen freien Moment.«

»Du brauchst dich doch nicht zu entschuldigen«, sagte Rilla und legte ihr kurz die Hand auf den Arm.

»Trotzdem, es tut mir leid. Wie klappt es denn so? Kommst du voran? Ich hab von Polly gehört, dass du die Hände nicht in den Schoß gelegt hast.«

»Ich hab im Cottage noch ordentlich geschuftet«, berichtete Rilla, »und dann habe ich entdeckt, dass Dad gerade dabei gewesen war, einen alten Ford Transit zu einem Wohnmobil auszubauen.«

Joan nickte. »Ja, ich habe mir den Wagen angesehen, nicht lange bevor David ... also, es ist noch nicht lange her.«

Rilla musterte Joan und überlegte, wie viel sie wohl von den Plänen ihres Vaters gewusst hatte.

»Ich hatte keine Ahnung davon.« Wieder überkamen Rilla Schuldgefühle, als sie an das Leben ihres Vaters hier oben dachte. Ob er einsam gewesen war? Jedenfalls hätte sie mehr für ihn da sein müssen.

Als könnte Joan Gedanken lesen, nahm sie Rillas Hand und drückte sie mütterlich. »Du brauchst kein schlechtes Gewissen zu haben, Liebes. Dein Vater wusste, wie lieb du ihn hattest.«

»Glaubst du?«

Joan nickte. »Ganz ohne Zweifel. Er war wahnsinnig stolz auf dich. Und auf Sally auch«, fügte sie hinzu. »Ich nehme an, du willst den Wagen fertigmachen und dann damit durch die Welt reisen? Das hätte deinem Dad sehr gefallen.«

»Ja, das habe ich vor.« Rilla passte sich Joans Schritten an, während sie die Hauptstraße entlang zum Dorfladen gingen.

»Das ist furchtbar schade«, sagte Joan, als sie davor stehen blieben.

»Was denn?«

Joan deutete auf ein Pappschild im Schaufenster.

WIR SCHLIESSEN stand in Großbuchstaben darauf.

»Sie dürfen doch den Dorfladen nicht schließen!« Rilla war entsetzt. »Wo sollen wir denn dann Brot und Milch und so was kaufen?«

»Frag den großen Supermarkt in der Stadt«, meinte Joan ärgerlich. »Seit der aufgemacht hat, geht es mit den Einnahmen hier rapide bergab. So ein Tante-Emma-Laden kann mit Supermarktketten wie Tesco nicht mithalten.«

»Aber viele Dorfbewohner kommen gar nicht in die Stadt. Was ist denn mit denen, die kein Auto haben?«

»Genau.« Joan nickte. »Das frage ich mich auch. Zweimal in der Woche fährt ein Bus, aber das hilft den Leuten aus dem Dorf doch kaum, oder?«

»Und was machen sie dann?«

Joan zuckte die Achseln. »Sie können nicht viel machen.«

Rilla folgte ihr in den Laden. Schon jetzt sah es hier drinnen traurig aus – die Regale leerten sich allmählich, denn viele Produkte wurden nicht mehr nachbestellt. Es bedrückte sie, dass Applemore diesen skurrilen kleinen Laden verlieren sollte, der von oben bis unten mit allem vollgestopft war, was im Dorf gebraucht wurde.

Rilla fand die Schrauben, die sie suchte, und beschloss, aus Solidarität die ganze Schachtel zu kaufen. Dann fragte sie das Mädchen hinter der Ladentheke nach Scharnieren für Schranktüren.

»Oma«, rief das Mädchen durch den Vorhang, »haben wir Scharniere?«

»Augenblick«, rief eine Stimme, und gleich darauf erschien eine grauhaarige Frau in einer geblümten Latzhose. »Scharniere, ja?«

»Ich denke gerade, dass man im Tesco bestimmt keine Scharniere kriegt«, bemerkte Joan geringschätzig.

»Ganz genau«, sagte die Frau, während sie schon unter der Ladentheke herumkramte. »Ich bin sicher, dass ich hier irgendwo welche habe. Lassen Sie mich eben – da sind sie schon!« Die Frau richtete sich wieder auf und zeigte Rilla ein in Plastik verpacktes Päckchen. »Wie viele Scharniere brauchen Sie?«

»Ich nehme alle«, sagte Rilla, denn sie war sich nicht sicher, wie viele sie für die Küchenschränke brauchen würde. Außerdem hatte Dad noch weitere Hängeschränke geplant, und sie hatte noch keine Ahnung, wie sie die bauen würde. Der ganze Ausbau des Wagens würde eine ziemlich steile Lernkurve ergeben. Sie hoffte nur, dass ihr Vater ihr seine Begabung für handwerkliche Arbeiten vererbt hatte.

Gerade als sie den Laden verlassen wollten, kam Polly hereingestürmt. Sie gab Joan ein Begrüßungsküsschen und schenkte Rilla ein strahlendes Lächeln. »Wie schön, dich zu sehen! Darf ich dich demnächst mal im Pförtnerhaus besuchen?«

»Jederzeit«, sagte Rilla dankbar. »Und das gilt auch für dich, Joan«, fügte sie hinzu. Joan war schon fast aus der Tür und erklärte nur noch rasch, dass sie nach Hause müsse, bevor ihr Neffe und seine Frau vom Strand zurückkehrten, wo sie Seehunde beobachten wollten.

»Und was hast du gerade vor?«, fragte Polly.

»Ich brauche ein paar Sachen«, antwortete Rilla mit einem Blick auf die Schrauben und die Scharniere, die sie in Händen hielt. »Ich versuche ja, den Campingbus von meinem Vater fertig auszubauen.«

»Oha«, sagte Polly. »Jetzt will ich dich auf jeden Fall ganz bald besuchen. Hast du mal unter dem Hashtag Vanlife auf Instagram geguckt? Da gibt es unheimlich viel.«

»Ein bisschen.« Rilla nickte. Das hatte alles etwas schicker ausgesehen als die handwerklich soliden, aber nicht besonders fotogenen Bemühungen ihres Vaters. »Aber ich fürchte, du wirst mich nicht dazu bringen, unter der Außendusche beim Yoga im Bikini Selfies zu machen.«

»Nee.« Polly kicherte. »Die Idee, auf Reisen zu gehen, gefällt mir gut, aber das ganze Hippiezeugs ist nicht so mein Ding. Ich muss schnell ein paar Sachen besorgen und dann vor dem Mittagessen in die Gänge kommen – aber ich besuche dich ganz bald.«

»Ja, gern.«

Während Rilla zum Auto zurückschlenderte, nahm sie den Frieden und die Schönheit des Dorfes in sich auf. Die Wolken schienen jetzt noch niedriger zu hängen, aber dadurch wurde die Schönheit des Meeres und der Berge ringsherum nur betont, und die Landschaft wirkte stimmungsvoll und melancholisch. Über den weißgetünchten Geschäften und den malerischen Häuschen mit ihren bunt gestrichenen Türen und Fenstern zogen Möwen ihre Kreise, und gerade lief ein Fischerboot in den Hafen ein, wegen des zu erwartenden Unwetters sicherlich früher als geplant, vermutete Rilla. Das alte Postamt beherbergte nicht nur den winzigen Buchladen, sondern auch ein Café, dann kam sie am Friseur vorbei und an einem Geschäft, das Outdoor-Ausrüstung und Campingsachen verkaufte und den Winter über geschlossen hatte. Es war schade, dass Applemore seinen Tante-Emma-Laden verlieren sollte, der für die Dorfbewohner doch so wichtig war. Aber vielleicht war das in diesen kleinen Orten einfach der Gang der Dinge.

Am Nachmittag war Rilla gerade dabei, sich mit der Kreissäge anzufreunden – voller Dankbarkeit, dass es auf YouTube so viele Heimwerker-Videos gab –, als im Hof jemand nach ihr rief. Sie klopfte sich die Sägespäne von der Hose und ging nach draußen.

Polly stand mit einer braunen Tüte in der Hand im Hof. »Du hast zwar gesagt, jederzeit«, sie zog die Nase kraus und lachte, »und ich bin ziemlich sicher, dass du damit nicht heute Nachmittag gemeint hast, aber mir war todlangweilig, und außerdem hab ich eine geniale Idee, und ich dachte, vielleicht hast du ein paar Gedanken dazu.«

Rilla war gerade richtig frustriert, weil sie anscheinend nicht einmal ein Stück Sperrholz gerade durchsägen konnte, und jetzt seufzte sie erleichtert auf. »Im Moment bin total froh, wenn ich eine Pause machen kann.«

»Ach, du arbeitest am Campingbus?« Polly beäugte ihren staubigen Blaumann.

Rilla zog das Gummiband von ihrem Pferdeschwanz, schüttelte ihr Haar, wobei mehrere Hobelspäne herausfielen, und band es wieder zusammen.

»Ich versuche es zumindest.« Rilla schnitt eine Grimasse. »Aber es zeigt sich, dass das in der Theorie einfacher ist als in der Praxis.«

»Darf ich mal gucken?«

»Ja, klar.«

»Ich hab Kuchen mitgebracht«, sagte Polly, während sie einen Blick in den Wagen warfen. »Ich finde, mit Kuchen geht alles besser.«

»Das sehe ich ganz genauso.«

Polly öffnete die Tüte und hielt sie Rilla hin. »Die sind aus dem Dorfladen. Und zu dem Thema habe ich diese geniale Idee.«

Rilla nahm sich ein Riesenstück Schokobrownie heraus.

Es war köstlich – außen knusprig, und das Innere zerging auf der Zunge. »Wunderbar«, sagte sie mit vollem Mund.

»Ich weiß. Anna backt sie, sie wohnt in einem kleinen Cottage am Hafen. Mir kam dieser Einfall, als ich die Brownies gekauft habe, und ich hab überlegt – du bist ja weit gereist und kennst viele Orte.« Einen Moment lang sah Polly plötzlich sehr jung aus. »Da hab ich gedacht, du könntest dir meine Idee mal ganz unvoreingenommen anhören. Das Problem hier ist nämlich, dass die anderen mich immer noch als die kleine Schwester ansehen und dabei vergessen, dass ich was im Kopf habe.«

»Das muss schwer sein.« Rilla dachte an Sally. Sally war zwar die Jüngere, aber sie war immer die forschere, selbstbewusstere der beiden Schwestern gewesen, sodass Rilla sich meistens ein wenig unbedarft und verwirrt vorgekommen war.

»Ist schon okay.« Polly zog wieder die Nase kraus. »Es bedeutet bloß, dass sie mir, wenn ich von einer Idee erzähle, nur gönnerhaft den Kopf tätscheln. Aber dieser Geistesblitz – ich glaube, damit könnten wir wirklich auf einen Schlag mehrere Probleme lösen.«

»Und weiter?«

Der angekündigte Regen war endlich da, und sie saßen auf umgedrehten Plastikkanistern in der Werkstatt von Rillas Vater. Polly begann mit ihrer Erläuterung.

»Also, der Dorfladen macht ja demnächst zu«, sagte sie. »Und wir müssen eine Möglichkeit finden, mit Applemore Geld zu verdienen. Daher habe ich gedacht – wie wäre es, wenn wir einen Laden aufmachen? Eine Art Hofladen oder Gutsladen?«

»Wow«, rief Rilla aus. »Das ist eine megacoole Idee!«

Polly strahlte. »Siehst du, genau deswegen wollte ich mit dir sprechen. Wenn ich zuerst den anderen davon erzählt hätte, hätte ich mir einen Vortrag anhören müssen, dass meine Pläne hirnrissig sind und dass ich von geschäftlichen Dingen keine Ahnung habe.«

»Ein Dorf braucht einen Laden«, sagte Rilla.

»Genau. Unser Dorf braucht einen Laden. Aber es braucht auch ... Ich denke nicht einfach an einen Laden, sondern an ein Geschäft, in dem wir Produkte hier aus der Gegend verkaufen können, zum Beispiel Annas Kuchen und Beths Blumen und – hier oben gibt es eine Menge Künstlerinnen und Kunsthandwerker. Im Moment verkaufen die meisten ihre Sachen in der Stadt, aber seit es die North Coast 500 gibt, kommen immer mehr Touristen hier vorbei, und ich bin sicher, dass wir genug Kundschaft haben würden.«

Rilla überlegte. Als sie das letzte Mal in Applemore gewesen war, hatte es so etwas wie die North Coast 500 noch nicht gegeben. Auf dieser Panoramastraße, die sich an der Nordküste Schottlands entlangzog, waren das ganze Jahr über Touristen unterwegs, in PKWs, mit Wohnwagen und in Wohnmobilen. Die Route führte zu den landschaftlich schönsten Stellen an der Küste und ganz nah an Applemore vorbei. Es würde leicht sein, Touristen herzulocken – zumal das Gelände um Applemore House herum so reizvoll war. »Ich finde deine Idee einfach super.«

Polly grinste. »Weißt du was? Genau das wollte ich hören. Es ist schön, dass mir ausnahmsweise mal was nicht ausgeredet wird, bevor ich die Möglichkeit hatte, es zu versuchen.«

»Muss man da Vorschriften beachten, ich meine, braucht man eine Baugenehmigung und so was?«

»Keine Ahnung«, sagte Polly fröhlich. »Als Erstes muss ich mir überlegen, wo man den Laden einrichten könnte. Am Drover's Track ist eine große alte Scheune, vielleicht ist das eine Möglichkeit. Ich muss checken, ob es da eine vernünftige Zufahrt gibt und so, aber die Scheune wäre nicht schlecht.«

Rilla bewunderte diese logischen Gedankengänge. Sie sah zu, wie Polly in den Campingbus stieg, mittendrin stehen blieb und dann so tat, als würde sie eine Tasse Tee machen und sich damit an den zukünftigen Tisch setzen.

»Dieser Camper ist ja der Wahnsinn. Hast du da nicht auch noch irgendwo ein Plätzchen für eine klitzekleine blinde Passagierin?«

Rilla lachte. »Zuerst muss ich ihn fertig ausbauen.«

»Also, wenn du Platz hast, ruf mich einfach. Jetzt gehe ich erst mal nach Hause und schmiede Pläne.«

Auf einmal überwältigte Rilla die Müdigkeit. Sie begleitete Polly zu ihrem kleinen Fiat 500, und als Polly losgefahren war, schloss sie die Tür zur Werkstatt und legte sich zu einem Nickerchen ins Bett. Sie wollte nur eine halbe Stunde die Augen zumachen. Alles andere konnte so lange warten ...

Elftes Kapitel

»Hallo«, sagte Beth. »So sehen wir uns wieder. Endlich.«

Rilla pfiff nach Hugh. Der Spaniel war auf dem Fußweg, der zwischen den Bäumen hindurch zu dem kleinen Privatstrand führte, schon vorgerannt. Er kam im Galopp zurück, sodass seine Ohren im Wind flatterten. Rilla stellte ihren Mantelkragen auf. »Wie schön, dich zu sehen.«

Beth drückte ihr einen Kuss auf die Wange und deutete auf ihre Kleidung. »Ich würde dich gern in die Arme nehmen, aber ich bin furchtbar dreckig. Nicht zu fassen, dass du jetzt schon seit Wochen hier bist und ich noch keine Gelegenheit hatte, dich zu begrüßen.«

»Du hast ja auch genug um die Ohren.« Rilla sah auf den Kinderwagen hinunter. Zwei stämmige Kleinkinder mit blauen Augen guckten sie aus ihren regenbogenbunt gestreiften Fleeceanzügen an. Sie sahen aus, als würde das kalte Wetter ihnen nichts ausmachen.

»Die beiden sind eigentlich pflegeleicht. Ich glaube, sie mögen die frische Luft. Also, vermutlich hältst du meinen großen Bruder davon ab, irgendwelche Dummheiten zu machen? Polly singt ja ein Loblied auf dich.«

»Eher halte ich mich selbst von Dummheiten ab. Als ich hier ankam, wusste ich nicht recht, was ich mit mir anfangen sollte. Jetzt stehe ich plötzlich mit Farbe bekleckert bei euch im Gutshaus.«

Beth sah sie seltsam an. »Vermutlich hast du dir alles gründlich angesehen – bist du auch schon in meiner Gärtnerei gewesen?«

»Nein.« Rilla schüttelte den Kopf. Eigentlich merkwürdig. Sie hatte Beth nicht so gut gekannt wie die anderen – als mittlere Schwester war sie immer ein paar Schritte zurückgeblieben, eine Träumerin. Es musste schwer gewesen sein, sich gegen eine so selbstbewusste ältere Schwester wie Charlotte zu behaupten, dachte Rilla. »Ich habe deinen Garten von oben gesehen, als Lachlan mir das Dachgeschoss gezeigt hat, aber ich bin noch nicht dort gewesen.«

»Ach so.« Beth drückte mit der Schulter eine Pforte in der Mauer auf, die leicht klemmte. »Diese Pforte hier ist immer offen.«

»Ja, aber ich kann doch nicht einfach überall herumspazieren.«

Beth schien sich etwas zu entspannen, und Rilla wurde klar, dass sie eine Art Test bestanden hatte.

»Ich bin noch gar nicht hier unten gewesen«, fuhr sie fort. »Aber jetzt muss ich ja immer mit Hugh spazieren gehen.« Rilla pfiff den Spaniel zu sich und nahm ihn vorsichtshalber an die Leine. »Und Polly hat gesagt, der Strand wäre im Herbst so schön. Zu dieser Jahreszeit war ich ja nie hier.«

»Stimmt.« Beth wirkte nachdenklich. »Es muss seltsam sein, wieder herzukommen, oder? Wir haben uns immer so gefreut, wenn ihr hier wart, Sally und du – es hat die Familie sozusagen aufgelockert, verstehst du, was ich meine? Wir haben keine Kusinen, da war also niemand anderes. Und wenn man auf so einem Anwesen lebt, können die Leute ein bisschen …«

»Komisch sein?« Rilla blieb neben Beth auf dem exakt abgestochenen Grasweg zwischen zwei gemulchten Beeten stehen.

»Ich glaube, dass die meisten Leute sehr entschiedene Ansichten über die Bewohner von Landsitzen wie Applemore haben. Und das bedeutet, wenn man keinen Umgang mit anderen Familien hat, die auf solchen Gütern leben – und Pa war gegen solche gesellschaftlichen Kontakte allergisch –, dann trifft man sich letztlich mit niemandem. Wenn die Familie etwas größer ist, kann man sich aber mit den anderen beschäftigen, auch wenn man sie die Hälfte der Zeit am liebsten umbringen würde.«

»Genauso geht es mir mit meiner Schwester, dabei sind wir nur zu zweit.«

Beth lachte. »Sally war immer ein bisschen … sie hat viel mit Charlotte gemeinsam, oder?«

»Sie ist tüchtig.« Rilla zog die Nase kraus.

»Ganz genau. Das lässt einem nicht viel Raum, um Mist zu bauen, stimmt's?«

»Genau.«

»Familien sind seltsam.«

»Da stimme ich dir voll zu.« Rilla ließ den Blick über Beths Garten schweifen. »Das hast du großartig gemacht.«

»Auf die Weise bin ich beschäftigt«, Beth lachte. »Aber im Ernst, die Gärtnerei ist wirklich eine tolle Sache. Ich hab eine Menge Fotos von dem Zustand, in dem der Nutzgarten vorher war – die alten Beerensträucher habe ich zum Teil nur mit dem Trecker rausgekriegt, denn sie waren in die Mauern hineingewachsen. Und ich muss dauernd Unkraut jäten, um es in Schach zu halten, aber in diesem Jahr habe ich endlich zum ersten Mal Gewinn gemacht.«

Rilla sah sich um. Ringsherum an den Mauern wuchsen Obstbäume an Spalieren. Ein großes, etwas schäbiges Gewächshaus war in einem matten Blassgrün neu gestrichen worden, und als Beth Rilla hineinführte, sah sie viele Reihen mit winzigen Setzlingen.

»Im Frühjahr wachsen die Jungpflanzen schneller, wenn ich sie vorziehe. Wir haben Glück, denn hier an der Westküste herrscht eine Art Mikroklima, und außerdem heizen die Mauern den Garten ein bisschen, aber es ist trotzdem gut, wenn die Pflanzen im Frühjahr schon einen Vorsprung haben. Wenn die Winter so unvorhersehbar sind wie hier, ist das immer Stress. Letztes Jahr war der Winter warm und nass, was uns zugutekam, aber im Jahr davor war er so kalt, dass ich viele Pflanzen verloren habe – und damit ein Vermögen. Aber ich glaube, jetzt habe ich allmählich den Bogen raus.«

»Das ist beeindruckend. Schließlich musst du dich doch auch noch um zwei Babys kümmern.« Die Zwillinge waren eingeschlafen, und ihre langen Wimpern lagen wie Halbmonde auf den roten Pausbäckchen. »Hilft dein Mann dir viel?«

Beth stieß den Atem aus. »Das ist im Moment ein wunder Punkt.«

Rilla sah ihre alte Freundin an. »Inwiefern?«, fragte sie behutsam.

»Wir sind nicht ... Es ist – also, wir verstehen uns zurzeit nicht besonders gut.«

»Oh, das tut mir leid«, sagte Rilla. »Das war mir nicht klar.«

Beth zuckte kaum merklich die Achseln. »Bisher weiß niemand davon. Ich weiß ehrlich gesagt nicht, wie ich es den anderen beibringen soll. Ich meine, Charlotte ist gerade so mit dem Bau ihrer Ferienhäuser beschäftigt, und Lachlan – der wäre ja am liebsten gar nicht hier, und Polly ist eben Polly.«

Rilla dachte an Lachlan und wie zerrissen er innerlich wegen Applemore war, und an Polly, die immer wieder in die Rolle der kleinen Schwester gedrängt wurde, die Rilla aber, obwohl sie nur vage Erinnerungen an die gemeinsamen Sommerferien hatte, so herzlich empfangen hatte. Wahrscheinlich wäre Polly eine gute Zuhörerin, wenn jemand eine Krise durchmachte. Aber so war das eben mit Familien – in der Kindheit wurde einem eine Rolle zugeteilt, die man dann als erwachsener Mensch kaum noch ablegen konnte.

»Ist das einfach, weil kleine Kinder so anstrengend sind? Ich erinnere mich daran, wie es Sally ging, als ihre Kinder klein waren. Da haben sie und ihr Mann sich wegen der lächerlichsten Kleinigkeiten gezankt.«

Beth senkte den Blick und stieß mit der Fußspitze gegen ein Grasbüschel. »Nein – ich meine, das mit den Kindern hilft natürlich nicht gerade –, es steckt mehr dahinter. Weißt du was? Die beiden sind eingeschlafen, lass uns an den Strand runtergehen, und unterwegs erzähle ich dir alles, wenn du zuhören magst.«

»Ja, gerne.«

Sie machten sich auf den Weg. Der Fußpfad führte an einer Wiese entlang, die mit einer traditionellen Bruchsteinmauer eingefriedet war. Ab und zu bückte Beth sich, nahm einen Stein, der sich aus der Mauer gelöst hatte, und schob ihn wieder an seinen Platz.

»Der Farmer hat hier Rinder gehalten, und die Tiere haben die Angewohnheit, ihr Hinterteil an den Steinen zu scheuern. Diese Mauern stehen zum Teil schon so lange, dass die Steine locker geworden sind. Das gehört auch zu den Dingen, die wir irgendwann reparieren müssen, aber ich will Lachlan nicht auch noch damit behelligen.«

Rilla vermutete, dass Beth ein wenig Angst vor der Reaktion ihres Bruders hatte.

»Ich bin sicher, dass er sich das ganz entspannt anhören würde«, sagte sie, denn sie dachte daran, wie unbeschwert und witzig er in den vergangenen Tagen gewesen war, als sie mit Polly zusammen die große Eingangshalle gestrichen hatte. An einem Abend hatte er dunkelrote Farbe im Haar gehabt und darauf bestanden, sie beide zum Dank für ihre Hilfe zum Dinner ins Applemore Hotel auszuführen.

»Na ja.« Beth wirkte nicht überzeugt. »Man muss keine Hellseherin sein, um zu bemerken, dass Lachlan lieber sonst wo wäre als hier. Und das ist eigentlich kein Wunder, oder? Ich meine, das hier ist doch ein Trojanisches Pferd, wie es im Buche steht: *Hier, ich schenke dir dieses Schloss, ach, und übrigens hast du damit zweihunderttausend Pfund Steuerschulden am Hals, und außerdem fällt es zusammen.*«

»Ich glaube, er gewöhnt sich vielleicht an den Gedanken, hierzubleiben.« Schließlich hatte er neulich von seiner Idee mit der Ginbrennerei gesprochen.

Beth verzog das Gesicht. Dabei sah sie wieder aus wie eine Zwölfjährige und keineswegs wie eine Unternehmerin und Mutter von zwei Kindern. »Keine Ahnung. Ernsthaft, ich verstehe, warum er ein Problem mit Applemore hat. Wer will denn schon wie unser Pa enden und ganz allein hier leben, nur mit den Hunden als Gesellschaft?«

»Warum sollte das so kommen? Ich meine, Lachlan ist ...« Rilla wollte über ihn sagen, dass er witzig war und nett und gut aussah ... aber sie wandte sich ab, denn sie merkte, dass sie rot wurde.

»Ich habe immer gedacht, dass ihr beide vielleicht ...« Im Weitergehen sah Beth sie von der Seite an.

»Lachlan und ich?« Ihr Gesicht brannte noch heftiger. »Wie kommst du denn darauf?«

»Früher habe ich oft beobachtet, wie er dich angesehen hat. Und ich hatte den Eindruck, dass du ihn auch mochtest. Und dann seid ihr ja nicht mehr hergekommen, und – na ja, er hat nie eine richtig ernsthafte Beziehung gehabt.«

»Nein?« Rillas Herz klopfte wie wild.

»Oh, da waren so einige Frauen – aber ich glaube, wenn sie hier hoch kamen, dachten sie immer, sie würden eine schottische Version von Prinz William vorfinden, einen

Mann, der mal ein Landgut erben würde, aber dann erkannten sie schnell, dass sie ein Leben in einer eiskalten Ruine vor sich hätten, mit nur den Schafen als Nachbarn.«

»Aber ich bin sehr gern hier. Dein Bruder muss doch auch Freundinnen gehabt haben, denen das ähnlich ging?«

»Ach ja, ich habe übertrieben. Bestimmt waren auch ein paar nette Frauen dabei, aber es war eben nie etwas für länger. Ich vermute, im Grunde ist Lachlan überzeugt, dass Beziehungen von Anfang an zum Scheitern verurteilt sind – wegen der Geschichte mit unserer Mutter.«

Rilla schwieg. In all den Jahren, die sie die Frasers besucht hatte, hatte sie die Geschwister eigentlich nie über ihre Mutter sprechen hören. Sie wusste nur, dass die Mutter nicht an ihrem Leben teilgenommen hatte und dass sie irgendwo in Frankreich gestorben war. Das Ganze war ziemlich rätselhaft.

»Sie hat es einfach nicht gepackt«, fuhr Beth fort. »Keine Ahnung – seit ich diese beiden hier habe, kann ich das irgendwie nachvollziehen. Schon komisch, aber Kinder verändern wirklich deine Sicht auf die Dinge. Ich habe jahrelang geglaubt, eure Mutter hätte völlig überreagiert, als sie euch beide damals abgeholt hat und ihr nicht mehr herkommen durftet. Aber vor ein paar Tagen habe ich gedacht, wenn ich die Kleinen bei Simon lassen würde und ihnen würde irgendetwas zustoßen, ich weiß nicht, ob ich ihm das verzeihen könnte.«

»Aber was damals am See passiert ist, war ja nicht Dads Schuld.«

»Ja, theoretisch weiß ich das – aber Eltern denken eben nicht besonders logisch. Ich will nur sagen, dass ich verstehen kann, warum unsere Mum abgehauen ist, obwohl sie vier Kinder hatte – und ich verstehe jetzt auch die Sichtweise deiner Mutter.«

»Hättest du deine Mutter gern öfter gesehen?« Die Antwort war so eindeutig, dass Rilla ihre Worte sofort bereute. Es war eine bescheuerte, lächerliche Frage.

Beth nickte langsam. »Aus heutiger Sicht ja – aber damals war ich böse auf sie, weil sie uns verlassen hatte. Oder hauptsächlich war ich sauer, dass sie verschwunden war, denn Charlotte betrachtete es als ihren Job, die Verantwortung für uns zu übernehmen, und sie war schon damals viel zu autoritär.«

Rilla lachte.

Der Weg endete. Sie stiegen über einen Zauntritt, hoben gemeinsam den Kinderwagen hinüber und stellten ihn auf der Dünenwiese wieder ab. Im Sommer wuchs hier ein Teppich aus Wildblumen, die Bodenbrüter und alle möglichen anderen Tiere anzogen, aber zu dieser Jahreszeit gab es nur noch stumpfgrünes Gras, kurzgefressen von den Schafen, die am Rand des Strandes entlangwanderten.

Beth stellte den Doppelbuggy so ab, dass die Gesichter der schlafenden Zwillinge vor dem Seewind geschützt waren. Hugh raste vor Begeisterung bellend auf die Wellen zu. Die Frauen folgten ihm, kletterten über die großen Steine am Rand des Sandstrandes und blieben dann stehen. Der Sand war hier so weiß wie an einem tropischen Strand, und das Meer funkelte dunkelblau. Der Unterschied zu den Tropen war nur, dass die Haut in Sekundenschnelle genauso blau werden würde wie das Wasser, falls man hineinspringen sollte. Sie blickten auf die fernen Inseln mit ihren Bergen.

»Und was hast du jetzt vor?«, fragte Rilla. Sie bückte sich und hob ein Stück milchig grünes Seeglas auf. Es war wie ein Herz geformt. Sie drehte es in der Hand um und steckte es dann in die Tasche.

»Wegen Lachlan?«

Rilla schüttelte den Kopf. »Wegen Simon.«

Erstaunlich, wie leicht und angenehm es war, wieder bei den Frasers zu sein. Die Zeit schien keine Rolle mehr zu spielen, sie waren wieder die Mädchen von damals.

»Ich habe geheiratet«, sagte Beth nachdenklich, »weil ich versuchen wollte, das wettzumachen, was ... na ja, wir hatten das ja alles nicht.«

»Was Sally zwei Komma vier Kinder und einen Hund nennt?«, fragte Rilla.

»Genau. Sie hat es genauso gemacht wie ich, oder? Glaubst du, dass man sich entweder für den einen oder den anderen Weg entscheiden muss?«

»Wie meinst du das?«

»Sieh dir Charlotte an«, sagte Beth. »Sie ist eine entschiedene Single. Und Lachlan – eine Reihe von lockeren Beziehungen, aber nie etwas Ernstes.«

»Dann leben die beiden an einem Ende des Spektrums und du und Sally am anderen?«

»Wir versuchen, uns die Familie zu schaffen, die wir als Kinder nicht hatten.«

»Verstehe.« Rilla blickte wieder über das Wasser. Der Himmel war so klar wie das Meer, die blasse Sonne schien und spendete eine für die Jahreszeit ungewöhnliche Wärme. Es hätte Anfang September sein können.

»Und wo stehst du?« Beth sah sie an. Sie hatte die Hände in die Taschen geschoben, und aus ihrem Pferdeschwanz hatte sich eine lange blonde Haarsträhne gelöst und bei einem plötzlichen Windstoß um ihren Hals gelegt. Das Wetter konnte sich hier im Nu ändern.

»Vermutlich am gleichen Ende wie Charlotte und Lachlan«, gestand Rilla. »Ich bin ja immer unterwegs, daher fällt es mir leicht, mich nie richtig einzulassen.«

»Hast du keine Lust, irgendwann mal sesshaft zu werden?«

Ganz kurz hatte Rilla ein Bild, wie sie mit Lachlan an diesem Strand entlangging, mit einer Horde von Hunden, die vorwegliefen. Ihr Magen schlug einen Purzelbaum, und ihre Knie fühlten sich komisch an. Verflixt noch mal, ihr war zumute wie damals als Teenager. Sie schüttelte den Kopf. »Nein. Ich habe noch Tausende von Ländern auf dem Zettel, wo ich hinwill.«

»Du Glückliche.« Beth seufzte. »Ich wünschte, ich hätte vor meiner Ehe auch so was gemacht. Jetzt ist das nicht mehr möglich.«

»Doch, natürlich. Du kannst doch mit deiner Familie auf Reisen gehen, oder?«

Beth öffnete den Mund und schloss ihn wieder. Dann kniff sie die Augen fest zu und schüttelte den Kopf, als wolle sie ihn freikriegen. »Als alleinerziehende Mutter mit Zwillingen kann ich nicht auf Reisen gehen.«

»Beth!« Rilla sah sie verwundert an, dann legte sie ihr die Hand auf den Arm und drückte ihn sanft. »Was ist denn los?«

»Aber du darfst kein Sterbenswörtchen weitersagen«, flüsterte Beth.

»Klar, das bleibt absolut unter uns.«

Beth strich sich das Haar aus dem Gesicht. Einen Moment später ertönte aus dem Buggy ein empörtes Quäken von einem Baby und gleich darauf ein Wutschrei von dem anderen.

»Oh je, ich nehme die beiden eben aus dem Wagen, damit sie sich beschäftigen können, und dann erzähle ich dir alles.« Beth war schon auf dem Weg zum Buggy. »Nimm du Edward«, sagte sie und übergab Rilla ein überraschend schweres Bündel Kleinkind. »Und das hier ist Lucy«, fügte sie hinzu, während sie das zweite Kind aus dem Wagen hob. Lucy lachte und strampelte vor Vergnügen über ihre Freiheit. »Jetzt können sie im Gras spielen.« Beth sah zu Hugh hinunter, der die Kinder mit Interesse betrachtete. Er setzte sich neben Rilla und wedelte verhalten mit dem Schwanz.

»Ich weiß nicht, wie er auf kleine Kinder reagiert.« Rilla sah ihn an, und Hugh erwiderte ihren Blick, als sei er ein wenig gekränkt über die Unterstellung, dass er kleinen Kindern gegenüber anders als engelhaft brav sein könnte. Ganz egal, wie sehr sie Applemore vermissen würde, Rilla war klar, dass ihr bei der Trennung von diesem Tier das Herz brechen würde. Einen Hund in Pflege zu nehmen war wirklich die schwierigste aller guten Taten.

»A-ba!«, gurgelte Edward entzückt und torkelte auf Hugh zu. Der Hund warf sich auf den Rücken und zeigte seinen Bauch. Edward lachte.

»Wie alt sind die beiden?« Rilla war in diesen Dingen ziemlich unbedarft. Einmal hatte sie Sallys Jüngster zum Geburtstag einen Chemiebaukasten geschickt. Daraufhin hatte sie in ihrer winzigen Wohnung in Chile, wo sie sich zu jener Zeit aufhielt, eine belustigte WhatsApp bekommen, in der es hieß, es sei nett, dass sie daran gedacht habe, aber Dreijährige hätten noch kein so großes Interesse an chemischen Experimenten.

»Achtzehn Monate.«

»Dann sind sie eigentlich wirklich noch Babys.«

Beth nickte. »Manchmal denke ich, dass sie in diesem Alter besser mit solchen Geschichten klarkommen. Sie kennen es ja nicht anders.«

»Beth?« Rilla sah, dass Beth sich größte Mühe gab, die Fassung zu bewahren. Ihr Kinn zitterte leicht.

»Ach Gott.« Beth brach in Tränen aus. »Simon und ich sind nicht mehr zusammen. Ich hab's noch niemandem erzählt. Kann mich nicht überwinden, es zuzugeben. Er hatte eine Affäre. Das hätte nicht passieren sollen, hat er gesagt, als wäre das ein Trost für mich.«

»Das tut mir so leid, Beth.«

»Alles gut. Er hat sie bei der Arbeit kennengelernt.« Beth holte kurz Luft, wie um sich wieder zu fassen.

»Nichts ist gut.« Die arme Beth, sie hatte ihre Probleme aus irgendeinem komplizierten Gefühl des Stolzes heraus für sich behalten.

»Ich habe die Frau gegoogelt. Sie ist todschick und hat jedenfalls nie dreckige Fingernägel oder schwarze Ringe unter den Augen, weil sie wegen der Kinder die halbe Nacht auf war.«

»Beth«, begann Rilla sanft, »deswegen bist du doch keine Versagerin, sondern *er* ist der Versager. Welcher Mann macht denn so was?«

»Ein echt beschissener Mann.« Beth bückte sich, um einem der Zwillinge eine neue Richtung zu geben. Die beiden ähnelten stämmigen Spielzeugen zum Aufziehen. Sie rannten ein Stück, dann nahm Beth sie hoch, drehte sie um, und sie wuselten in die Gegenrichtung los. Wenn man das beobachtete, war es süß und niedlich, aber für Beth musste es anstrengend sein, zumal sie alles allein managte.

»Und du hast deinen Geschwistern noch nichts gesagt?«

Beth schüttelte den Kopf. »Ich glaube, ich bin zu stolz. Ist das albern?«

»Nein, ich kann das nachvollziehen.«

»Die Sache ist, dass alle gesagt haben, mit zweiundzwanzig zu heiraten sei heutzutage lächerlich, und ich war so entschlossen, ihnen das Gegenteil zu beweisen, dass ich seit Jahren den Kopf in den Sand gesteckt hatte. Zwischen uns lief es schon ewig nicht mehr gut. Schon bevor die Kinder kamen.«

»Das erklärt manches«, sagte Rilla unüberlegt. Polly hatte vor kurzem erwähnt, dass sie Simon so gut wie nie zu Gesicht bekamen.

»Zum Beispiel?«

»Ach, Polly hat neulich so was gesagt. Ich glaube, sie sieht mehr, als ihr denkt.«

»Ja, wahrscheinlich. Ich vergesse wohl oft, dass sie nicht mehr zehn ist.«

»Genau. Sie hat so viele Ideen für den Hofladen.« Rilla lächelte. »Lachlan ist offenbar froh, dass sie jetzt ein Projekt hat.«

»Ich glaube, das sind wir alle. Sie war ein bisschen orientierungslos.«

»Aber genug von Polly. Was ist mit dir?«

Beth schüttelte den Kopf. »Weißt du was? Mir geht es jetzt schon viel besser, einfach, weil ich es ausgesprochen habe. Ich habe die ganze Zeit so getan, als wäre alles okay, und gehofft, dass niemand was merkt, aber gleichzeitig habe ich mir so sehr gewünscht, dass mal jemand nachfragt, damit ich es nicht mehr verheimlichen muss. Verstehst du, was ich meine?«

»Absolut.« Rilla nickte mitfühlend. »Und was hast du jetzt vor?«

»Mein Leben auf die Reihe bringen.« Beth lächelte und wischte sich die letzten Tränen ab. »Ist naheliegend, oder?«

Rilla bemühte sich, taktvoll zu sein. »Sieht ganz so aus, ja.«

»Wenigstens können wir jetzt miteinander sprechen. Vor kurzem hat Simon versucht, mit mir über alles zu reden, aber da bin ich ins Auto gesprungen und weggefahren, statt mich auf ein Gespräch einzulassen. Fast hätte ich mir die Finger in die Ohren gesteckt und lalala gesungen. Verrückt, oder?«

Später überlegte Rilla, dass es vermutlich leichter war, sich bei jemandem auszusprechen, der ein wenig Abstand hatte. Auf dem Rückweg vom Strand war Beth praktisch ein anderer Mensch gewesen, weil sie ihr Herz hatte ausschütten können. Sie hatte sich entschlossen, nach Hause zu gehen und die Sache mit Simon zu klären. Rilla hatte ihr versprochen, jederzeit für sie da zu sein, und gesagt, falls sie ein nächstes Mal ins Auto springen und flüchten würde, könne sie gern zum Pförtnerhaus fahren und mit ihr eine Tasse Kaffee trinken, statt am Hafen zu parken und stundenlang im eiskalten Wagen zu sitzen.

Rilla schaltete den Fernseher ein und machte Feuer im Ofen, und dann verbrachte sie den Abend gemütlich auf dem Sofa, während der erschöpfte Hugh neben ihr schnarchte. Es war merkwürdig, sie war erst kurze Zeit wieder da, aber irgendwie fühlte sie sich auf Applemore – sie mochte es sich gar nicht richtig eingestehen – zu Hause.

Zwölftes Kapitel

»Morgen«, sagte Gus. Er sah Lachlan vom Display des Handys an und schlürfte dabei seinen Kaffee. Lachlan hatte die Ellbogen auf den Tisch gestützt und das Handy gegen einen Stapel Bücher gelehnt, die Polly am Abend zuvor liegengelassen hatte. Sie war wirklich unordentlich, dachte Lachlan und wischte eine Lawine Toastkrümel, die sie hinterlassen hatte, vom Tisch. Sofort waren die Hunde zur Stelle. Wie zwei Staubsauger mit Schlappohren schleckten sie die Krümel auf.

»Wie läuft's denn so?« Lachlan blickte an Gus vorbei auf die Küche hinter ihm. Da stand ein riesiger Blumenstrauß in einem roten Krug – eindeutig Lucindas Werk –, und am Fenster hing ein neues Rollo. »Ich sehe, dass ihr euch ein bisschen als Heimwerker betätigt habt.«

Gus grinste. »Wohl kaum. Jedenfalls nicht im Vergleich zu dem, was du vorhast –«

Wie aufs Stichwort gab es oben über Lachlan, wo ein Dachdecker die schlimmsten Löcher im Dach flicken wollte, einen lauten Rums. »Es ist ein teures Chaos«, stimmte er Gus zu. »Ich brauche meine Ersparnisse auf, um die Handwerker dafür zu bezahlen, dass sie herkommen und die dringlichsten Sachen reparieren. Die Alternative ist, auf den Zuschuss zu warten, aber es kann noch Monate dauern, bis der bewilligt wird, und so viel Zeit habe ich nicht.«

»Nicht, wenn du deine Burg im Frühjahr auf den Markt bringen willst«, sagte Gus, doch als Lachlan sich den Zeigefinger auf die Lippen drückte, riss er die Augen auf und hielt sich die Hand vor den Mund. »Sorry.«

Lachlan zuckte die Schultern. »Alles gut, die Mädchen sind nicht da. Aber sie sind immer noch wild entschlossen, Applemore zu behalten, und, was noch schlimmer ist, Polly hat die Idee, einen Hofladen aufzumachen – das tun heutzutage ja viele, und jetzt steckt sie bis über beide Ohren in Businessplänen und Brownie-Kostproben von kleinen Bäckereien hier am Ort.«

»Gute Sache, oder?«

»Nicht, wenn ich den Mädchen demnächst eröffne, dass ich Applemore verkaufen muss.« Lachlan schüttelte betrübt den Kopf. Während er weiter darüber nachdachte, hörte er mit halbem Ohr Gus zu, der ihn bezüglich der Brauerei auf den neuesten Stand brachte, die Bestellungen, die hereingekommen waren, herunterspulte und von Lucindas Idee für dies und von Lucindas Idee für jenes berichtete.

»Also«, sagte Gus schließlich, »ich habe daran gedacht, dass du uns auf ein Wochenende eingeladen hast.«

Lachlan ahnte nur, was er für ein Gesicht machte, und zwang sich zu einem Lächeln. »Ja?«

»Lucinda würde wahnsinnig gern in den Norden fahren und sich Applemore ansehen.«

Lachlan blickte auf die vielen Farbdosen und die Leiter, die in der Küche an der Wand standen. »Solange sie hier nicht Glanz und Gloria erwartet.«

»Doch, natürlich erwartet sie das. Aber ich will versuchen, ihre Erwartungen ein bisschen zu dämpfen. Was macht ihr denn zu Halloween?«

»Im Hotel ist eine Party – erinnerst du dich an Harry? Er managt den Laden jetzt.«

»Cool. Würde dir das Halloween-Wochenende passen?«

»So gut wie jedes andere. Und das gibt Lucinda immerhin einen Grund, sich in Schale zu werfen«, fügte Lachlan trocken hinzu.

»Sie wird drei Nanosekunden nachdem ich ihr von unserer Verabredung erzählt habe, zum Kostümverleih stürzen.« Gus lächelte nachsichtig bei der Vorstellung. »Vielleicht kann ich sie ja überreden, als sexy Nonne oder so zu gehen.«

Lachlan grinste. »Mit dem Gedanken lasse ich dich jetzt allein. Ich muss wieder zu den Handwerkern.«

Einige Stunden später hatte er den Antrag für den Renovierungszuschuss fertig. Am Telefon hatte die zuständige Frau ihm versichert, dass er das Geld ganz bestimmt bekommen würde. Lachlan erschien das fast zu einfach, aber die Dame war unbeirrt geblieben. Er würde sich einfach auf ihre Zusicherung verlassen müssen. Inzwischen sah es zumindest so aus, als würde etwas geschehen. Oben klopfte und hämmerte es weiter, und auf einer Seite von Applemore House stand ein Gerüst. Allerdings würde es Tausende kosten, auch nur das Nötigste zu reparieren. Lachlan checkte sein Bankkonto und klappte dann mit einem Stoßseufzer seinen Laptop zu.

»Was gibt's?« Einen Moment später erschienen Polly und

Rilla in der Küche, beide in mit Farbe bekleckststen Overalls. Polly öffnete den Kühlschrank und sah hoffnungsvoll hinein. »Und warum ist hier nie was zu essen drin?«

»Wahrscheinlich, weil ich noch nicht einkaufen war und ihr die Galerie gestrichen habt.«

»Das sieht jetzt richtig gut aus«, sagte Rilla und setzte sich auf die Armlehne des Sessels neben dem Aga. »Aber da oben im zweiten Stock ist es eiskalt.«

»Angeblich steigt Wärme ja auf«, sagte Polly, während sie Käsesandwiches machte. »Aber ich nehme an, damit das passiert, muss erst mal Wärme da sein.«

Lachlan beobachtete, wie Rilla die Hände flach über den Aga hielt, gerade so niedrig, dass sie sich nicht die Finger verbrannte. Sie hatte es geschafft, sich quasi überall mit Farbe einzuschmieren – sogar auf der Backe hatte sie einen roten Fleck, und eine Locke, die sich aus ihrem Pferdeschwanz gelöst hatte, sah aus, als wäre sie in einen Farbeimer getaucht worden. Als Rilla merkte, dass Lachlan sie ansah, blickte sie kurz auf und lächelte.

»Ach so, Gus hat sich mehr oder weniger selbst für das Halloween-Wochenende eingeladen.«

»Oha.« Polly errötete leicht.

»Mit seiner Freundin.« Lachlan kam sich wie ein Spielverderber vor. Polly hatte schon immer ein bisschen für seinen Freund geschwärmt, seit er während ihres ersten gemeinsamen Semesters an der Uni einmal auf Applemore zu Besuch gewesen war. »Aber dafür müssen wir das Haus ein bisschen heizen. Lucinda kommt mit den arktischen Bedingungen, unter denen ihr zwei hier arbeitet, bestimmt nicht klar. Sie ist eine kleine Gewächshauspflanze.«

»Und wie ist er so?« Rilla biss von dem Sandwich ab, das Polly ihr gereicht hatte, blieb aber so dicht wie möglich am Aga sitzen. Während sie sich aufwärmte, hatte sie rote Wangen bekommen, was ihr sehr gut stand. Lachlan schüttelte den Gedanken ab.

»Gus?« Polly saß auf ihrem Lieblingsplatz auf der Arbeitsplatte. Sie überlegte. »Er ist witzig. Nett. Aber viel wichtiger ist, wie ist *sie*?«

Lachlan wählte seine Worte sorgfältig. Er war mit Lucinda nie warm geworden und fand, dass sie zu sehr hinter dem Geld her war. »Sehr, ähm, motiviert.«

Rilla warf ihm einen Blick zu und hob fragend eine Augenbraue, sodass er grinsen musste.

»Du magst sie nicht«, sagte Rilla.

»Das hab ich nicht gesagt.«

»War auch gar nicht nötig.«

»Halt den Mund, du Schlaumeier.«

»Schlaumeierin, wenn ich bitten darf.«

»Ihr zwei!« Polly schüttelte den Kopf. Plötzlich sprang sie mit ihrem halb aufgegessenen Sandwich von ihrem Hochsitz herunter. »Ich gehe mal gucken, was die Handwerker machen. Einer von denen ist ganz süß.«

»Also ist Lucinda vermutlich schrecklich?«, hakte Rilla nach.

»Sie ist nicht bloß schrecklich. Sie ist eine richtige Schreckschraube. Sie ist ... du wirst es ja sehen. Hast du Lust auf die

Halloween-Party im Dorf? Das ist das aufregendste Ereignis, das es hier in der Gegend gibt – bis dann zur Silvesternacht im Hotel.«

»Sehr gerne. Müssen wir uns dazu verkleiden?«

»Du könntest einfach als total verdreckte Anstreicherin gehen.« Lachlan grinste.

Rilla blickte auf den Blaumann ihres Vater hinunter. Sie hatte Ärmel und Hosenbeine hochgekrempelt und trug abgewetzte lila Doc Martens dazu. Sie hätte beim besten Willen nicht bezaubernder aussehen können. Nicht, dass er sie sonderlich interessiert ansah, sagte Lachlan sich. Gleichzeitig aber wusste er, dass er in diesem Fall total versagte. Je mehr Zeit er in Rillas Gesellschaft verbrachte, desto klarer wurde ihm, dass er sich wieder bis über beide Ohren in das Mädchen verliebte, das er vor vielen Jahren gekannt hatte. Doch dieses Mal lag die Sache anders. Jetzt war sie eine Frau, eine Weltreisende, die wusste, was sie wollte. Und sie wollte, sagte er sich mit Nachdruck, Applemore Anfang Januar verlassen.

Lachlan konnte sich vorstellen, was Gus sagen würde – irgendetwas mit die Gelegenheit beim Schopf packen, so lange das möglich war.

»Aber im Ernst«, seine Stimme wurde ein wenig rau, »ich fände es toll, wenn du mitkommen würdest.«

Sie sah unter ihren langen dunklen Wimpern zu ihm hoch. »Abgemacht.«

Lachlans Herz geriet ins Stolpern. Er hob seine Kaffeetasse, wie um mit Rilla anzustoßen: »Abgemacht!«

Am späteren Abend ging er noch einmal mit den Hunden nach draußen. Der Himmel wirkte wie eine Decke aus Samt, über die Millionen winziger Sterne verstreut worden waren. Der fast volle Mond stand niedrig, ein großer, rötlich gelber Kreis, den kein Wölkchen verdeckte. Die Bäume wisperten im Seewind. Irgendwo in der Ferne rief ein Käuzchen. Er fragte sich, was Rilla wohl gerade im Pförtnerhaus machte, so ganz allein. Vielleicht saß sie jetzt gemütlich an Hugh gekuschelt vor dem Ofen auf dem Sofa. Lachlan stieß einen tiefen Seufzer aus. Wer hätte gedacht, dass er einmal auf einen struppigen entlaufenen Spaniel eifersüchtig sein würde?

*

»Also, ich denke«, sagte Polly am nächsten Morgen, als sie mit Lachlan im Hof vor einem der Wirtschaftsgebäude stand, »dass wir hier leerräumen könnten, und dann richten wir den Laden darin ein, und da wäre Platz zum Parken« – sie deutete auf den Hof – »und hinter dem Haus auch, und ich habe Strom und eine Spüle, auch wenn sie uralt ist. Ich brauche bloß noch ein paar Regale und so zu besorgen, und ratzfatz ist der Hofladen fertig – ohne großen Aufwand. Und dann trage ich auch etwas bei und bin nicht bloß eine Belastung für euch.«

Das musste Lachlan ihr lassen – sie hatte ihre Hausarbeiten gemacht. Polly hatte ein Konzept mit den erwarteten Einnahmen geschrieben, sich überlegt, was sie brauchte, um den Raum zu einem Laden umzugestalten, und sogar eine lange Liste mit möglichen Lieferanten aufgestellt.

»Und damit verändere ich nicht nur unsere eigene Situation, sondern ich bewirke auch etwas für die Wirtschaft hier im Ort. Ich glaube, Dad wäre beeindruckt gewesen, was meinst du?«

»Ganz bestimmt.« Pollys Begeisterung war ansteckend. »Und wie hast du dir das zeitlich vorgestellt?«

»Also«, Polly lehnte sich an die Hauswand und verschränkte die Arme. »Ich sehe keinen Grund, warum wir nicht rechtzeitig vor Weihnachten eröffnen sollten. Bis zum zehnten Dezember sind es noch sieben Wochen. In der Zeit können wir den Raum wunderschön herrichten, und dann machen wir eine kleine Eröffnungsfeier.«

In sieben Wochen das staubige Wirtschaftsgebäude in einen funktionierenden Hofladen verwandeln zu wollen erschien Lachlan ziemlich ambitioniert, aber er wollte dem Enthusiasmus seiner kleinen Schwester keinen Dämpfer aufsetzen. Ihre Augen funkelten, und sie brannte darauf, loszulegen. Wieder einmal meldete sich sein schlechtes Gewissen. Wenn er Applemore verkaufte, würde er Pollys Pläne völlig zunichtemachen.

»Ich fahre am Montag nach der Halloween-Party mit dem Anhänger nach Inverness, um Holz und anderes Material zu besorgen. Wenn du möchtest, kannst du mitkommen und Sachen, die du brauchst, mit aufladen.«

»Ernsthaft?«, sagte Polly erfreut.

»Ernsthaft. Rilla und du, ihr habt bis zum Umfallen geschuftet, als ihr die Halle gestrichen habt, da ist es doch nur fair, wenn ich auch bei deinem Vorhaben mit anpacke.«

»Du bist einfach super.« Polly klatschte ihn ab. »So machen wir das.«

Er konnte ihr nicht richtig in die Augen sehen.

Sie gingen zurück. Als sie vorhin am Pförtnerhaus vorbeigekommen waren, waren die Vorhänge noch zugezogen gewesen, aber jetzt guckte Rilla aus dem Küchenfenster. Sie winkte und öffnete das Fenster.

»Morgen, ihr beiden. Was macht ihr denn schon um acht Uhr hier draußen? Seid ihr verrückt?«

»Nein«, sagte Polly fröhlich. »Ich habe Lachlan meine genialen Pläne für den Hofladen vorgestellt.«

»Und was sagt er dazu?«

»Sehr schön.« Lachlan nickte.

»Ich würde euch ja zu einem Kaffee hereinbitten, aber ich bin noch im Schlafanzug und sehe verboten aus.«

Lachlan fand, dass sie hinreißend aussah, aber er schwieg.

»Alles gut«, sagte Polly beschwichtigend. »Dann komme ich später zu einer Kostüm-Konferenz vorbei. Hast du schon eine Idee?«

»Null«, gestand Rilla.

»Und du, Lachlan?«, wandte Polly sich an ihren Bruder.

»Ich dachte, ich gehe vielleicht als verarmter Besitzer einer Schlossruine.«

»Sehr witzig.« Polly verdrehte die Augen.

Rilla kicherte. »Ich finde, in dem Fall müsstest du einen Kilt anziehen.«

»Der zählt hier in der Gegend nicht als Kostüm.« Polly lachte. »Aber ich kann mich gar nicht mehr erinnern, wann ich meinen großen Bruder das letzte Mal im Kilt gesehen habe.«

»Der ist in Edinburgh«, lehnte Lachlan den Vorschlag ab. Auf keinen Fall wollte er mit Rilla einen Abend im Kilt verbringen und sich dabei ständig bewusst sein, dass er – wie alle echten Schotten – unter dem Rock nichts anhatte.

»Dann muss ich mir eben was anderes für dich ausdenken«, sagte Polly.

»Das schaffst auch nur du, dass ein eigentlich sehr nettes Angebot irgendwie bedrohlich klingt«, gab Lachlan zurück.

Rilla prustete vor Lachen. »Das macht sie gut, oder?«

»Passt bloß auf, ihr zwei.« Polly grinste. »Also, bis nachher, Rilla. Gib Hugh ein Küsschen von mir.«

Dreizehntes Kapitel

Bis zum Abend der Halloween-Party schienen nur Stunden vergangen zu sein, nicht Tage. Rilla hatte Hugh zu den beiden anderen Hunden ins Gutshaus gebracht, und als sie sich verabschiedete, hatte er es sich schon auf einem Kissen im großen Sessel neben dem Aga gemütlich gemacht. Sie stieg gerade aus einem heißen Bad, als ihr Handy sich meldete.

»Hi, lange nichts gehört«, sagte Sally.

»Guten Morgen!« Rilla wurde klar, dass es für ihre Schwester noch früh sein musste. Im Hintergrund hörte sie ihre Nichte und ihren Neffen kreischen. »Wahrscheinlich zieht ihr nachher los? Süßes oder Saures?«

»Die beiden klingen, als hätten sie jetzt schon einen Zuckerflash, oder?« Sally klang fix und fertig. »Abgesehen von Heiligabend ist das für Eltern der längste Tag des Jahres. Ich musste schon Tränen abwischen.«

»Ich glaube, Alkohol wäre die Lösung.«

»Für mich oder für die Blagen?«

»Wahrscheinlich sowohl als auch. Kannst du ihr Frühstücksmüsli nicht mit ein bisschen Whisky würzen, um sie ruhigzustellen?«

»Ich glaube, das Jugendamt sieht so was heutzutage nicht so gern.« Sally lachte.

»In dem Fall würde ich mich mit Gin trösten. Falls jemand

fragt, kannst du ja sagen, du brauchst ihn aus medizinischen Gründen.«

»Glaub mir, die Versuchung ist groß. Vermutlich wirst du dich nachher damit stärken?«

Rilla wischte den Dampf vom Badezimmerspiegel und tupfte sich Feuchtigkeitscreme auf die Wangen. »Ja, könnte sein. Irgendwie bin ich ein bisschen nervös.«

»Weil du ein spannendes Date hast.«

»Das ist kein Date.« Rilla wischte noch einmal über den Spiegel, der schon wieder beschlagen war. »Wir gehen bloß zusammen hin. Polly wird da sein und Charlotte – und vielleicht kommt Beth sogar auch.«

»Wie geht's ihr denn?« Rilla hatte Sally von Beth erzählt. Das konnte ihrer Ansicht nach niemandem schaden, weil ihre Schwester Tausende von Meilen entfernt lebte.

»Eigentlich ganz gut. Ich glaube, Simon sucht in Glasgow nach einer Wohnung.«

»Und sie hat ihren Geschwistern immer noch nichts gesagt?«

»Nee.« Rilla kämmte sich und massierte sich Conditioner ins Haar, in der Hoffnung, ihre Locken damit etwas zu bändigen.

»Irgendwann muss sie es ihnen sagen, sonst wundern sie sich, dass ihre Schwester plötzlich alleinerziehende Mutter ist und der Schwager hundertfünfzig Meilen entfernt lebt.«

»Ich glaube, sie fürchtet, dass Lachlan sowieso schon genug am Hals hat.«

»Familien«, sagte Sally.

»Genau.«

Rilla hatte das Handy auf laut gestellt und auf die Fensterbank gelegt, und während sie weiterplauderten, schminkte sie sich.

»Gut«, sagte sie, während sie eine zweite Schicht Wimperntusche auftrug, »ich bin fertig.«

»Als was verkleidest du dich?«

»Rate mal.« Rilla hob ihr Haar an, um sich besser entscheiden zu können, ob sie es hochstecken oder offenlassen sollte.

»Als Nonne. Als sexy Kellnerin. Als ...« Sally dachte nach.

»Es ist eine Halloween-Party, kein Sexklub.« Rilla lachte. »Ich vergesse immer, dass es bei euch da drüben mehr ums Verkleiden als ums Gruseln geht. Ich gehe als Hexe. Polly hat im Kleiderschrank ein schwarzes Kleid von ihrer Mutter gefunden.«

»Das klingt ... passend.« Rilla konnte sich Sallys Gesicht vorstellen. Sally hätte sich ein supertolles Outfit genäht, mit einem Besatz aus Marabufedern, und hätte darin einfach umwerfend ausgesehen. »Vermutlich sieht es besser aus, als es klingt, zumal du ja ein Date hast.«

»Es ist kein –«

»Ja, ja, ja.« Sally lachte. »Mach ein Foto und schick es mir, wenn du angezogen bist. Ich will das selbst sehen.«

Rilla beschloss, sich mit einem Glas Wein etwas Mut anzutrinken. Plötzlich machte ihr die Aussicht auf einen Abend im Applemore Hotel, wo jeder jeden kannte, ein bisschen Angst. Während sie in der Küche stand, betrachtete sie ihr

Spiegelbild in der Fensterscheibe. Es kam nicht oft vor, dass sie sich richtig schick machte, und sie war dann immer überrascht, dass sie doch ganz passabel aussah. Das Haar fiel ihr gelockt um die Schultern, und sie hatte eine Menge von dem dunklen Augen-Make-up aufgetragen, das Polly ihr für ihr Hexengesicht gegeben hatte – sie hoffte bloß, dass die Beleuchtung eher dezent sein würde, damit es nicht aussah, als hätte sie die Schminke mit der Schrotflinte aufgetragen. Bei dem Gedanken musste sie laut lachen, und gerade, als sie ihre schwarz lackierten Nägel überprüfte, klopfte es an der Tür.

Als sie öffnete, stand Lachlan vor ihr. Er hatte einen Arm an die Hauswand gelegt und füllte praktisch den ganzen Türrahmen aus. Er trug eine alte Jeans, ein ausgeblichenes graues T-Shirt und eine schwarze Lederjacke. In der Abenddämmerung wirkte er ein wenig bedrohlich und sehr männlich. Er hatte dunkle Stoppeln auf Kinn und Wangen, und während er das wirre Haar zurückstrich, sah er Rilla mit unverhohlener Bewunderung an.

»Wow!« Er stieß einen leisen Pfiff aus.

Rilla war so verblüfft, dass sie erst kein Wort herausbrachte. Er sah einfach umwerfend aus.

»Aber – was bist du denn?« Sie legte den Kopf schräg und musterte ihn.

Lachlan grinste. »Ich hab schon zu Polly gesagt, dass das bestimmt niemand erraten kann.«

»Das ist dein Kostüm, oder? Bin ich …« Rilla sah an ihrem Kleid hinunter und fühlte sich plötzlich overdressed.

»Nein, auf keinen Fall.« Er schüttelte den Kopf und verschlang sie mit den Blicken, sodass ihr ganz heiß wurde.

»Ich bin Michael aus *The Lost Boys*, aus diesem alten Horrorfilm mit Vampiren und so. Ich konnte einfach nicht als Skelett oder als viertes Frankenstein-Monster des Abends gehen, also habe ich das den anderen überlassen.«

»Jedenfalls ein Hingucker.«

»Ist das positiv gemeint?«

Rilla nickte. »Eindeutig.«

»Gut zu hören. Ich verspreche, dass ich dich nicht beiße«, fügte er mit etwas tieferer Stimme hinzu.

Rilla spürte, wie die Härchen in ihrem Nacken sich aufrichteten. Plötzlich überkam sie ein Verlangen, das sie total aus dem Konzept brachte. Sie wich in den Flur zurück und machte einen Scherz daraus, denn das schien ihr die einzige Möglichkeit zu sein, mit ihren Empfindungen umzugehen. »Hüte dich, oder ich muss dich verzaubern.« Sie hob das Stöckchen, das sie bemalt und zu einem Zauberstab umfunktioniert hatte.

»Ich glaube, das hast du schon.« Lachlan schüttelte den Kopf. »Du siehst super aus.«

»Nicht zu aufgedonnert?« Rilla strich über den Samt ihres Kleides.

Lachlan griff nach dem Umhang, den sie trug, und schlug den Rand so um, dass er richtig lag. Dabei strich er mit den Fingern über ihre bloße Schulter, und Rilla roch eine Spur von seinem Aftershave. Ihr stockte der Atem.

»Auf keinen Fall.«

Weil sie meistens lässige Sachen, weite Hosen, Flip-Flops und sowas trug, war sie immer ein bisschen befangen, wenn sie sich in Schale warf. Daher hatte sie ihrer Schwester nicht erzählt, dass das Kleid, das Polly für sie ausgegraben hatte, ein verführerisches Teil aus schwarzem Samt war, das an den richtigen Stellen eng anlag. Es hatte eine schmale Taille und einen schwingenden weiten Rock, ähnlich wie Eiskunstläuferinnen ihn trugen, der ihr knapp bis zum Knie ging. Der Ausschnitt war herzförmig, und sie würde den ganzen Abend lang daran herumzupfen, um nicht zu viel Busen zu zeigen. Aber insgesamt war die Wirkung – doch, sie musste zugeben, sie sah gut aus. Sie hatten ein Stück schwarzes Band gefunden und daraus ein Halsband gemacht, und Polly hatte ihr ein Paar kniehohe schwarze Wildlederstiefel geliehen. Zusammen mit dem Umhang aus schwarzem Satin, den sie aus einem alten Nachthemd genäht hatten, war das Ganze ein perfektes Kostüm. Auf Lachlan jedenfalls schien es eine unerwartete Wirkung zu haben. Er sah sie immer noch bewundernd an.

»Gut«, sagte er schließlich. »Wollen wir los?«

»Wo ist Polly?« Rilla spähte nach draußen, konnte aber im Land Rover niemanden erkennen.

»Keine Ahnung«, antwortete Lachlan. »Ich nehme meine kleine Schwester normalerweise nicht als Anstandswauwau mit, wenn ich ein Date habe.«

Rilla spürte ein leichtes Kribbeln vor Aufregung. Sie verließen das Haus, Rilla schloss ab, und sie gingen zum Land Rover hinüber.

»Mir war nicht klar …« begann sie, als Lachlan ihr die Wagentür öffnete und wie ein Kavalier alter Schule zurücktrat, um sie einsteigen zu lassen.

»Was war dir nicht klar?« Er legte den Arm oben auf die Türkante und blieb stehen, während sie den Sicherheitsgurt anlegte. Plötzlich waren ihr die eigenen Finger im Weg, und die Schlosszunge rutschte ihr aus der Hand, als sie versuchte, sie ins Gurtschloss zu schieben. Ihr Herz klopfte wie wild.

»Ach, nichts.« Rilla schüttelte den Kopf.

Lachlan sah sie an, und ganz kurz wirkte er bedrückt, dann schloss er die Tür.

Sie fuhren ins Dorf hinunter. Unterwegs herrschte tiefe Finsternis, und Rilla war nach wie vor nicht klar, wie die Einheimischen hier nachts ihren Weg fanden, aber Lachlan fuhr souverän die kurvigen Landsträßchen entlang, die er kannte wie seine Westentasche.

»Bist du bereit?« Er sah Rilla kurz an.

»Für das Dorffest?«

»Nein«, er lachte, »für die Partnerin von meinem Freund Gus. Sie wird dich ins Kreuzverhör nehmen. Seit die beiden heute Morgen angekommen sind, fragt sie mir Löcher in den Bauch über dich.«

»Sie ist also noch nicht erfroren?«

Lachlan brach in schallendes Gelächter aus. »Nein, aber wir haben fast den halben Holzstoß verfeuert, damit sie es warm hat. Anscheinend findet sie das Haus ›sowas von süüüß‹.«

»Du solltest ihr mal das Kinderzimmer zeigen, nachts, wenn es darin spukt. Dann rastet sie bestimmt aus.«

»Du bist ja eine böse Hexe.« Wieder lachte er.

»Stimmt«, sagte Rilla.

Das Applemore Hotel war passend zum Anlass geschmückt. Den Eingang zierte ein Bogen aus schwarzen Krepppapierrosen, und drinnen im Saal warf eine stimmungsvolle Beleuchtung Lichtflecken auf den Teppichboden, während Trockeneis für Nebelschwaden sorgte.

»Das hat Harry gut gemacht«, sagte Lachlan, als er Rilla den Vortritt ließ. Es gab Livemusik, und das Restaurant war überraschend voll.

»Wo kommen denn die Leute alle her?«

»Na ja, wir kommen hier im Norden nicht oft raus, daher sind alle dabei, wenn irgendwo etwas los ist. Und alle strengen sich mit ihren Kostümen an.« Mit einem Nicken begrüßte Lachlan ein Frankenstein-Monster mit grünem Gesicht, das einen Ellbogen auf die Theke gestützt hatte und auf Bedienung wartete. »'n Abend, Fergus.«

»Dann taugt meine Verkleidung also nicht viel«, sagte das Monster leise lachend.

»Doch, die ist toll.« Lachlan nickte dem hochgewachsenen Mann hinter der Theke zu, der als Graf Dracula verkleidet war. »Was möchtest du trinken, Rilla?«

Sie entschied sich für einen Gin Tonic, und Lachlan bestellte die Getränke. Sie standen an der Bar, plauderten mit Harry über den neuesten Dorfklatsch, beobachteten die anderen Gäste und lachten über deren Kostüme.

»Wow!«, sagte eine Stimme hinter Rilla. Als sie sich umdrehte, stand eine Seejungfrau vor ihr – Charlotte. Ausnahmsweise hatte sie ihr langes blondes Haar nicht streng zusammengebunden, sondern es fiel ihr in Wellen über die Schultern, und auf ihrem Fischschwanz waren schillernde Schuppen zu Mustern aneinandergenäht, ein echtes Kunstwerk.

»Du siehst fantastisch aus«, rief Rilla.

»Da hast du ja alles gegeben«, sagte Lachlan. »Ich hatte keine Ahnung, dass du so großes Talent zum Nähen hast.«

So viel Aufmerksamkeit schien Charlotte dann doch ein bisschen peinlich zu sein. »Ich hab mir auch viel Mühe gegeben.«

»Und es war der Mühe wert«, sagte Lachlan.

»Danke.« Das Lob schien sie richtig zu freuen.

Sie blieben noch eine Weile an der Bar stehen und plauderten weiter mit Harry, wenn er gerade nicht bediente. Er war nicht verkleidet, sondern trug schwarze Jeans und ein schwarzes T-Shirt, auf dem links das kunstvolle Monogramm des Applemore Hotels prangte. Er hätte auch in einer angesagten Bar in irgendeiner Großstadt arbeiten können.

»Er will diesen Schuppen für das einundzwanzigste Jahrhundert fit machen.«

»Koste es, was es wolle.« Harry lachte. »Und bei dem Alter dieser Kaschemme wird es vermutlich ordentlich teuer.«

»Ach, ich weiß nicht.« Rilla trank von ihrem Gin Tonic.

»Ich bin schon in so manchen Provinznestern gewesen. Ich glaube, Applemore hat einiges zu bieten.«

»Ganz meine Meinung«, sagte Harry. Er deutete mit dem Kopf auf Lachlan. »Sag das mal dem Kerl da. Ich rede ja mit Engelszungen, dass er hierbleiben und mir Gesellschaft leisten soll. Aber er ist entschlossen, sich bei der ersten Gelegenheit wieder nach Edinburgh davonzumachen.«

Lachlan warf Harry einen rätselhaften Blick zu.

»Aber jetzt bin ich doch hier, oder?«, sagte er leichthin. »Wollen wir uns einen Tisch suchen?«

Bei weiteren Drinks fragte Lachlan Rilla nach ihren Reisen und erzählte von der Brauerei. Die Band spielte nicht so laut, dass man sich nicht hätte unterhalten können, und es wurde immer voller. Rilla entschuldigte sich, um zur Toilette zu gehen.

»Hallo!« Im Spiegel sah sie, dass Polly hereinkam. »Ich bin gerade angekommen. Wie läuft's mit dem Date?«

»Das ist kein Date.« Rilla lachte, aber etwas flatterte in ihrem Bauch, als sie daran dachte, dass Lachlan an ihrem Tisch auf sie wartete.

»War nur ein Scherz. Aber ihr beide wärt ein schönes Paar, wenn ich das mal so sagen darf – das sieht doch jedes Kind.«

»Ich bin ab Januar in Paris«, sagte Rilla rasch. Sie fuhr sich mit den Fingern durch ihre wirren Locken.

»Und Lachlan will auch unbedingt wieder weg. Aber das heißt doch nicht, dass ihr nicht ...«

»Pscht.« Rilla trug noch einmal Lippenstift auf. Polly war

lieb, aber sie war jung und idealistisch. Lachlan war … ach, eigentlich war es egal, was er war. Sie war nicht auf der Suche nach einer Beziehung, ganz egal, wie gut das in den Augen seiner jüngeren Schwester passen würde.

»Ich sag's ja nur«, meinte Polly und verschwand in einer Kabine. »Ach so, und wappne dich«, rief sie durch die Tür, »Gus und Lucinda sind im Anmarsch.«

Als Rilla in den Saal zurückkehrte, war Lachlan nicht mehr allein. Neben ihm saß ein breitschultriger Mann in weißem Abendanzug und mit einer Phantom-der-Oper-Maske. Seine Hand lag auf dem Bein einer hübschen, sehr zierlichen jungen Frau, die als Fee verkleidet war. Lachlan und Gus standen beide auf, als Rilla an den Tisch zurückkehrte.

»Rilla, ich möchte dir Lucinda und ihren Partner, meinen Freund Gus, vorstellen.«

»Jetzt sehe ich, warum Lachlan zu beschäftigt ist, um ans Telefon zu gehen, wenn ich anrufe«, sagte Gus lachend. »Ich wäre auch abgelenkt, wenn du im Haus wärst, um beim Streichen zu helfen.«

Lucinda warf Gus einen giftigen Blick zu.

Lachlan verdrehte die Augen. Rilla befürchtete, dass es ein anstrengender Abend werden würde.

»Hallo, Rilla«, Lucinda lächelte geziert. »Wie schön, dich kennenzulernen. Ist das nicht nett hier? Ganz etwas anderes als die Bars, in die ich sonst abends gehe.«

»Ich bin gern hier«, sagte Rilla, weil sie das Gefühl hatte, Applemore verteidigen zu müssen.

»Oh ja, ich doch auch. Es ist einfach … na, eben anders.«

So wie Lucinda das sagte, klang es allerdings, als würde sie am liebsten die Flucht ergreifen.

Rilla kam zu dem Schluss, dass allein noch mehr Gin diese Situation erträglich machen konnte.

»Wollen wir noch was zu trinken holen?«

»Sehr gute Idee«, sagte Lachlan und nahm Rillas Hand. Gerade war eine Horde Halbstarker hereingekommen, und auf einmal wurde es deutlich lauter. Auf dem Weg zur Bar hielt Lachlan weiter Rillas Hand, doch dann sah er sie an, als würde ihm das jetzt erst bewusst, und er ließ ihre Hand los. »Tut mir leid ...« Er schüttelte den Kopf.

»Du brauchst dich nicht zu entschuldigen«, sagte Rilla. Sie spürte noch die trockene Wärme seiner Haut, und der Drang, jetzt nach seiner Hand zu greifen und die Finger mit seinen zu verschränken, war fast unüberwindlich. Das musste am Gin liegen, sagte Rilla sich.

»Noch mal das Gleiche?« Harry blickte auf und warf sich das Geschirrtuch über die Schulter.

»Bitte. Aber mit doppelt Gin. Wir brauchen was, um den Abend zu überstehen.«

Lucinda gehörte zu den Menschen, die es schaffen, jedes Gespräch an sich zu reißen. Nachdem sie sich über ihren vorherigen Job und die Versäumnisse ihres Arbeitgebers ausgelassen hatte, erklärte sie Lachlan, was er ihrer Ansicht nach von Applemore aus tun konnte, um die Brauerei profitabler zu machen. Als sie endlich einmal zur Toilette ging, lehnte Lachlan sich zurück und tat so, als wische er sich den Schweiß von der Stirn.

»Mir ist, als hätte ich fünf Runden mit Tyson Fury geboxt.« Er lachte.

»Lucinda ist erfolgsorientiert und hat Biss«, sagte Gus liebevoll.

»Wie ein Rottweiler«, murmelte Lachlan Rilla ins Ohr, als Gus aufstand, um weitere Getränke zu holen.

Die Band spielte jetzt ein Medley aus gecoverten Songs, und nach dem Genuss mehrerer Drinks fingen die Leute an zu tanzen.

»Wollen wir?« Lachlan neigte den Kopf in Richtung Tanzfläche.

»Wenn ich mir dann keinen Vortrag anhören muss, warum ich nicht mehr Sprachen unterrichten, sondern eine sehr profitable Kette von Sprachschulen gründen soll, bin ich dabei.« Rilla schob ihren Stuhl so schnell zurück, dass er fast umgefallen wäre.

Gus kam mit den Getränken wieder. »Wo wollt ihr denn hin?«

»Ich werde Rilla jetzt mit meinem tänzerischen Können beeindrucken«, sagte Lachlan.

»Na, das ist dann das Ende vom Anfang.« Gus schüttelte den Kopf. »Mal sehen, ob Lucinda auch Lust zum Tanzen hat, wenn sie vom Klo kommt.«

Rilla fand es leichter, auf den Beinen zu bleiben und zu tanzen, als an den Tisch zurückzugehen und weiter Konversation zu machen. Schließlich jedoch wurde die Musik langsamer, und die Band kündigte eine Pause an.

Sie hielt sich die Hand an die Stirn. »Ich zerfließe.«

»Wollen wir ein bisschen an die frische Luft?«, schlug Lachlan vor.

»Meinst du, wir können unsere Gläser holen und uns rausschleichen, ohne dass die zwei es merken?«

»Besser, du wartest hier und ich bitte Harry, uns neue Drinks zu machen.«

Gus und Lucinda hatten mehrere Gläser intus, und sie hatte sich unter seinen Arm geschmiegt und redete immer noch. Gerade machte sie eine Geste in Richtung der Band. Wahrscheinlich erklärte sie Gus, was sie tun würde, um den Musikern zu mehr Erfolg zu verhelfen, dachte Rilla schmunzelnd, als sie sich unbemerkt zum Ausgang durchdrängte. Die Herbstluft war kühl und der tintenschwarze Himmel mit Sternen übersät. In der Ferne sah Rilla das regelmäßige Blinken des Leuchtturms, der an der Hafeneinfahrt auf einem Felsvorsprung stand. Ein Paar ging Arm in Arm vorbei, beide lachten leise. Im Saal spielte der Gitarrist einige Töne zum Aufwärmen, dann legte die ganze Band wieder los.

Rilla zog sich ihren dünnen Umhang fester um die Schultern – sie fröstelte immer schnell. Offenbar musste Lachlan an der Bar eine Weile warten.

»Hier«, sagte er, als er schließlich mit zwei Gläsern nach draußen kam. »Frierst du?«

»Ein bisschen.« Sie nahm ihr Glas und trank ein Schlückchen. Das Eis berührte ihre Lippe.

Lachlan stellte sein Getränk auf die Fensterbank, zog seine schwarze Lederjacke aus und legte sie ihr um die Schultern. »So besser?«

»Viel besser.« Die Jacke roch nach ihm und hatte seine Körperwärme angenommen.

»Hättest du gedacht, dass wir mal hier sein würden?«, fragte er plötzlich.

»Auf einer Halloween-Party?«

Er lachte. »Nein.« Lachlan war jetzt im T-Shirt. Rilla fielen seine kräftigen Armmuskeln auf. Riesige Bierfässer zu transportieren war offensichtlich ein ziemlich gutes Training.

»Du meinst, hier in Applemore?«

Lachlan nickte. Er streckte die Hand aus und schob ihr die vorwitzige Locke, die ihr immer ins Gesicht fiel, wieder hinters Ohr. »Hier in Applemore, zusammen.«

Rilla trank wieder einen Schluck und sah ihn über ihr Glas hinweg an. »Ich glaube, als Teenager hätte mich das ziemlich umgehauen.«

»Ich glaube, ich wäre als Teenager total verblüfft gewesen. Ich habe damals nicht den Mut aufgebracht, dir zu sagen, wie sehr ich dich mochte. Ich hatte es mir fest vorgenommen, aber dann passierte der Unfall, und ihr seid nicht mehr wiedergekommen.«

Rilla sah ihn nur an.

Lachlan erwiderte ihren Blick. Seine dunklen Augen schienen ihre Gedanken zu lesen. »Wie hättest du wohl reagiert, wenn ich es dir gesagt hätte?«

»Ich hätte geantwortet, dass ich dich auch sehr mag.«

Lachlan wandte den Blick ab und schaute über den Hafen hinweg in die Ferne. Ein Lächeln umspielte seine Lippen. »Wirklich?«

»Wirklich.«

Er schüttelte den Kopf. »Tatsächlich.«

»Damals habe ich für dich geschwärmt und dauernd an dich gedacht.«

»Dito.« Er nahm Rilla das Glas aus der Hand und stellte es neben seins auf die Fensterbank. »Ich finde, das bin ich meinem Teenager-Ich jetzt schuldig.«

»Dito.« Rilla klopfte das Herz bis zum Hals. Dieser Moment vor dem ersten Kuss, wenn man wusste, dass es gleich geschehen würde – das war ein berauschendes Gefühl. Sie griff nach seiner Hand. »Das finde ich auch.«

Lachlan legte ihr seine andere Hand auf den Rücken und zog sie an sich. Durch den dünnen Stoff seines T-Shirts spürte sie seine Körperwärme. Die Lederjacke rutschte ihr von den Schultern und sank auf den Gehweg, ohne dass sie es merkte. Lachlan hatte die Finger mit ihren verschränkt und in seinen dunklen Augen las sie nichts als Verlangen. Sie legte den Kopf zurück, und einen Moment später lag sein Mund auf ihrem, und sie vergaß, wie kalt es war, vergaß die Vorübergehenden und hörte nicht, wie die Band mit dem letzten Teil ihres Programms begann. Gleich darauf, so schien es Rilla, löste Lachlan sich schon wieder von ihr, mit einem Stöhnen, denn Gus und Lucinda kamen aus der Tür.

»Ich hab dir doch gesagt, dass zwischen den beiden was läuft«, sagte Lucinda selbstzufrieden.

»Danke ihr zwei.« Lachlan schüttelte belustigt den Kopf, ohne aber Rillas Hand loszulassen. »Das war genau der falsche Moment.«

»Ich glaube, wir lassen sie lieber wieder allein«, sagte Gus und nahm Lucinda fest an die Hand. »Polly hat gesagt, sie nimmt uns mit zurück – sie hat nichts getrunken.«

»Guter Gedanke.« Rilla sah Lachlan an. »Wie kommen wir denn nach Hause?«

»Na ja, wir könnten zu Fuß gehen, das wäre romantisch, könnte aber mit Unterkühlung enden, oder wir hängen hier herum, bis alles zu Ende ist, und dann fährt Harry uns zurück, oder –«

»Oder wir gehen es pragmatisch an und fahren mit Polly, Gus und Lucinda nach Hause.«

»So sieht's aus.« Lachlan legte Rilla die Hand um den Nacken und zog sie wieder an sich. Lucinda und Gus waren an den Hafen hinunterspaziert und blickten über das samtschwarze Meer. Lachlan gab Rilla einen Kuss auf die Stirn. »Du kannst noch auf einen Drink mit zu uns kommen, wenn du möchtest.«

Rilla überlegte. Hugh war noch im Gutshaus. Sie konnte Lachlan zwar auch ins Pförtnerhaus einladen, aber inzwischen war das Feuer ausgegangen, und im Haus herrschte Chaos, nachdem sie sich für die Party fertiggemacht hatte. »Ja, gern.«

»Du musst dich bloß mit Gus' Hänseleien und mit Lucindas Redeschwall abfinden.«

»Ich werde so ziemlich mit allem fertig«, sagte Rilla lachend. »Wenn das heißt, dass du mich noch mal küsst.«

»Ich glaube, das lässt sich einrichten.«

Er zog sie wieder in die Arme.

Vierzehntes Kapitel

Polly fuhr sie im Land Rover nach Hause. Gus saß auf dem Beifahrersitz, und Lachlan, Lucinda und Rilla quetschten sich auf die Rückbank. Lucinda schwatzte ununterbrochen. Lachlan griff in die Dunkelheit und schloss die Finger um Rillas Hand. Ihre Haut war so weich – er wünschte sich nur eins: Die anderen sollten verschwinden.

»Lasst uns doch gleich noch was trinken«, sagte Gus munter.

Lachlan starrte auf seinen Hinterkopf, als könne er ihm auf diese Weise telepathisch eine Botschaft schicken. Die Wirkung war jedoch gleich null.

»Oh ja, bitte«, sagte Polly, während sie nach Applemore House abbog. Sie hoppelten den Weg mit den Schlaglöchern entlang. »Zur Fahrerin verdonnert zu werden ist wirklich kein Spaß. Ich brauche unbedingt was zu trinken. Im Kühlschrank steht eine Flasche Prosecco, die gehört mir.«

Rilla sah ihn an. Ob sie in dem schwachen Licht sein bedauerndes Lächeln erkennen konnte?

Polly hielt vor dem Gutshaus, und alle stiegen aus.

»Wir lassen die Hunde noch mal raus«, sagte Lachlan rasch und fasste Rillas Hand fester. »Ich hole dir eine Jacke«, bot er ihr mit leiserer Stimme an.

»Vielleicht auch andere Schuhe? Ich weiß nicht, ob meine Absätze für einen Hundespaziergang geeignet sind.«

»Ich hatte keine Wanderung mit dir vor«, sagte Lachlan schmunzelnd, »aber ich bringe dir Gummistiefel mit.«

In der Küche verlor Polly keine Zeit. Sie hatte Musik aufgelegt und die Flasche geöffnet, noch bevor Lachlan die schläfrigen Hunde überreden konnte, ihr bequemes Bett neben dem Aga zu verlassen und draußen frische Luft zu schöpfen. Gus und Lucinda saßen bereits am Küchentisch, und Gus schenkte sich eine großzügige Portion von dem Single Malt ein, den er mitgebracht hatte.

Rilla wartete vor dem Haus. In ihrem Hexenkostüm und den grünen Gummistiefeln war sie wieder unglaublich hübsch. Lachlan reichte ihr dazu passend eine grüne Barbourjacke. »Die wird dich warmhalten.«

»Ein Hingucker«, wiederholte sie ihre Bemerkung vom frühen Abend. »Aber längst nicht so sexy wie dein Lost-Boys-Kostüm.«

»Ich weiß nicht.« Lachlan nahm sie an der Hand und drehte sie zu sich, während er mit der anderen Hand ihre langen Locken aus dem Kragen der Jacke hob. Er behielt ihr Haar in der Hand und zog sanft daran, sodass sie das Kinn hob und mit den Lippen fast seinen Mund berührte. »Ich finde die Jacke sehr verführerisch.«

»Wirklich?« Er spürte mit den Lippen, dass sie lächelte.

»Ganz bestimmt.«

Fünf Minuten später kamen die Hunde zurück. Sie hatten sich selbstständig gemacht und die Umgebung bei Nacht erforscht, und nun wuselten sie Lachlan und Rilla vor den Füßen herum. So viel also zu dem geplanten Spaziergang.

»Wir könnten einfach hier draußen bleiben«, sagte Lachlan und gab Rilla einen Kuss auf die Stirn.

»Das würde vielleicht auffallen.« Rilla strich über seinen Dreitagebart, und ihm stockte der Atem. Wie gern würde er sie jetzt mit in sein Bett nehmen, statt mit den anderen Smalltalk zu machen. Warum hatte Gus ausgerechnet an diesem Wochenende auftauchen müssen? Nach einem letzten Kuss ging Rilla mit den Hunden zurück in die Küche, und Lachlan folgte ihr widerstrebend.

Zum Glück tat der Whisky seine Wirkung, und nach einer Stunde fing Lucinda an zu gähnen. Ihre Hand mit den lackierten Fingernägeln flatterte vor ihren Mund. »Nicht zu fassen, wie sehr diese Landluft mich ermüdet.«

»Oh, das ist immer so«, sagte Lachlan. Rilla fing seinen Blick auf.

»Ganz genau«, sagte sie. »Als ich herkam, war ich abends immer total platt.«

»Stimmt nicht«, sagte Polly und blickte von ihrem Smartphone auf. »Du konntest doch ewig nicht schlafen, weil du so unter dem Jetlag gelitten hast, erinnerst du dich?«

Lachlan warf seiner kleinen Schwester einen Blick zu.

Polly riss die Augen auf, dann begriff sie. »Ach, Blödsinn – du hast sehr viel geschlafen, das ist richtig.«

»Ja«, bestätigte Rilla. »Wenn du jetzt zehn Stunden schläfst, fühlst du dich morgen viel besser.«

»Und dann mache ich euch mein berühmtes englisches Frühstück«, sagte Lachlan und sah Gus dabei eindringlich an.

Endlich – oh Mann, manchmal stand sein Freund wirklich auf der Leitung – schien Gus zu kapieren. »Dann komm, meine Fee«, sagte er, nahm Lucindas Hand und stand auf. »Bring mich ins Bett oder wir sind geschiedene Leute.«

»Ich hab schon befürchtet, die würden nie die Biege machen.« Lachlan lehnte sich gegen den Aga und prustete los.

»Ich verstehe nicht, dass Gus sich so eine herrschsüchtige Frau ausgesucht hat«, sagte Polly. »Ich mochte ihn ja immer gern, aber was Frauen angeht, hat er keinen Geschmack.« Polly nieste dreimal kurz hintereinander. »Ich glaube, ich reagiere auf Lucinda allergisch.«

»Vielleicht solltest du auch schlafen gehen.« Lachlan sah seine Schwester vielsagend an. Warum begriffen sie denn alle nicht, was los war?

»Ich gehe ja gleich«, erwiderte Polly. »Ich lese nur gerade noch auf Instagram was über Hofläden.« Sie kriegte wirklich nichts mit, aber Lachlan konnte jetzt nicht mehr warten.

»Macht es dir was aus, wenn wir dich damit allein lassen?«

Polly schüttelte abwesend den Kopf und musste wieder niesen. »Überhaupt nicht. Ich hab noch mal Holz nachgelegt, falls ihr ins Wohnzimmer umziehen wollt.«

Das Kaminfeuer brannte fröhlich, und das Licht der Flammen schaffte eine warme, einladende Atmosphäre. An einem Abend wie diesem konnte man einfach vergessen, in welchem Zustand das Haus war – es wirkte wohnlich und behaglich.

Rilla blieb vor dem Feuer stehen.

»Ich habe einen wunderschönen Abend gehabt«, setzte sie an.

»Und er ist noch nicht vorbei«, sagte Lachlan und ging zu dem Tisch in der Ecke, der als Minibar fungierte. »Noch einen Absacker?«

»Sehr gern.«

Er schenkte Whisky in zwei schwere Kristallgläser und stellte sie auf den Couchtisch.

Rilla hockte sich auf die Armlehne des Sofas und sah zu ihm hoch. Das dunkle Make-up brachte ihre Augen gut zur Geltung – sie war unfassbar schön. Ihren Lippenstift hatte er schon ganz weggeküsst, aber jetzt waren ihre Wangen gerötet. Er kniete sich vor sie.

»Ich habe lange darauf gewartet.«

»Ich auch.«

Er streichelte ihren bloßen Arm. Sie beugte sich vor und zog ihn an sich. Ihre Hände glitten unter sein T-Shirt.

»Lachlan!« Polly kam hereingestürzt, »wir wollen ja am Montag nach Inverness fahren, und ich hab gedacht …«

Vor Frust und Wut stöhnte er auf.

Polly schien erst nicht zu kapieren, was los war, doch dann schlug sie sich mit der Hand gegen die Stirn, schloss die Augen und wandte sich ab. »Verdammt«, sagte sie, »tut mir wahnsinnig leid«, und zog die Tür zu.

»Ich glaube, jetzt werden wir nicht mehr gestört.« Rilla strich mit einem Finger über seinen Arm entlang.

»Da wäre ich mir nicht so sicher.« Lachlan schüttelte den Kopf.

»Wollen wir nach oben gehen?« Rilla sah ihn fragend an, und ihr Blick sagte ihm, dass sie befürchtete, er könnte nein sagen.

»Ich dachte schon, du würdest nie fragen«, sagte er lachend. Er stand auf, nahm ihre Hände und zog sie in seine Arme.

*

Als Lachlan am nächsten Morgen erwachte, rechnete er fast damit, dass alles nur ein Traum gewesen war. Aber nein – Rilla lag fest schlafend neben ihm in seinem Bett. Das Hexen-Make-up hatte sie gestern noch abgewaschen, um zwei Uhr morgens bei einer gemeinsamen Dusche. Sie hatten gekichert und gelacht und sich immer wieder gegenseitig ermahnt, leise zu sein. Es war genau die Nacht gewesen, die er sich immer erträumt hatte – zauberhaft, sexy, lustig –, ganz so, wie Rilla eben war.

Und trotzdem war er frustriert. Er wollte sich nicht eingestehen, was er im Herzen wusste ... es hatte keine Zukunft. Im Januar würde Rilla nach Paris aufbrechen, und er hatte seinen Lebensmittelpunkt in Edinburgh. Und an das Haus, dessen Verkauf er noch nicht in Angriff genommen hatte, mochte er gar nicht erst denken.

Lachlan schüttelte den Kopf. Vielleicht sollte er ausnahmsweise einmal den Augenblick genießen, ohne sich weiter den Kopf zu zerbrechen.

Rilla rührte sich.

»Guten Morgen.« Er strich ihr die Locken aus der Stirn.

»Hallo.« Sie streckte die Arme aus und fasste ihn an den Schultern. »Komm her und küss mich.«

Mit dem versprochenen englischen Frühstück wurde es später, als er geplant hatte.

Pollys Niesen erwies sich als der Beginn einer bösen Erkältung. Am Montagmorgen ging es ihr so schlecht, dass eine Fahrt nach Inverness und die Besorgungen, die sie für den Hofladen machen wollte, nicht infrage kamen. Als Rilla daher sagte, sie würde gerne mitfahren, freute Lachlan sich sehr. Er hängte den Anhänger an den Land Rover, und nachdem Rilla ihren Hugh für den Tag ins Gutshaus gebracht hatte, machten sie sich früh auf den Weg. Hugh verstand sich bemerkenswert gut mit Mabel und Martha und gehörte inzwischen zur Familie. Niemand mochte an den Tag denken – der möglicherweise kommen würde –, an dem seine Besitzerin oder sein Besitzer ihn zurückfordern würde.

»Ich hab Kaffee für uns gemacht.« Rilla hatte zwei Thermobecher in einem Korb. »Und Speckbrötchen.«

»Du bist ein Schatz.« Lachlan gab ihr einen Kuss, und sie kletterte auf den Beifahrersitz. Am Sonntag war sie bis in den späten Nachmittag hinein im Gutshaus geblieben. Sie hatte ihm geholfen, für alle einen Sonntagsbraten zu machen und Gus und Lucinda zu verabschieden, die um vier Uhr endlich aufgebrochen waren.

»Ich dachte, sie würde ihn gar nicht mehr losfahren lassen«, hatte Lachlan gesagt, als er nach der Abfahrt die Haustür schloss.

»Sie schien richtig Lust zu haben, noch hierzubleiben«, hatte Rilla bemerkt.

»Ich glaube, dafür, dass sie ein zweites Balmoral erwartet hat, hat es ihr ganz gut gefallen.«

»Klar – es ist doch auch so schön hier.« Rilla kratzte gerade die Reste von den Tellern, um sie in die Spülmaschine zu stellen. Sie trug ein Hemd von ihm und dazu Jeans von Polly und hatte das Haar zum Pferdeschwanz gebunden. Sie bewegte sich in der Küche, als gehöre sie nach Applemore, während die Hunde in ihrem Bett neben dem Aga ein Nickerchen hielten. Einen Moment hatte Lachlan sich gefragt – aber nein. Reisende sollte man nicht aufhalten – sie war so begierig darauf, neue Orte zu erkunden, und fürchtete sich davor, Wurzeln zu schlagen. Das hatte sie ihm selbst gesagt.

»Findest du es nicht manchmal seltsam, dass Sally so anders ist als du?« Er hielt an der Abbiegung auf die Landstraße und wartete, bis ein Traktor mit einem Anhänger voll schwarz umwickelter Silageballen vorbeigerumpelt war.

»Manchmal sehe ich uns als zwei Seiten einer Medaille. Ich glaube, ihre Reaktion auf unsere Herkunftsfamilie war, dass sie sich fest verwurzelt hat. Ich bin den anderen Weg gegangen und hab mich entschlossen, für mich zu bleiben.«

»Ja.« Lachlan nahm seinen Kaffeebecher aus dem Halter. »Das klingt plausibel.«

»Du bist auch nicht wie Polly oder Charlotte oder Beth«, sagte Rilla und sah ihn an.

»Nein. Beth ist so wie Sally. Sie ist als Familienmutter ganz zufrieden.«

Rilla blickte aus dem Fenster. »Hm«, sagte sie.

»Was meinst du mit ›hm‹?«

»Nichts.« Sie griff nach ihrem Kaffeebecher und betrachtete ihn kritisch. »Mir scheint nur, bei uns allen steckt mehr dahinter, als man auf den ersten Blick sieht.«

Lachlan runzelte die Stirn und überlegte, ob er mal bei Beth hereinschauen sollte, sobald er wieder zu Hause war. Sie hatte sich in den vergangenen Wochen kaum blicken lassen.

»Glaubst du, dass Charlotte hier oben glücklich ist?«, fragte Rilla.

»Charlotte ist ein Arbeitstier. Aber vielleicht wacht sie eines Tages auf und erkennt, dass sie ihre ganze Zeit auf ihre Ferienhausvermietung und ein sicheres Einkommen verwendet hat und dass es noch mehr im Leben gibt. Es war schön, dass sie zur Halloween-Party gekommen ist.«

»Sie sah toll aus.«

»Ja, das fand ich auch. Sie kümmert sich so wenig um ihr Aussehen, dass man vergisst, wie hübsch sie ist, wenn sie sich mal zurechtmacht. Ich glaube, sie hat sich immer für alles verantwortlich gefühlt, weil sie die Älteste war und alles an ihr hängenblieb, nachdem Mum uns verlassen hatte.«

»Ich frag mich, wie die Familienkonstellation sich auf mich ausgewirkt hat.«

»Wie meinst du das?«

»Ich bin auch die Älteste.«

»Aber dir merkt man es nicht an. Ich meine, Sally hat schon mit zwölf so gewirkt, als wäre sie Mitte vierzig. Sie ist einfach so.«

»An dem Abend, bevor ich abgeflogen bin, hat sie allerdings richtig einen draufgemacht und zwei Margaritas getrunken.«

Er lachte. »Ich nehme alles zurück. Insgeheim ist sie eine echte Partymaus.«

»So weit würde ich nicht gehen.«

Eine Weile fuhren sie schweigend weiter. Rilla sah aus dem Fenster und betrachtete die Landschaft.

»Es ist so schön hier oben. Ich war so lange nicht mehr hier, dass ich das vergessen habe – oh! Guck mal!«

Ein mächtiger Rothirsch stand auf einem Felsvorsprung an der Straße und beobachtete den vorbeifahrenden Wagen.

»Ist der nicht wunderschön? Ich glaube, ich habe noch nie einen Hirsch aus solcher Nähe gesehen.«

»Es ist ungewöhnlich, dass sie so nah an die Straße herankommen. Die Laster brettern mit einem derartigen Tempo hier entlang, dass die Tiere gut aufpassen müssen, sonst werden sie überfahren und landen auf dem Teller.«

»Passiert das wirklich?«, fragte Rilla entsetzt.

»Doch, man hört so was manchmal. Aber um ehrlich zu sein, wenn man ein Tier von dieser Größe anfährt, kann man seinen Wagen vermutlich abschreiben. Also ist man besser dran, wenn man eine Hirschkeule beim Jäger oder beim Metzger kauft. Und wo wir gerade davon sprechen, ich kenne in Inverness ein sehr schönes Restaurant unten am Fluss – da könnten wir zum Mittagessen hingehen.«

»Sehr gerne.« Rilla legte Lachlan die Hand aufs Bein.

Er legte seine Hand auf ihre. Auch wenn es nur befristet war, sagte er sich mit Nachdruck, hieß das noch längst nicht, dass er es nicht genießen konnte.

Fünfzehntes Kapitel

Rilla war lange nicht mehr in Inverness gewesen. Weil Lachlan mit dem Land Rover samt Anhänger nicht in die City hineinfahren wollte – denn dort wimmelte es nur so von Touristen, die sich von der Novemberkühle nicht abschrecken ließen –, parkte er am Stadtrand, und sie gingen zu Fuß weiter.

»Also, was hast du vor?« Lachlan griff nach ihrer Hand. »Ich meine, außer Mittag zu essen.«

»Es ging mir nur um die Mitfahrgelegenheit«, sagte Rilla scherzhaft.

Lachlan grinste. »Dann kannst du mir helfen. Ich muss mich um die Farbbestellung kümmern und das Holz für die Reparaturen in der Eingangshalle kaufen.«

»Glaubst du, dass du dich nicht mehr ganz so zerrissen fühlst, wenn das erledigt ist?«

»Wie meinst du das?« Sie warteten gerade darauf, dass sie die Straße überqueren konnten. Lachlan sah Rilla an.

»Na, dass du von deinem Erbe nicht gerade begeistert bist, sieht doch jeder.«

»Das stimmt nicht ganz«, sagte er nachdenklich. »Ich liebe Applemore, es ist bloß – ich fühle mich nicht so stark mit unseren Vorfahren verbunden wie die Mädchen. Anscheinend fehlt mir dafür ein wesentliches Fraser-Gen.«

Rilla warf ihm einen Seitenblick zu, denn ihr fiel ein, was

Beth gesagt hatte. »Befürchtest du, dass du dir damit einen Riesenklotz ans Bein hängst?«

Er nickte. »Mehr als das. Stell dir mal vor, wie es wäre, Kinder zu haben und ihnen quasi gleich bei der Geburt zu sagen, hört mal, einer von euch muss hier leben – ganz egal, was ihr vielleicht für Pläne habt. Ich finde, damit schreibt man ihnen ihre Zukunft vor.«

»Du könntest Applemore an eine deiner Schwestern weitergeben.«

Lachlan wirkte verlegen. »Das ist – also –, es ist kompliziert.«

»Jetzt sag bloß nicht, du findest, Frauen sollten keinen Familiensitz erben.« Rilla merkte, wie sie zornig wurde.

»Oh je.« Lachlan musste lachen. »Hältst du mich für einen Dinosaurier?«

»Eigentlich nicht«, räumte sie ein.

»Es ist kompliziert. Irgendwie verrückt. Im Moment will ich Applemore einfach einigermaßen in Ordnung bringen, und dann können wir uns überlegen, was wir damit machen.«

»Es wird einfacher sein, wenn ihr mich los seid«, hörte Rilla sich sagen. Einerseits fühlte sie sich merkwürdig von Applemore angezogen. In den vergangenen Wochen hatte sie zum ersten Mal das Gefühl gehabt, dass sie irgendwo hingehörte. Aber sie war ja nur vorübergehend hier – Anfang Januar würde sie wieder verschwinden. Sie wollte sich nicht in irgendetwas verstricken. Das war in Beziehungen immer ihr Grundsatz gewesen – nicht verbindlich werden und einen Fluchtplan haben, auch wenn ihr Herz ihr etwas ganz anderes sagte.

»Im Moment will ich darüber nicht nachdenken.« Lachlan blieb am Eingang zu einer kleinen Gasse stehen, nahm Rillas Hände und gab ihr einen Kuss auf die Wange. Sie schloss die Augen und gab sich dem Moment hin. Als sie die Augen wieder öffnete, blickte sie Lachlan ins Gesicht. Er hob leicht eine Augenbraue. »Okay?«

»Okay.« Sie nickte. Nichts hielt sie davon ab, den Augenblick so zu genießen, wie er war. »Also«, sagte sie bewusst unbekümmert, »wegen dieser Farbe …«

Einige Stunden später hatten sie den Anhänger mit dem Material beladen, das Lachlan brauchte, und die Kleinigkeiten dazugepackt, die Rilla noch für den Ausbau des Campingbusses benötigte. Sie zurrten die Ladung fest und spazierten dann zum Fluss, um essen zu gehen.

»Seltsam, wie schnell es weihnachtlich wird, sobald Halloween vorbei ist, oder?« Rilla trat zur Seite, um einer gestresst wirkenden Frau Platz zu machen, die Arbeitskleidung trug und mit Einkäufen beladen war. Offensichtlich wollte sie in ihrer Mittagspause möglichst viel erledigen. In den Straßen drängten sich Menschen, und die Schaufenster waren voller Glitzerkram und weihnachtlich dekoriert. Ein Straßenmusiker spielte auf einer Penny Whistle Weihnachtslieder, während sein schwarzweißer Hund geduldig zu seinen Füßen lag. Rilla hoffte, dass es Hugh im Applemore House bei den anderen Hunden gutging. Vor einigen Tagen hatte sie einen Anruf von Janice aus dem Tierheim bekommen. Janice hatte nachgefragt, ob es in Ordnung wäre, wenn Rilla den Spaniel weiterhin behielt. Auch wenn sie sich noch so sehr bemühte, Distanz zu wahren, hatte sie sich in den Hund verliebt. Und nicht nur in den Hund ...

Lachlan drückte ihr sanft die Hand. »Wollen wir den beiden was geben?«

»Ach, sorry.« Mit einem Kopfschütteln verscheuchte Rilla ihre Träumereien. »Ich habe gerade an Hugh gedacht.«

»Merkwürdig, dass sich noch niemand gemeldet hat, um ihn zu holen.« Lachlan sah nach rechts und nach links, bevor sie die Straße überquerten. »Vielleicht gehörte er jemandem, der auf der Durchreise war?«

»Das kann sein.« Rilla war froh, dass sich niemand gemeldet hatte. Aber eine leise, quälende Stimme in ihrem Kopf wollte wissen, was im Januar passieren würde, wenn ... es war die gleiche Stimme, die ihr sagte, egal, wie schön es jetzt gerade sein mochte, Hand in Hand mit Lachlan durch die Straßen von Inverness zu spazieren – es hatte keine Zukunft. Sie seufzte und bemühte sich, an etwas anderes zu denken. »Sag mal, was ist das denn für ein Restaurant?«

»Es ist toll. Sie machen hervorragende Fischgerichte. Es wird dir gefallen.«

Das Restaurant war einladend und gemütlich. Die Inneneinrichtung war erlesen, und an den dunkelgrünen Wänden hingen Kunstwerke. Ein Kellner führte sie zu einem Ecktisch, von wo aus sie auf den Fluss sehen und die Passanten beobachten konnten.

Rilla entschuldigte sich und ging rasch zur Toilette. Sie

kontrollierte ihren Lippenstift und bürstete sich das Haar. Als sie zurückkam, las Lachlan die Speisekarte und trank ein Glas Wasser.

»Wollen wir ein Gläschen Wein trinken?«

»Auf jeden Fall.«

Sie bestellten. Während sie sich unterhielten, erschien ein großer, schlaksiger Mann in einem teuren Anzug hinter Lachlan und tippte ihm auf die Schulter.

»Lachlan.«

Überrascht drehte Lachlan sich um.

»Ich wusste sofort, dass du es bist. Diesen Wuschelkopf würde ich überall erkennen.« Der Mann grinste Rilla verschwörerisch zu. »Man sollte meinen, Lachlan würde sich wenigstens rasieren, bevor er eine Dame zum Lunch ausführt.«

Etwas irritiert erwiderte Rilla seinen Blick.

»Felix.« Lachlan nickte dem Mann zu. »Was machst du denn hier in der Gegend?«

»Ich habe eine traumhafte Immobilie auf dem Markt, und mit dem Flieger um halb vier kommt ein Paar aus London zur Besichtigung. Bis dahin vertreibe ich mir einfach die Zeit. Ich habe schon gegessen – die Langusten sind köstlich, wenn ich euch eine Empfehlung geben darf.«

»Wir haben schon bestellt«, sagte Lachlan, »aber vielleicht beim nächsten Mal. Rilla, das ist Felix, mein alter Freund von der Uni. Felix, das ist Rilla – sie ist eine alte Freundin. Sie wohnt gerade für ein paar Monate auf Applemore.«

Felix begrüßte Rilla mit Handschlag. Er war so groß und

so dünn, dass ihr war, als würde sie einer Gottesanbeterin die Hand schütteln.

»Hallo, Felix«, sagte Rilla.

»Also, wann soll ich denn mal vorbeikommen und ein bisschen Schwung in deine Sache da bringen? Bist du mit den Schönheitsreparaturen fertig?«, fragte Felix. Es klang hoffnungsvoll.

Lachlan räusperte sich und fixierte seinen Freund mit einem sehr deutlichen Jetzt-nicht-Blick.

Felix' Augen weiteten sich fast unmerklich, dann deutete er ein Nicken an. In diesem Moment erschien ein Kellner mit Getränken, und Felix nahm das als Fingerzeig: »Ich will euch nicht weiter stören, und beim Essen schon gar nicht, denn das ist hier wirklich ausgezeichnet. Lasst es euch schmecken.« Mit einem Blick auf Lachlan fügte er hinzu: »Ich rufe dich an.«

Als der Kellner mit dem Essen kam, lehnte Rilla sich zurück, damit er Platz hatte, um alles auf den Tisch zu stellen. Dann stützte sie die Ellbogen auf und legte das Kinn auf die gefalteten Hände.

»Also.«

Lachlan erwiderte ihren Blick. »Also.«

»Das sieht ja lecker aus«, sagte sie, wobei sie ihn weiter ansah. »Aber vorher will ich wissen, worüber dein Freund Felix eben gesprochen hat.«

Lachlan nahm sich ein Brötchen und brach ein Stück ab. Er bestrich es mit Butter, aß aber nicht, sondern hielt es in der Hand und sah Rilla eine Weile an.

»Lachlan?«

»Felix meint, ich könnte Applemore verkaufen und so viel Gewinn machen, dass ich jedem der Mädchen eine ordentliche Summe geben kann.«

»Du darfst Applemore nicht verkaufen!«, rief Rilla. Sie versuchte, sich Applemore House ohne die Familie Fraser darin vorzustellen, und schüttelte den Kopf. »Es ist euer Zuhause.«

Lachlan sah sie aufmerksam an. »Ich dachte, du würdest es vielleicht verstehen«, sagte er stirnrunzelnd.

»Aber es ist ... ich meine, es ist doch dein Zuhause. Und das Zuhause deiner Schwestern. Es ist ...« Rilla dachte an die vielen Sommer, die sie auf Applemore verbracht hatte, an Beths Blumenzucht und an Charlotte, die für ihren Erfolg mit der Ferienhausvermietung so hart arbeitete, und an ... »Polly ist gerade dabei, einen Hofladen einzurichten. Du darfst deinen Schwestern nicht einfach den Boden unter den Füßen wegreißen.«

»Rilla«, sagte Lachlan ruhig. »Das weiß ich alles. Ich weiß aber auch, dass es allein Zehntausende kostet, Applemore zu unterhalten, und dass die bisherigen Renovierungsarbeiten im Grunde nicht mehr sind, als hätte man Pflaster auf die Titanic geklebt und gehofft, dass sie dann nicht sinkt.«

»Aber ...« Rilla ärgerte sich über sich selbst, weil ihr die Tränen in die Augen stiegen. Warum bloß regte sie sich so über etwas auf, das ihr gar nicht gehörte?

»Ich weiß. Es gibt Tausende von Problemen, die ich lösen

muss – wie könnte ich das Anwesen so aufteilen, dass Charlotte weitermachen kann und dass Beth das Gelände für ihre Gärtnerei pachten kann, mal ganz abgesehen von Polly und ihrer Idee mit dem Hofladen.«

»Beth braucht ihre Gärtnerei«, sagte Rilla heftig. »Es ist die einzige Sicherheit, die sie …« Rilla brach ab, denn ihr wurde klar, was sie da sagte.

»Wie meinst du das?«

Rilla schob sich eine Gabel voll Essen in den Mund und kaute nachdenklich. Sie musste Zeit gewinnen.

»Rilla? Was meinst du mit Beth und ihrer Sicherheit? Hat sie dir irgendwas erzählt?«

Rilla schüttelte den Kopf. »Ach, nichts.« Sie hoffte, Lachlan würde nicht weiter nachbohren. Sie war schon immer eine hoffnungslos schlechte Lügnerin gewesen, denn sie brachte einfach kein Pokerface zustande. »Ich weiß bloß, dass ihre Firma ihr viel bedeutet, das ist alles.«

»Ja, klar.«

Puh, sie war noch einmal davongekommen.

»Aber ich muss einfach für alle gute Lösungen finden. Wenn ich so weitermache wie bisher, fahre ich Applemore an die Wand, und dann bin ich gezwungen zu verkaufen. Wenn ich vorher einen Schlussstrich ziehe, besteht immerhin die Möglichkeit, dass meine Schwestern auch anderswo zurechtkommen.«

»Darüber brauchst du dir eigentlich nicht den Kopf zu zerbrechen.« Rilla sah ihm in die Augen, die dunkler waren als sonst.

»Theoretisch tue ich das auch nicht. Aber kannst du dir vorstellen, dass ich mich einfach umdrehe und sage ›Danke sehr für mein Erbe, jetzt verschwindet alle, ich bin dann mal weg‹?«

Rilla schüttelte den Kopf. »Das bist nicht du.«

»Nein.« Er spießte ein Stück Spargel auf. »Also muss ich mir überlegen, was für uns alle das Beste wäre. Und das könnte darauf hinauslaufen, dass ich das Unvorstellbare tue.«

Offenbar hatte er sich mit diesen Gedanken schon eine ganze Weile herumgequält. Rilla fand es furchtbar, dass er das ganz allein mit sich ausmachte.

»Jetzt hab ich's begriffen.« Sie legte ihre Hand auf seine. »Du steckst wirklich in der Klemme.«

»Ja, ziemlich.« Er verzog das Gesicht. »Ich meine, die Situation ist nicht gerade ideal, oder?«

»Nicht so richtig.«

»Ich will mit Beth und Polly und Charlotte erst sprechen, wenn ich besser darüber Bescheid weiß, wie das überhaupt vor sich gehen soll.«

»Ich sage ihnen nichts, versprochen.«

»Ich komme mir wie ein totales Arschloch vor, weil ich Polly ermutige, das mit dem Hofladen weiterzuverfolgen, obwohl ich weiß, dass bald vielleicht alles aus und vorbei ist.«

»Du hast selbst gesagt, dass dieses Projekt ihr etwas gibt, worauf sie sich konzentrieren kann.« Polly war ganz in ihre Pläne vertieft. Und obwohl sie gerade mit einer Erkältung im Bett lag und sich scheußlich fühlte, schickte sie Rilla auch jetzt Nachrichten, sobald ihr neue Einfälle kamen, wie sie den Dorfbewohnern den Laden schmackhaft machen könnte.

Lachlan nickte. »Das stimmt. Seit Dads Tod hat sie nicht richtig gewusst, was sie mit sich anfangen soll.«

»Also«, Rilla hatte sich wieder gefangen, »ich glaube, wir müssen von der Annahme ausgehen, dass irgendwas irgendwie klappen wird, und Polly immer wieder ermutigen, dranzubleiben.«

»Du klingst richtig zenmäßig«, sagte Lachlan.

»Nur, wenn es um das Leben anderer Leute geht«, räumte Rilla ein. »Aber ich bin einfach so gern hier. Es hilft mir sehr.«

»Du sagst den Mädchen also wirklich nichts?«

»Kein Wort. Wann will dieser Felix denn das Haus besichtigen?«

»So weit sind wir noch gar nicht. Im Moment möchte ich einfach bis nach Weihnachten abwarten und ...« Lachlan verstummte und kniff die Augen leicht zusammen. Er hob sein Glas und blickte hinein. »Ich werde im Januar weiter darüber nachdenken, was ich mache.«

Daraufhin schwiegen beide, aber die Atmosphäre veränderte sich ein wenig. Sie beendeten ihr köstliches Mittagessen mit Blick auf den Fluss und fuhren unter dem violett gestreiften Abendhimmel nach Hause. Darüber, was im Januar geschehen würde, wurde nicht wieder gesprochen.

Sechzehntes Kapitel

Nach dem Gespräch mit den Handwerkern fand Lachlan zwei verpasste Anrufe von Gus auf seinem Handy. Einige Wochen waren vergangen, und mit unglaublichem Krach wurde gerade das Gerüst abgebaut, was die Hunde bewog, alle zwei Minuten loszubellen. Lachlan stand in der Küchentür, und als er pfiff, waren sie sofort still und kamen zu ihm. Vielleicht sollte er sie einfach mitnehmen, wenn er zum Pförtnerhaus hinunterfuhr, um zu sehen, wie Rilla mit dem Camper vorankam. Auf diese Weise würde er die Handwerker eine Weile von dem ständigen Gebell befreien.

In der Werkstatt war Rilla gerade dabei, die Schranktüren anzustreichen, die sie Anfang der Woche eingepasst hatten.

»Na, was meinst du dazu?« Sie wirkte sehr zufrieden mit sich und ihrem Werk.

»Sieht super aus.« Der Wagen war beinahe fertig, und Lachlan wollte sich mit den Gefühlen, die das in ihm hervorrief, lieber nicht auseinandersetzen. Einerseits war er gelb vor Neid, dass Rilla einfach ihre Sachen packen, sie hinten in den Camper werfen und aufbrechen konnte. Andererseits wünschte er sich vor allem, dass sie auf Applemore blieb, obwohl er sich immer noch einzureden versuchte, dass es sich hier um nicht mehr als eine etwas verlängerte Ferienliebelei handelte.

Rilla zog die Nase kraus, sodass er lachen musste. »Was denkst du gerade?«, fragte sie, während sie aus dem Wagen kletterte und den farbverklebten Pinsel auf ein Stück Plastiksack legte.

»Ich denke gerade, dass du aussiehst, als könntest du eine Dusche gebrauchen. Und ich denke, dass ich dir den Rücken schrubben würde, wenn du möchtest …«

Rilla schlang ihm die Arme um den Hals und küsste ihn. »Ich muss noch die letzten beiden Türen streichen.«

»Wie langweilig«, neckte er sie.

»Und was müsstest du gerade tun?« Sie legte eine Hand auf seine Brust und ließ sie einen Moment lang liegen.

»Ich habe zwei Anrufe von Gus verpasst. Ich hoffe ja bloß, dass dieser neue Brauer nicht wieder Mist gebaut hat – letzte Woche sind zwei Fässer explodiert. Und dass man uns Lieferschwierigkeiten nachsagt, können wir überhaupt nicht gebrauchen.«

»Was passiert, wenn so ein Fass explodiert? Das klingt ein bisschen gefährlich.«

Lachlan schüttelte den Kopf. »Dann muss jemand losfahren und Ersatz liefern, was ätzend ist, wenn es nach Feierabend ist – und so was passiert natürlich immer nach Feierabend. Aber vielleicht will Gus etwas ganz anderes von mir, und ich sehe bloß gerade schwarz.«

»Vielleicht will er dir berichten, dass ihr einen wichtigen Bierbrauer-Wettbewerb gewonnen habt oder so was.«

»Immer die Optimistische«, sagte Lachlan, nahm ihre Hand und verflocht die Finger mit ihren.

»Immer.« Rilla lachte. »Hast du gesehen, wie weit Polly schon ist?«

»Deswegen bin ich hergekommen.«

»Nicht um mich zu besuchen?«, sagte Rilla mit gespielter Enttäuschung.

»Um dich zu besuchen«, Lachlan drückte ihr einen Kuss auf die Nasenspitze, »und um nach Polly zu sehen. Willst du mitkommen?«

»Sofort. Ich komme nach, bis gleich.« Rilla stellte den Pinsel in Wasser.

Polly hatte gezaubert. Die Wände waren von der Decke bis zum Boden geweißt worden, sodass der Raum hell und einladend wirkte. Die Regale, die sie bestellt hatte, waren angekommen und standen an der hinteren Wand. Darüber hingen handgemalte Schilder. Polly hatte einen alten Tisch angestrichen, der als Ladentheke dienen sollte und auf dem schon eine Waage und eine gebrauchte Registrierkasse standen, die sie im Internet gekauft hatte.

Das musste Lachlan Polly lassen – sie hatte hervorragende Arbeit geleistet. »Diese Bilder sehen toll aus«, sagte er jetzt.

»Sie sind alle zu verkaufen. Die Frau, die sie gemalt hat, wohnt in dem kleinen Hof an der Straße, die aus dem Dorf herausführt – wo das schwarzweiße Pferd auf der Wiese steht.«

Lachlan nickte. »Ich weiß, welchen Hof du meinst.«

»Ich hab mir überlegt, wenn du einen Weihnachtsbaum für mich fällen könntest, würde ich ihn zur offiziellen Eröffnung schmücken und wir könnten alles schön weihnachtlich dekorieren. Ich habe jemanden, der jeden Tag Brot backen wird, und auch Kuchen, und Milch und Sahne kriegen wir von Roger und seinen Kühen, und außerdem verkaufen wir ganz viele selbstgemachte Sachen. Ich denke, jetzt vor den Feiertagen gehen die weg wie warme Semmeln.«

Lachlan hatte Gewissensbisse, weil seine Schwester so viel harte Arbeit in etwas hineingesteckt hatte, das er vielleicht schon bald komplett sabotieren würde. Er wandte sich ab und blickte durch die Tür über den Hof. Undeutlich konnte er Rilla erkennen, die gerade aus ihrem Blaumann stieg.

»Das hast du großartig gemacht«, wandte er sich wieder an Polly. »Ich fahre morgen mit dem Anhänger in den Wald und nehme die Kettensäge mit. Wie groß soll der Baum denn sein?«

»So groß wie möglich.« Polly strahlte. »Ich glaube, der Laden wird uns ein Vermögen einbringen.«

Lachlan lächelte etwas betreten. Zum Glück erschien Rilla jetzt, begeistert und voller Ideen, und der peinliche Augenblick war vorbei.

Am späteren Nachmittag fuhren sie zurück zum Gutshaus. Rilla nahm Hugh mit und auch eine Flasche Wein, die sie im Dorfladen gekauft hatte. Das Wetter war umgeschlagen – jetzt wurde es wirklich Winter. Die Bäume hatten alles Laub verloren und wirkten vor der Sonne, die niedrig am blassen, milchig trüben Himmel hing, wie eine schwarze Zeichnung.

»Polly ist heute Abend nicht da. Ich mache uns etwas zu essen, und du kannst dich ausruhen und mir Gesellschaft leisten und Wein trinken. Nach deiner harten Arbeit am Campingbus hast du das verdient.«

Rilla hatte es geschafft, ihre Hände fast ganz von Farbe zu befreien, und jetzt betrachtete sie sie nachdenklich. »Weißt du, ich glaube, wenn das hier vorbei ist, werde ich es vermissen, von oben bis unten mit Farbe bekleckert zu sein.«

»Ich glaube, ohne Farbe würde ich dich gar nicht erkennen«, sagte Lachlan schmunzelnd. »Oh, wer ist denn da –«

Am Rand der Zufahrt zum Gutshaus stand Joan. Unter ihrer ein wenig furchterregenden lila Wollmütze war gerade eben ihr graues Haar zu erkennen.

»Hallo!« Sie winkte ihnen zu, und als Lachlan das Fenster herunterließ, lugte sie an ihm vorbei in den Wagen. »Rilla, wie schön, dich so gesund und mit roten Backen zu sehen. Das ist doch was ganz anderes – du warst so blass und zum Umpusten, als du hier angekommen bist.«

»Wie geht's dir denn, Joan?«

»Super, danke. Ich freue mich schon auf die Eröffnung von Pollys Hoflädchen. Ich habe ihr gesagt, wenn sie Hilfe braucht, soll sie sich melden.«

»Das freut sie bestimmt.«

»Sie ist so ein unabhängiges Dingelchen.« Joan nickte weise. »Es ist schön, dass sie jetzt etwas Eigenes hat, nicht wahr?«

»Ja«, sagte Lachlan.

»Und natürlich ist es auch gut, dass hier noch ein bisschen mehr läuft. Ich habe eine Sendung gesehen, da ging es um einen Landsitz in England, und anscheinend ist Diversifizierung der Weg in die Zukunft.«

»Ich glaube, Pollys Plan ist, dass wir uns hier möglichst breit aufstellen«, sagte Lachlan.

»Wir drücken jedenfalls alle die Daumen. Der Dorfladen schließt ja jetzt, und für mich war er immer das Herz des Dorfes. Da muss also etwas Ähnliches her, ich brauche morgens, wenn ich mein Brot und meine Milch hole, mein Schwätzchen über die Neuigkeiten des Tages.«

Ach ja, alle hatten eine Meinung dazu. Es war ja schön, dachte Lachlan, dass Applemore ihnen so am Herzen lag. Aber nicht mehr so schön würde es sein, wenn er das gesamte Gut an den Meistbietenden verkaufte ... es war klar, dass er in diesem Fall viel würde erklären müssen. Manchmal kam es ihm vor, als hätte er nicht nur einen Landsitz, sondern ein ganzes Dorf geerbt. Er beneidete Rilla um ihre Unabhängigkeit. Im Moment hatte er das Gefühl, dass Applemore ihn immer fester in seine Klauen zog und dass er niemals würde entrinnen können.

Sie verabschiedeten sich von Joan und fuhren weiter.

»Besser, ich rufe Gus mal zurück«, sagte Lachlan, als sie das Herrenhaus betraten und sein Handy drei neue Voicemails ankündigte.

»Alles gut«, sagte Rilla. »Ich setze mich einfach hier hin und chille mit den Hunden. Keine Eile. Soll ich schon mal Zwiebeln hacken oder so?«

»Das wäre toll. Danke.«

Er ließ Rilla in der Küche und ging ins Arbeitszimmer. Dort setzte er sich an den Schreibtisch, legte die Füße darauf und blickte aus dem Fenster. Die Bäume um Applemore House herum ragten in der Dunkelheit schwarz auf. Er wunderte sich immer wieder, wie dunkel es hier nachts wurde, und die Abende waren jetzt so lang, es war, als würde die Dämmerung schon am frühen Nachmittag einsetzen.

»Das wird aber auch Zeit!«

»Tut mir leid, ich hatte keinen Empfang. Was gibt's denn?«

»Wir müssen reden.«

»Das klingt nicht gut. Weiter.«

»Nicht am Telefon.« Gus räusperte sich. »Dieses Gespräch sollten wir lieber persönlich führen.«

»Okay, das klingt noch weniger gut.« Lachlan versuchte, es mit Humor zu nehmen. Was war bloß mit Gus los?

»Es ist nichts Schlimmes.«

»Sind keine Fässer mehr explodiert?«

»Kein einziges. Ich glaube, das war ausnahmsweise mal eine schlechte Charge«, sagte Gus und klang dabei wieder fast wie sonst.

»Wie geht's Lucinda?«

»Hm.« Pause. »Gut. Ich erkläre dir alles, wenn wir uns sehen. Wann kannst du herkommen? Je eher, desto besser.« Er klang angespannt und abgelenkt, ganz anders als der sonst so gelassene Gus. Es musste etwas Ernstes sein, entschied Lachlan und überflog seinen Kalender, um zu checken, ob er einen Termin verschieben musste.

»Am Freitag.«

»Morgen geht es nicht?«

»Ich hab Polly versprochen, einen Weihnachtsbaum für sie zu schlagen.«

»Na klar.« Gus lachte.

»Ich fahre Freitag gleich morgens los, dann müsste ich mittags bei dir sein.«

»Perfekt. Ich nehme dich in das neue Restaurant an der George Street mit, die haben gerade angefangen, unser Bier zu bestellen. Sie machen wirklich gute Burger.«

»Abgemacht.«

Gus legte auf, was Lachlan überraschte. Sein Freund war nicht nur ungewöhnlich angespannt gewesen, sondern auch sehr wortkarg. Normalerweise war Gus so redselig, dass Lachlan nach vierzig Minuten Telefongespräch verzweifelt versuchte, aufzulegen, während Gus immer noch weiterquasselte, über das Rugby-Match, das er am Abend zuvor gesehen hatte, oder über irgendetwas, das mit dem Auftritt der Firma in den sozialen Medien zusammenhing. Nein, da war tatsächlich irgendwas im Busch …

Lachlan blickte sich im Arbeitszimmer um. Hier umgaben ihn immer noch die alten Bücher und Papiere seines Vaters. An der Wand hing ein Schwarzweißfoto, das Hector zusammen mit Lachlan und seinen Schwestern zeigte. Er betrachtete es stirnrunzelnd und überlegte, wie sein Vater mit dieser Situation umgegangen wäre. Hector hatte nie darüber gesprochen, aber die Verantwortung hatte sicherlich schwer auf ihm gelastet, als er vier Kinder erziehen und Applemore verwalten musste – es war kein Wunder, dass hier das vornehme Chaos geherrscht hatte. Und Lachlan brachte gerade kaum etwas Besseres zustande.

Nach einem schönen gemeinsamen Abend setzte er Rilla am nächsten Morgen am Pförtnerhaus ab. Er musste einen Baum fällen, sich um Papierkram für den Sanierungszuschuss kümmern und seinem hilfebedürftigen Freund beistehen. Rilla hatte ihm geraten, den Besuch in Edinburgh nicht vor sich herzuschieben, als er ihr erzählt hatte, wie merkwürdig Gus am Telefon gewesen war. Daher hatte er ihn gleich morgens früh noch einmal angerufen und gesagt, er würde noch am selben Abend kommen. Es hatte keinen Sinn, Gus noch einen Tag schmoren zu lassen, was immer er auch auf dem Herzen hatte.

Als Lachlan am Nachmittag gerade eine Tasche hinten in den Land Rover packen wollte, erschien Beth.

»Hallo, Fremder«, sagte sie und stellte ihre leere Schubkarre ab, um ihm zuzuwinken. »Polly hat gesagt, du bist nach Edinburgh unterwegs?«

»Ja, keine Ahnung, was mit Gus los ist, aber ich rechne fast damit, dass Lucinda schwanger ist oder so. Am Telefon wollte er nicht raus mit der Sprache. Das ist absolut untypisch für ihn.«

»Komisch.« Beth kratzte sich die vor Kälte gerötete Nasenspitze. Sicher hatte sie den ganzen Tag in ihrer Gärtnerei gearbeitet.

»Wo sind denn deine Zwillinge?«

»Ich habe jetzt manchmal eine Tagesmutter für sie, bei der sind sie noch. Will gleich los und sie abholen.«

»Und Simon?«

»Arbeitet vermutlich.« Beth fasste wieder nach den Griffen der Schubkarre. Sie sah ihm nicht richtig in die Augen.

»Ist alles in Ordnung?« Lachlan fiel ein, dass Rilla etwas ausweichend geantwortet hatte, als er sich neulich nach Beth erkundigt hatte.

»Ja.« Beth hielt den Blick gesenkt. »Mir geht's gut. Warum fragst du?«

»Ach, nur so«, erwiderte er beiläufig. »Ich hab einfach das Gefühl, dass wir dich in letzter Zeit kaum gesehen haben.«

»Ich habe zwei kleine Kinder und eine Firma«, erklärte Beth. »Ich treffe mich mit niemandem. Mein Leben besteht zurzeit aus Näschen putzen und Gartenarbeit.«

»Solange es weiter nichts ist«, sagte Lachlan, als sie sich mit der Schubkarre wieder auf den Weg zurück zum Garten machte.

Er war hin- und hergerissen. Einerseits drängte es ihn, nachzuforschen, denn er kannte seine Schwester gut genug, um zu erkennen, dass etwas sie bedrückte. Andererseits aber wollte er sie in Ruhe lassen, denn sie war so wie er und sprach nicht gern über ihre Gefühle. Allerdings hatte Rilla mit ihrem offenherzigen, fröhlichen Wesen daran etwas verändert. Sie hatte ihn nach seinen Gefühlen zu Applemore gefragt, zu seinem Vater, zum Verlust seiner Mutter ... Lachlan drehte sich um.

»Beth?«

Sie warf einen Blick zurück. »Ja?«

Lachlan meinte, eine Träne auf ihrer Wange zu sehen.

»Was ist denn?«

»Du musst los.«

»So eilig ist das nicht.« Er lehnte sich gegen die Motorhaube des Land Rovers. »Ich fahre nicht weg, wenn du traurig bist. Was ist passiert?«

Und da kam alles heraus – alles, was sie Rilla bereits erzählt hatte und was Rilla wie versprochen für sich behalten hatte. Lachlans Herz wurde weit vor Liebe zu ihr, als ihm das klar wurde – es wäre so einfach für sie gewesen, alles bei ihm abzuladen, aber sie war Beths Wunsch gefolgt und hatte geschwiegen.

»Ich kann kaum glauben, dass du uns das fast ein Jahr lang verheimlicht hast. Warum zum Teufel hast du denn nichts gesagt?«

Beth zuckte die Achseln. »Ich wollte nicht als Versagerin dastehen.«

»Wie könntest du jemals eine Versagerin sein?« Lachlan schüttelte den Kopf. »Du bist so eine tolle Frau.«

Beth blickte ihn an. Jetzt, da er alles wusste, sah er, wie müde sie war. Sie hatte dunkle Schatten unter den Augen, und offenbar hatte sie abgenommen – ihre Wangenknochen waren deutlich zu sehen, und die Jeans waren ihr zu weit geworden. Er war so sehr mit seinen eigenen Sorgen beschäftigt gewesen, dass er nicht bemerkt hatte, in was für einer beschissenen Situation sie sich befand.

»Es tut mir leid, heute Abend muss ich mich um Gus kümmern, aber morgen komme ich wieder, und dann setzen wir uns zusammen und überlegen, was wir machen. Wir können dir bestimmt irgendwie helfen, und wenn wir abwechselnd auf die Kleinen aufpassen.«

Beth stieß einen Seufzer aus. »Das wäre wirklich schön.«

»Okay. So machen wir es. Und was hast du heute Abend vor?«

»Simon will kommen und die Zwillinge besuchen.«

»Ich glaub's einfach nicht, dass er ausgezogen ist und du kein Wörtchen davon gesagt hast.« Lachlan musste seinen Zorn zügeln. Er war mit Simon nie richtig warm geworden, auch wenn er dafür keinen Grund nennen konnte.

Beth zuckte ein wenig verlegen die Achseln. »Es ist einfach – ich hab nicht gewusst, wo ich anfangen sollte.«

»Ich bin froh, dass es jetzt auf dem Tisch ist. Wir kriegen das hin.« Lachlan grinste. »Ich werde sogar lernen, wie man Windeln wechselt, wenn das hilft.«

»Ich nehme dich beim Wort.« Beth lachte. Wieder griff sie nach der Schubkarre. »Jetzt muss ich aber wirklich weiter.«

»Okay. Bis morgen also.« Lachlan stieg ein und ließ das Fenster herunter. »Und, Beth?«

»Ja?«

»Sag es auch den anderen. Ernsthaft. Wir sind eine Familie, und für so etwas sind wir da.«

Siebzehntes Kapitel

»Ich finde, das müssen wir feiern«, sagte Polly zu Rilla. Sie standen im Hofladen und betrachteten den Baum, den Lachlan gefällt hatte. Es war sieben Uhr abends, und die beiden hatten hart gearbeitet und ihn mit zahllosen sonnengelben Lichterketten geschmückt. Dann hatten sie gründlich gefegt, und der Raum sah richtig schön aus. Jetzt mussten nur noch die Regale eingeräumt werden, dann war alles fertig. Rilla gab gern zu, dass Polly spitzenmäßige Arbeit geleistet hatte.

»Und ich finde, wir sollten mit Beth zusammen feiern«, sagte Polly nach kurzem Überlegen. Sie hatte die Arme verschränkt und bewunderte ihr Werk.

»Ich weiß nicht, ob sie in ihrer jetzigen Lage viel Lust zum Feiern hat.«

Lachlan hatte auf dem Weg nach Edinburgh kurz noch einmal am Pförtnerhaus angehalten, um sich zu verabschieden, und dabei hatte er Rilla berichtet, dass Beth ihm die ganze Geschichte erzählt hatte. Er hatte Rillas Gesicht in die Hände genommen und sie mit einem Blick angesehen, den sie nicht richtig deuten konnte. Dann hatte er langsam den Kopf geschüttelt.

»Was ist?«, hatte Rilla gefragt.

»Nur du.« Er hatte sie geküsst.

»Nur ich was?«

»Du hättest das nicht tun müssen.«

»Ich hab nichts getan. Bloß zugehört.«

»Du bist wunderbar.« Er küsste sie wieder. »Wenn ich morgen nach Hause komme, zeige ich dir, wie wunderbar ich dich finde.«

»Bis dann also.« Rilla lachte und sah ihm nach, wie er mit langen Schritten über den Hof und in den Hofladen ging. Dort informierte er Polly kurz über Beths Situation. Als er schließlich losgefahren war, war Polly in den Campingbus gekommen, wo Rilla gerade Farbe von den Türscharnieren kratzte.

»Verdammt noch mal, das ist doch nicht zu fassen.«

»Ich weiß.« Rilla richtete sich auf.

»Ich gehe mal schnell zu Charlotte rüber und sage ihr, was los ist.«

Rilla hatte sich im Stillen gefragt, wie es wohl sein mochte, wenn ein ganzer Trupp Geschwister plötzlich geschlossen hinter einem stand, nachdem man so lange ums Überleben gekämpft hatte – ein bisschen überwältigend, vermutete sie. Aber vielleicht machten Familien das so. Polly hatte versprochen, später wiederzukommen, und sie winkte ihr zum Abschied.

Und jetzt standen sie hier, und Charlotte war unterwegs zu ihnen.

»Kommt doch zu mir«, schlug Rilla vor. »Ich mache uns etwas zu essen.«

Daraufhin wurden die Schwestern aktiv. Charlotte fuhr zu Beth und holte sie ab. Polly sammelte die Hunde ein und brachte sie ins Cottage, »damit sie auch ihren Spaß haben«. Rilla zündete das Feuer an und schaffte im Wohnzimmer Ordnung, so gut das möglich war – natürlich war es etwas ganz anderes als das geräumige Wohnzimmer im Herrenhaus, aber sie stellte Blumen auf das Kaminsims, und als das Feuer brannte und sie die Lampen einschaltete, wirkte der Raum anheimelnd und gemütlich. Sie legte Musik auf und rührte die Bolognese, die sie gekocht hatte. Eigentlich hatte sie geplant, sie am nächsten Abend, wenn Lachlan zurück war, mit ihm zusammen zu essen, aber da würde sie sich etwas anderes einfallen lassen müssen. Sie freute sich auf diesen Mädelsabend, auch wenn sie nicht ausgehen würden. Sie nahm nicht gerade oft an solchen Abenden teil.

»Schön«, sagte Charlotte mit ihrer lauten, klaren Stimme, als Rilla ihr die Tür öffnete. »Ich bringe eine Beth mit, ein Stück Parmesan und ein Ciabatta. Ach so –«, sie schob die Hand in ihren Beutel, »und eine Flasche sehr leckeren Rotwein.«

»Ich habe hier zwei Flaschen von einem vermutlich nicht so leckeren. Aus dem Räumungsverkauf des Dorfladens.«

»Also trinken wir meinen zuerst. Wenn wir dann zu deinem kommen, fällt uns der Unterschied hoffentlich nicht mehr auf.«

»Wir können uns ja auch Wäscheklammern auf die Nasen klemmen«, sagte Beth, die jetzt auch hereinkam. »Danke für die Einladung, Rilla. Das ist wirklich lieb von dir.«

»Ist das Mindeste, was ich tun kann. Ihr seid alle so nett zu mir.«

»Dieses Cottage ist so süß«, sagte Polly. »Ich wünschte, wir würden auch in so einem Haus wohnen statt in dem riesigen Kasten.«

»Wirklich?« Rilla sah sie zweifelnd an. Lachlan wäre sehr erleichtert gewesen, wenn er das gehört hätte.

»Nein, eigentlich nicht«, gab Polly zu. »Oder – ja und nein.«

Die erste Flasche Wein leerten sie in gefühlt wenigen Momenten. Charlotte, die sich als Fahrerin angeboten hatte, lehnte sich auf dem Sofa zurück, trank Wasser und machte Bemerkungen darüber, wie enthaltsam sie war.

»Ich bin seit Ewigkeiten enthaltsam«, sagte Beth und öffnete die zweite Flasche. »Stillen, Strampler, Stumpfsinn – es steht mir bis sonst wo.«

»Heute Abend kannst du einen draufmachen«, sagte Polly und verschwand kurz in die Küche, um nach dem Nudelwasser zu sehen. »Und jetzt erzähl uns mal, warum es dir richtig erschien, uns vorzuspielen, dass ihr eine Bilderbuchehe führt.«

»Oh Gott«, stöhnte Beth. »Hör auf. Woher sollte ich denn wissen, was richtig gewesen wäre?«

»Du hättest mit uns sprechen können, oder?« Charlotte sah sie mit gespielt strengem Blick an. »Ich meine, wäre das nicht naheliegend gewesen? Aber Schwamm drüber. Du hast es uns ja jetzt gesagt. Geteiltes Leid ist halbes –«, sie zählte an den Fingern ab, »nein, nicht halbes – du hast Rilla, mich, Polly, Lachlan ….«

Dass Charlotte sie mitzählte, berührte Rilla. Wieder einmal hatte sie das bittersüße Gefühl, dass sie akzeptiert wurde und wirklich dazugehörte, während sie gleichzeitig wusste, dass sie in wenigen Wochen nicht mehr hier sein würde.

»Ich komme mir sowas von blöd vor«, gestand Beth.

»Du bist nicht blöd«, sagten Polly, Rilla und Charlotte im Chor.

»Das wird alles gut, du wirst schon sehen.« Polly hockte sich auf die Armlehne von Beths Sessel, und Beth nickte. »Wir können uns abwechselnd um die Zwillinge kümmern. Und ich kann sogar lernen, wie man das mit den Blumen macht, wenn dir das hilft.«

Beth verdrehte die Augen. »Ich glaube, du solltest dich lieber auf deinen Laden konzentrieren. Als du mir das letzte Mal in der Gärtnerei helfen wolltest, hast du ein ganzes Beet mit Setzlingen totgehackt.«

»Ach ja, das hatte ich vergessen!« Charlotte prustete vor Lachen.

»Jetzt kann ich auch darüber lachen«, sagte Beth, »aber ich war wirklich stinksauer.«

»Das weiß ich noch gut.« Polly kicherte.

Rilla zog die Beine an und saß nun im Schneidersitz auf dem Sofa. Sie hatte ein gerahmtes Foto von ihrem Vater mit ihr und Sally auf dem Kaminsims stehen, und als sie es ansah, folgte Beth ihrem Blick.

»Ich glaube, unsere Väter würden sich freuen, dass wir alle zusammen hier sitzen, oder?«

»Ganz bestimmt.« Rilla nickte.

»Wie kommst du mit dem Campingbus voran? Ich wollte schon längst mal vorbeischauen.«

»Ich zeige ihn euch, wenn ihr möchtet«, sagte Rilla.

»Oh, ja bitte. Nimm den Wein mit, Polly.«

Die vier Frauen stapften in den Abend hinaus.

»Verdammt, ist das kalt.« Zitternd schlang Charlotte sich die Arme um den Leib.

»Wir haben November.«

»Schon fast Dezember. Dieses Jahr ist so schnell vergangen.« Polly machte Platz, sodass Rilla an den Lichtschalter herankam.

»Da ist er«, sagte Rilla mit einer schwungvollen Geste.

»Oh wow!«, rief Beth, als Rilla die Seitentür aufschob, »ist das schnuckelig!«

»Mit Bett und allem Drum und Dran.« Polly klopfte auf die Matratze, die sie vor ein paar Tagen hineingelegt hatten. Sie hatte im Gästezimmer des Pförtnerhauses gestanden, war kaum benutzt und passte perfekt, so als wäre sie für den Wagen gemacht.

»Darf ich sie ausprobieren?« Beth sah Rilla an.

Beth setzte sich mit gekreuzten Beinen auf das Bett, mit ihrem Glas Rotwein in der Hand. »Und du hast einen niedlichen kleinen Kocher und ein Spülbecken und alles.«

Voller Stolz auf das handwerkliche Geschick ihres Vaters schaltete Rilla den Kocher an. Das Gas entzündete sich mit einem leisen Ploppen. Sie hatte mit Lachlans Hilfe die Schranktüren eingehängt, und seit jetzt alles weiß gestrichen war, wirkte das Wageninnere hell und fröhlich.

»Du denkst also, dass du im Januar wieder auf Abenteuerreise gehen wirst?« Charlotte öffnete und schloss probeweise eine Schranktür.

»Tja.« Rilla spürte, dass etwas wie Bedauern ihr den Magen zusammenzog. »Ich habe für drei Monate einen Vertrag als Englischlehrerin in Paris. Aber anschließend fahre ich vielleicht ... Ich könnte ein bisschen reisen und unterwegs ab und zu unterrichten, so wie's gerade kommt. Mit dem Wagen kann ich ja fahren, wohin ich will.«

Aus dem Cottage ertönte lautes Bellen.

Charlotte lachte. »Aber jemand wird dich vermissen. Du bist die beste Pflegemama, die Hugh sich wünschen konnte.«

»Ach, sei still. Ich darf gar nicht daran denken, dass ich Hugh hierlassen muss.«

»Nur den Hund?« Beth sah sie von der Seite an.

Rilla schüttelte lachend den Kopf.

Polly mimte einen kleinen Ohnmachtsanfall. »Das ist so romantisch.«

»Kommt, wir gehen wieder ins Haus«, Beth sprang vom Bett, »und dann können wir Rilla über ihre Absichten bezüglich unseres Bruders aushorchen.«

»Ich habe überhaupt keine Absichten«, protestierte Rilla lachend.

»Ich glaube aber, er hat Absichten in Bezug auf dich«, sagte Polly, während sie zurückgingen.

Sie fassten alle mit an, und schon stand das Essen auf dem Küchentisch. Unter dem Tisch lagen die Hunde und hofften auf milde Gaben.

»Das ist so schade – kaum trefft ihr euch wieder, da musst du auch schon weg«, sagte Beth mit einem Seufzer. »Es wäre so schön, wenn wenigstens einer aus der Familie Fraser ein glückliches Liebesleben hätte.«

»Du hast noch dein ganzes Leben vor dir«, sagte Charlotte freundlich. »Vielleicht kannst du dir das jetzt nicht vorstellen, Beth, aber ich verspreche dir, du lernst bestimmt noch einen netten Mann kennen.«

»Im Moment ist das das Letzte, worüber ich nachdenken will.« Beth nickte Polly zu, die ihr Wein anbot.

»Das ist nur, weil dieser Saftsack Simon dich so runtergezogen hat. Ich hab den Kerl nie gemocht.«

»Charlotte!« Beth musste lachen. »Das hast du aber nie gesagt.«

»Natürlich nicht.« Charlotte drehte Spaghetti auf ihre Gabel. »Du hast ihn geliebt, und du warst glücklich. Da stand es mir doch nicht zu, meine Meinung zu der Frage auszuposaunen, ob er der richtige Mann für dich ist. Jedenfalls nicht, solange er noch nicht über alle Berge war.«

»Du bist wirklich loyal«, sagte Beth kopfschüttelnd. »Loyal oder bekloppt, da bin ich mir nicht sicher.«

»Damit hast du Charlotte ganz gut beschrieben«, sagte Polly. »Wie kommt es eigentlich, dass du Expertin in Beziehungen bist, Charlotte?«

»Ich hab meinen Teil an Katastrophen hinter mir«, gestand Charlotte. »Erinnert ihr euch noch an Robert McArthur?«

»Du meinst Robert, der immer ein bisschen nach Kühen

roch?« Beth legte die Hand vor den Mund, um nicht laut loszulachen.

»Den meine ich. Er war herzensgut –«

»Wenn man gern Kühe riecht«, sagte Beth.

»Wie ist das denn mit ihm ausgegangen?« Polly drehte ihr Weinglas zwischen den Fingern. »Er wirkte immer ganz sympathisch.«

»Ich hab mich geekelt.«

»Ach so.« Rilla nickte verständnisvoll.

Beth und Polly sahen ihre Schwester an, als wäre sie nicht mehr ganz bei Trost.

»Geekelt?«

»Rilla hat das schon verstanden.« Charlotte lachte. »Kennt ihr das, wenn man mit jemandem zusammen ist und ihn auch ganz gern mag und dann eines Tages merkt, dass er ziemlich laut schmatzt? So, dass einem richtig schlecht wird?«

»Oder er redet mit vollem Mund oder ist unhöflich zu den Kellnern«, sagte Rilla.

»Oder – ach, eigentlich kann es alles sein. Aber das ist so, als würde jemand einen Schalter umlegen. Dass der Typ nach Kühen roch, hat mich gar nicht mal gestört. Aber wie er gekaut hat, das hat mir fast den Magen umgedreht. Ich hab versucht, es zu ignorieren, aber er saß da, *schmatz schmatz schmatz*, und ich musste im Stillen bis zehn zählen, um mich zu beruhigen.«

»Der arme Robert«, sagte die weichherzige Polly. »Ich finde, das ist eigentlich kein Grund.«

»Es gab noch mehr Gründe«, sagte Charlotte vernünftig. »Da war dieser penetrante Geruch nach Kühen und außerdem war er ziemlich langweilig und –«

»Du machst ja nicht gerade Reklame für ihn.« Rilla lachte. Es war schön, Charlotte ein bisschen lockerer zu erleben.

»Jedenfalls habe ich beschlossen, ihn abzuservieren, und das war's dann. Danach hab ich gedacht, ich probier's mal mit Online-Dating, aber das funktioniert hier nicht richtig, weil man schon alle kennt, die vielleicht infrage kämen.«

»Meine Freundin hat mir erzählt, dass sie den Mann einer Freundin auf Tinder entdeckt hat. Tja, jetzt ist er der Exmann«, sagte Polly.

»Genau«, sagte Charlotte weise. »Warte mal – war er schon der Ex, als er auf Tinder gesucht hat?«

»Nee. Aber nachdem seine Frau das spitzgekriegt hatte, ging es ganz schnell.« Sie blickte über den Tisch. »Ach, tut mir leid, Beth. Das war nicht gerade taktvoll.«

Beth zuckte die Achseln. »Es ist ja schon Monate her. Ich habe es überwunden. Oder jedenfalls fast.«

Polly schüttelte den Kopf. »Ich verstehe immer noch nicht, warum du nichts gesagt hast.«

»Das war idiotisch, ich weiß.« Beth trank einen Schluck Wein. »Aber egal. Genug von mir. Ich möchte gern etwas über deine Pläne hören, Rilla. Glaubst du, du hältst Kontakt zu Lachlan, wenn du wieder unterwegs bist?«

Rilla sah auf ihren Teller hinunter und interessierte sich auf einmal sehr für ihre Pasta. »Keine Ahnung.«

»Ich hab noch nie erlebt, dass er so gern hier ist«, sagte

Beth. »Normalerweise ist er nicht zu bewegen, länger als zwei Tage auf Applemore zu bleiben, dann düst er schon wieder zurück nach Edinburgh und behauptet, da wäre ein Notfall.«

»Genau das hat er heute auch gemacht«, sagte Polly. »Vielleicht fällt er in sein altes Muster zurück.«

Rilla runzelte die Stirn. Vielleicht suchte Lachlan Abstand, weil er wusste, dass sie bald verschwinden würde. Sie musste sich zusammenreißen und sich daran erinnern, dass das mit ihm nicht mehr war als eine ausgedehnte Ferienromanze. »Ich denke schon, dass wir in Kontakt bleiben«, sagte sie, »aber eigentlich war es nichts Ernstes. Es war einfach – wie etwas zum Abschluss bringen.«

Polly kicherte. »Mehrere Sachen zum Abschluss bringen.«

»Ich will nicht darüber nachdenken«, sagte Beth und zog eine Grimasse. »Ich freue mich sehr, dass ihr zwei glücklich seid – wenigstens vorläufig.«

Achtzehntes Kapitel

Während der ganzen Fahrt nach Edinburgh hatte Lachlan das Radio an, ohne auch nur ein Wort von dem, was gesagt wurde, aufzunehmen. Er überlegte, wie man Beth helfen könnte und wie es mit Polly weitergehen sollte und wie er bloß in eine Lage geraten war, in der er mit dem Verstand – denn ein Verkauf Applemores wäre die vernünftigste Lösung – nicht weiterkam, weil die Situation so emotionsgeladen war. Das machte die ganze Geschichte furchtbar kompliziert.

Als er in Edinburgh ankam, war es längst dunkel, und es goss in Strömen. Der Regen klatschte gegen die Windschutzscheibe, und die Lichter der Stadt blendeten ihn nach der Dunkelheit auf dem Land. Lachlan parkte den Wagen vor Gus' Wohnung am Straßenrand. Es drängte ihn, Rilla zu fragen, wie es bei ihr lief, und ihr mitzuteilen, dass er gut angekommen war, aber das verkniff er sich, denn sie sollte nicht denken, er hielte sich für ihren Freund. Er warf einen Blick auf sein Handy, dann schüttelte er den Kopf, schob es in die Tasche und stieg aus.

Während er den Schlüssel in der Wohnungstür umdrehte, überlegte er kurz, ob er nicht lieber anklopfen sollte. Er hatte sich zwar bei Gus angemeldet, aber nach der langen Zeit auf Applemore kam er sich fast wie ein Besucher vor, so als wäre es nicht mehr seine Wohnung. Auch der Kranz aus

Trockenblumen an der Tür, der sicherlich Lucindas Werk war, und der ungewohnte Geruch nach teuren Kerzen im Flur trugen dazu bei, dass er sich hier nicht mehr richtig zu Hause fühlte. Er machte Licht. Anscheinend war niemand da. Das war merkwürdig, denn er hatte Gus noch benachrichtigt, als er losgefahren war.

In der Küche brummelte die Spülmaschine leise vor sich hin. Am Wasserkessel fand er einen rosa Klebezettel. *Wir sind im Dog and Trumpet*, stand darauf.

Lachlan atmete langsam aus und strich sich das Haar aus dem Gesicht. War er bereit? Er ging in sein Zimmer, um seine kleine Reisetasche abzustellen und noch einmal nachzudenken. Schon als er die Tür öffnete, wurde ihm klar, dass Lucinda das Zimmer okkupiert hatte. Auf seinem Kopfkissen saß ein flauschiges braunes Zierkissen, und über dem Fußende des Bettes lag eine ordentlich gefaltete dunkelbraune gestrickte Decke. Auf der Kommode stand eine jener Duftkerzen, von denen er Kopfschmerzen bekam, und daneben lag ein Stapel farblich dazu passender Handtücher. Von seinen eigenen Sachen war nichts zu sehen. Lachlan zog eine Schublade auf – sie war leer. Was zum Teufel ging hier vor?

Im Kleiderschrank fand er zwei Pappkartons mit seinen Habseligkeiten. Verdammt noch mal, dachte er, ob sie ihn so schnell abgeschrieben hatte? Er schüttelte den Kopf. Vielleicht sollte er sich doch erst mal einen Drink genehmigen.

»Lachlan!« Er hatte die Tür zum Pub noch nicht ganz geöffnet, da begrüßte Rowan, die Barchefin, ihn schon mit einem breiten Lächeln. Sie legte den Kopf schräg, sodass sie mit ihren Spikes in allen Regenbogenfarben einem Kakadu ähnelte. »Na? Wie geht's dir?«

»Bestimmt besser, wenn ich was getrunken habe.« Lachlan ließ sich auf einem Barhocker nieder und sah sich um. Von Gus und Lucinda war nichts zu sehen.

»Wenn du die beiden suchst, die sind schnell in den *Red Lion* rübergegangen, da wollen sie irgendwas fragen. Ich soll dir sagen, dass sie gleich wiederkommen.«

»Alles klar.« Lachlan trank von seinem Bier, dankbar, dass Rowan gar nicht hatte fragen müssen, was er haben wollte. »Ich komme gerade von Applemore. Da kann ich ein bisschen Entspannung gebrauchen, bevor ich es mit Lucinda aufnehme.«

Rowan verzog mitfühlend das Gesicht. »Das verstehe ich gut. Weißt du was? Ich mache dir noch ein Pint. Hast du Hunger?«

Lachlan schüttelte den Kopf. »Hab unterwegs was gegessen. Aber noch ein Pint nehme ich gern.«

Das erste Glas hatte er in einer Minute runtergekippt. »Sorry, das hatte ich gebraucht.«

»Da bist du ja«, zwitscherte Lucinda von der Tür her. Die beiden erschienen in einem Wirbel aus tropfenden Regenschirmen und nassen Mänteln. »Ich hab zu Gus gesagt, bestimmt kommt er, kaum dass wir weg sind. Das war ja klar.«

Gus lächelte sie nachsichtig an. »Was möchtest du trinken, Schatz?«

»Ich finde, zur Feier des Tages ist Schampus angebracht, was meint ihr?«

Gus warf ihr einen scharfen Blick zu. »Wolltest du nicht zur Toilette? Du hast doch gesagt, es wäre dringend.«

Lucinda sah ihn an, als hätte er nicht mehr alle Tassen im Schrank. »Wie bitte?«

»Doch«, sagte Gus, nahm sie an den Schultern und steuerte sie sanft in Richtung Damentoilette. »Das hast du wirklich gesagt.«

»Zur Feier des Tages?« Lachlan sah seinen Freund an, der etwas verlegen wirkte. »Gus, was ist hier los?«

»Bitte ein Glas Sauvignon für Lu, und ich nehme das Gleiche wie Lachlan.«

Rowan warf Lachlan einen Seitenblick zu. »Ich bringe euch die Getränke. Vermutlich wollt ihr einen Tisch?«

Für Lucinda kam ein Barhocker unter keinen Umständen infrage, und so gingen sie zu einem kleinen Tisch in einer Nische hinüber. Gus setzte sich und fummelte an einem Bierdeckel herum.

»Okay, jetzt sag schon, wann kommt es?«

»Wann kommt was?«

»Das Baby. Deswegen bist du doch so in Panik, oder?«

Gus hielt sich den Bauch vor Lachen. »Glaubst du, sie würde Sekt bestellen wollen, wenn sie schwanger wäre?«

Lachlan stöhnte. »Ach ja, richtig. Daran hatte ich nicht gedacht. Sie ist also nicht schwanger. Wollt ihr heiraten?«

Gus schüttelte den Kopf. »Auch das nicht.«

»Okay, dann bin ich überfragt. Was ist es denn?«

»Hast du's ihm gesagt?« Offenbar hatte Lucinda tatsächlich kein dringendes Bedürfnis verspürt, dafür war sie viel zu schnell wieder da.

»Ich hatte noch keine Gelegenheit.« Gus ließ den Kopf in die Hände sinken. »Erst hat Lachlan vermutet, dass wir ein Kind kriegen, und dann warst du in zwei Nanosekunden wieder zurück. Ich bin gar nicht zu Wort gekommen.«

Lucinda strahlte. Sie sah aus, als hätte sie im Lotto gewonnen.

Gus holte tief Luft. »Ich habe vorgestern mit jemandem von einer großen Brauerei gesprochen. Ich habe versucht, dich anzurufen und zu fragen, ob wir per Facetime telefonieren wollen, aber ich konnte dich nicht erreichen.«

»Wahrscheinlich war ich auf dem Gelände unterwegs – du weißt ja, wie schlecht der Empfang bei uns ist, sobald man sich ein paar Meter vom Router entfernt.«

Gus nickte. »Der Mann wollte etwas mit mir besprechen – oder besser gesagt, mit uns.«

»Nämlich?«

»Sie wollen Hedgepig kaufen!«, platzte Lucinda heraus, was ihr einen bösen Blick von Gus eintrug. Sie schlug sich die Hand vor den Mund. »Tut mir leid.«

»Ich wollte es dir selbst sagen, aber das sollte wohl nicht sein.« Gus schüttelte resigniert den Kopf.

»Ich nehme an, du hast abgelehnt.« Lachlan bemühte sich, gelassen zu klingen, obwohl er total aufgewühlt war.

»Natürlich nicht!«, sagte Lucinda.

Lachlan presste die Lippen zusammen, denn fast hätte er

Lucinda angebrüllt, dass sie das alles überhaupt nichts anging. Er holte tief Luft und trank einen großen Schluck Bier.

»Und wie hast du reagiert?«

»Ich habe gesagt, ich würde das mit dir besprechen und mich dann melden.«

Sie hatten die Brauerei aus dem Nichts aufgebaut. Mit einem Fass und ohne die geringste Ahnung hatten sie angefangen, und inzwischen hatten sie im Großraum um Glasgow und Edinburgh herum einen guten Ruf. Lachlan hatte sich in dieses Unternehmen gestürzt, weil er unbedingt beweisen wollte, dass er auch ohne die Familie im Rücken erfolgreich sein konnte. Sie hatten endlose Überstunden gemacht und hart gearbeitet – körperlich und geistig –, bis sie die Firma auf den derzeitigen Stand gebracht hatten. Mittlerweile verdienten sie so viel, dass sie beide ihr gutes Auskommen hatten.

»Ich will nicht verkaufen.« Er fand, dass seine Stimme völlig ausdruckslos klang.

»Du weißt ja noch nicht mal, wie viel sie bieten.« Jetzt quiekte Lucinda vor Aufregung.

Gus warf ihr einen warnenden Blick zu.

»Es ist ein anständiges Angebot«, sagte er ruhig. »Und es heißt ja nicht, dass wir das Bierbrauen aufgeben müssen. Wir könnten von vorn anfangen und etwas Neues ausprobieren.«

»Du hast doch gesagt, mit dem Geld kannst du dich zur Ruhe setzen«, widersprach Lucinda. Es klang leicht irritiert.

»Bist du verrückt?« Lachlan sah Gus an und lachte. »Du

kannst dich doch nicht mit fünfunddreißig zur Ruhe setzen.«

»Mit der Summe, die hier im Raum steht, kann er das«, sagte Lucinda selbstzufrieden.

Lachlan sah seinen Freund an. Gus grinste wie ein Honigkuchenpferd.

»Na ja, ein paar Sabbatjahre wären sicherlich drin.« Gus trank von seinem Bier. »Verstehst du jetzt, warum sie Schampus bestellen wollte?«

Lachlan lehnte sich zurück und schloss einen Moment die Augen. Das konnte nicht wahr sein.

Er hatte davon gehört, dass internationale Brauereikonzerne kleine Brauereien aufgekauft hatten, aber die Geschichten, dass dabei mehrere Millionen über den Tisch gegangen waren, waren ihm immer so unwahrscheinlich erschienen wie ein Sechser im Lotto. Und er selbst hatte gar nicht das Bedürfnis, Millionen zu machen – er wollte einfach angenehm leben, ohne sich zu sorgen, wie er seine Rechnungen bezahlen sollte. Lucinda dagegen war ganz anders gestrickt. Und Gus? Er kam aus einer recht wohlhabenden Familie, und er hatte die Arbeit immer ziemlich locker gesehen. Nur Lachlan selbst hatte das Bedürfnis gehabt, etwas zu beweisen. Er war derjenige gewesen, der auf eine Vergrößerung der Brauerei gedrängt hatte und jedenfalls genug Gewinn machen wollte, um davon leben zu können. Ironischerweise sah es immer so aus, als wäre er der reiche Erbe. Und damit würde er als Arschloch dastehen, wenn er das Angebot ausschlug. Aber …

»Ich will nicht verkaufen«, wiederholte er. Er legte die Hände rechts und links neben seinem Bierglas auf den Tisch und sah zu Lucinda hinüber, deren spitzes Gesichtchen etwas länger geworden war, und zu Gus, der irgendwie resigniert wirkte, so als habe er damit gerechnet.

»Ich weiß, was du denkst«, sagte Gus jetzt.

Lachlan stieß den Atem aus. »Aha?«

»Wir haben alles in unser Unternehmen reingesteckt, so wird es nie wieder, wir können nicht einfach wieder von vorn anfangen und so weiter und so fort.«

»Du kannst mich nicht einfach mit so etwas überfallen und erwarten, dass ich gleich Feuer und Flamme bin.« Lachlan trank einen Schluck.

»Ich finde die Idee genial«, mischte Lucinda sich wieder ein. »Wenn ihr das wirklich wollt, könnt ihr noch mal neu anfangen, aber um ganz ehrlich zu sein, ich wüsste nicht, warum man seine Zeit schuftend in einer nach Hopfen stinkenden Brauerei verbringen sollte, wenn man sich genauso gut irgendwo am Pool entspannen und seine Millionen zählen könnte.« Sie schmollte. Gus warf ihr einen Blick zu. »Was denn?«, fragte sie ungehalten.

»Das ist ein Ausverkauf«, sagte Lachlan gereizt. »Nichts anderes. Ein Ausverkauf. Willst du wirklich, dass unser hart erarbeitetes Produkt verwässert wird? Du weißt doch, wie die großen Unternehmen das machen. Sie nehmen unser Rezept, brauen unser Bier in größeren Mengen und reduzieren Monat für Monat die Zutaten, bis es schließlich wie Mückenpisse schmeckt ...«

»Ehrlich gesagt, Lachlan – das wäre dann nicht mehr unser Problem.«

Gus kapierte es einfach nicht. Hier ging es um Integrität – um richtig gute Biere, die sie selbst hergestellt hatten. Er sah zur Theke hinüber, wo Rowan gerade eins davon in ein Pintglas zapfte und es dann mit ihrem gewohnt frechen Grinsen einem Gast hinschob. Sie hatten so hart gearbeitet, um sich in einer Branche, in der es so viel Kritik gab, einen guten Ruf zu erwerben. Das bedeutete viel – ihm selbst jedenfalls.

»Ich hab gewusst, dass du dich querstellen würdest.« Gus klang etwas eingeschnappt. Es war das erste Mal in all den Jahren ihrer Freundschaft, dass sie sich nicht einig waren. Selbst in der ersten Zeit, als sie mit dem Bierbrauen anfingen und schiefging, was nur schiefgehen konnte, und sie ihr Geld zusammenkratzen mussten, um die Miete bezahlen zu können, hatten sie es geschafft, das von der komischen Seite zu sehen. Jetzt wurde ihnen so viel Geld geboten, dass sie sich um die Miete keine Gedanken mehr machen mussten, und …

»Ich stelle mich nicht quer, ich sage bloß –«

Lucinda verlor die Geduld. »Ach, um Himmels willen, Lachlan!«, fuhr sie dazwischen. »Du kannst doch nicht einfach nein sagen und unser Leben ruinieren, bloß weil du Angst hast, dass jemand anders den Karren an die Wand fahren könnte. Du bist egoistisch!«

Gus schwieg, und Lucinda sah ihn böse an. Sie hatte ihren Wein noch nicht angerührt.

Eine Gruppe junger Männer in Fußballtrikots kam herein, und sofort stieg der Lärmpegel auf das Doppelte. Lucinda sagte leise etwas zu Gus, und er schüttelte den Kopf.

Lachlan überlegte kurz, dann trank er sein Bier aus und stand auf.

»Ich brauche Bedenkzeit.«

»Nimm dir so lange Zeit wie nötig.« Gus lächelte ihm zaghaft zu.

»Aber nicht zu lange.« Lucinda konnte es einfach nicht lassen. »Vielleicht überlegen sie es sich sonst anders und kaufen eine andere Brauerei.«

Als Lachlan den Pub verließ, hörte er noch, wie Gus Lucinda geduldig auseinandersetzte, dass sie Lachlan mit ihrer Art nicht würde überzeugen können, sondern dass sie ihm Freiraum zugestehen musste.

Lachlan ging die Straße hinunter zu Gus' Wohnung. Seit er seine Sachen in Kartons wiedergefunden hatte, empfand er sie nicht mehr als Zuhause, auch wenn Lucinda behauptet hatte, sie hätte bloß alles aus dem Weg geräumt, um das Zimmer streichen zu können. Er blieb unten an der Treppe stehen, legte die Hand auf das Geländer und dachte nach. Dann drehte er sich um und ging rasch wieder die Straße hinauf in die Dunkelheit.

Die Brauerei lag unter den Eisenbahnbögen in einem Stadtteil, der schmutzig, heruntergekommen und abends richtig gefährlich gewesen war, als sie das Gebäude übernommen hatten. Sie hatten die Räume saniert und einen Kredit aufgenommen, um eine Arbeitsumgebung zu schaffen, die steril war und auch sonst allen Anforderungen entsprach, die an die Bierproduktion gestellt wurden.

Erleichtert, dass Lucinda nicht auch noch auf die Idee gekommen war, die Schlösser auszuwechseln, öffnete Lachlan die Tür und machte Licht. Alles war so tadellos sauber wie bei seiner Abreise. Jake, der Braumeister, den sie für diesen Winter als Aushilfe eingestellt hatten, war offenbar genauso gewissenhaft wie er selbst, wenn es um Sauberkeit und Ordnung ging. Lachlan schlenderte durch die Räume und sah sich die Fässer an, die an einer Wand aufgestapelt waren.

Dann setzte er sich im Büro in den weichen Ledersessel, legte die Füße auf den Schreibtisch und schloss für einen Moment die Augen. Er sah den Tag vor sich, an dem sie die Schlüssel für das Gebäude abgeholt hatten, und dann den Tag, als sie mit der Sanierung fertig geworden waren und der neue Fußboden und die abwaschbaren Wände makellos glänzten ... und schließlich das erste Fass, das ihnen wirklich gelungen war und von dem sie zur Feier des Tages viel zu viel getrunken hatten.

Lachlan seufzte. Geld war nicht alles. Der Gus von damals hätte das genauso gesehen – aber jetzt war sein Freund in dieses neue Leben mit Lucinda eingebunden, in dem sich alles darum drehte, dass man an den richtigen Orten gesehen wurde, teure Urlaube buchte und sich mit ganz anderen Leuten umgab. Gus hatte sich verändert. Das war, überlegte Lachlan, im Laufe des letzten Jahres passiert.

Wie gern hätte er zum Telefon gegriffen, Rilla angerufen und alles mit ihr besprochen. Sie wäre auf seiner Seite, da war er sich sicher – sie würde sich niemals Sorgen wegen materieller Dinge oder wegen ihres Bankguthabens machen. Ihm fiel ein, wie er ihr letzte Woche beim Sägen geholfen hatte, wie er ihr gezeigt hatte, wie sie die Stichsäge handhaben musste, um MDF-Platten für ein Regal zurechtzusägen. Er hatte dicht hinter ihr gestanden und ihre Hände geführt, während er ihr erklärt hatte, dass sie der Laserlinie folgen musste. Ihr Pferdeschwanz war nach vorn gefallen, und er hatte dem Drang nicht widerstehen können, sie auf den bloßen Nacken zu küssen. Sie hatte sich mit einem Lächeln zu ihm umgewandt und ihm die Arme um den Hals gelegt. Ach, wie sehr wünschte er sich jetzt, dass sie bei ihm wäre.

Er zog sein Handy aus der Tasche, sah auf das Display und schob es dann von sich weg. Nein. Diese Sache hier musste er ganz allein klären.

Neunzehntes Kapitel

Am folgenden Nachmittag kam Lachlan wieder in Applemore an. Er schien sich zu freuen, als Rilla ihm erzählte, dass sie einen schönen Abend mit seinen Schwestern verbracht hatte, wirkte aber ein wenig unbeteiligt. Sie vermutete, dass er nach der langen Fahrt müde war, drückte ihm einen Kuss auf die Wange und sagte, sie würde später ins Gutshaus kommen, wenn sie den Vorhang für das Wohnmobil fertig hatte.

Sie war einigermaßen stolz auf sich – auch wenn sie nicht gerade die beste Näherin der Welt war, hatte sie es mit Sallys telefonischer Anleitung doch geschafft, ein Stück Stoff auszumessen und zuzuschneiden und daraus einen Vorhang zu nähen, der nachts das Führerhaus vom Schlafbereich abtrennen sollte. Er sah richtig gut aus, wie sie selbst sagen musste.

Mittlerweile stand der Campingbus im Hof. Doch Rilla fror nicht, wenn sie in der Kühle der ersten Dezemberhälfte darin arbeitete, denn ihr Vater hatte hinten eine kleine Dieselheizung eingebaut, die ständig warme Luft in den Wagen abgab. Das kleine Wohnmobil wuchs ihr immer mehr ans Herz – der beschränkte Platz erschien ihr genau richtig, da sie sich nicht gern mit viel Zeug belastete. Auf ihren Reisen hatte sie gelernt, ihre Habseligkeiten auf ein Minimum zu beschränken, und in dem winzigen Raum war alles, was sie brauchte, griffbereit. Ihr einziges Problem war das quälende Gefühl, dass sie nicht nur Hugh würde verlassen müssen, sondern auch – Rilla seufzte, denn sie ärgerte sich über sich selbst, weil sie zugelassen hatte, dass ihre Gefühle ihren Reiseplänen in die Quere kamen.

Hugh stupste sie mit der Schnauze an, um auf sich aufmerksam zu machen. Sie hatte die Tür des Wagens geschlossen, saß an dem kleinen Tisch und versuchte, sich vorzustellen, wie es sein würde, mit dem Camper bis nach Paris zu fahren. Es war ihr Traum gewesen, die ganze Welt zu bereisen, sich nirgends niederzulassen, sich immer auf das nächste Abenteuer zu freuen. Warum also saß sie jetzt hier und überlegte, dass sie einfach nur zum Gutshaus spazieren, am Küchentisch sitzen und Kaffee trinken und das Gefühl, dazuzugehören, genießen wollte?

Rilla schüttelte den Kopf. Das war doch lächerlich, und sie musste sich wieder einkriegen, und zwar schnell. Vielleicht half es, wenn sie sich daran erinnerte, wie sehr sie das Reisen liebte …

»Was hast du vor?« Polly kam mit dem Pinsel in der Hand aus dem Hofladen. Sie hatte ein Schild gemacht, um es draußen aufzuhängen, und wirkte sehr zufrieden mit ihrem Werk. Den ganzen Tag waren Lieferanten gekommen und hatten die ersten Waren für den Laden gebracht: Kunsthandwerk und Bilder, Käse aus der Käserei in der Nähe, riesige Säcke mit Kartoffeln vom Hof unten an der Straße. In drei Tagen sollte die große Eröffnung stattfinden, und Polly war vor Aufregung und Stress ganz aus dem Häuschen.

»Ich will eine Probefahrt mit dem Campingbus machen.« Rilla klimperte mit den Schlüsseln. Alles, was nicht niet- und nagelfest war, hatte sie gesichert, damit auch wirklich nichts herumfliegen oder klappern konnte, während sie über die Landstraßen rings um Applemore kurvte.

»Ach, ich würde so gern mitkommen«, sagte Polly, »aber ich muss noch so viel organisieren.«

»Nächstes Mal.« Rilla lächelte. »Ich bin bald wieder da.«

Sie fuhr die holprige Zufahrt mit den Schlaglöchern nach Applemore hinauf. Lachlan saß im Arbeitszimmer am Schreibtisch.

»Was hast du vor?« Mit einem Stift in der Hand sah er zu ihr hoch.

»Ich dachte, ich mache mal eine Probefahrt mit dem Campingbus.«

Rilla konnte seinen Gesichtsausdruck nicht deuten. »Alles in Ordnung?«, fragte sie.

»Ich hab einfach gerade eine Menge um die Ohren.«

Er wirkte abgelenkt, ganz anders als sonst. Rilla gab ihm einen Kuss und ließ ihn allein. Vielleicht beschäftigte er sich gerade mit Angelegenheiten, die das Haus betrafen.

Und das ist letzten Endes doch genau das, was du willst, sagte Rilla sich. Du willst doch gar nicht in die ganze Sache hineingezogen werden. Du willst genau das hier. Sie bog von der Zufahrt auf die Straße ab und fuhr nach Norden. Du willst freie Fahrt und überhaupt Freiheit und keine Bindungen.

Hugh saß mit heraushängender Zunge neben ihr auf dem Beifahrersitz und wirkte sehr erfreut. Tja, Rilla schmunzelte, keine Bindungen, außer an einen Hund.

Sie hielt an einer Kreuzung und beschloss, unterwegs kurz bei Joan vorbeizuschauen. Das hatte sie ihr schon lange versprochen, und jetzt bot sich gerade die Gelegenheit.

»Hallo, meine Liebe!« Joan strahlte, als sie die Haustür öffnete. »Das ist ja eine Überraschung.«

»Soll ich Hugh im Wagen lassen?«

»Nein, nein, komm nur rein und bring ihn mit. Kein Problem.«

»Er ist ein bisschen schmutzig, und er haart.«

»Dann gehe ich nachher schnell mit dem Staubsauger durch. Du meine Güte, dein Vater wäre überglücklich, wenn er dich in dem Transit sehen würde.«

»Ja, meinst du nicht auch?« Rilla setzte sich aufs Sofa, auf dem sich die Kissen seit ihrem letzten Besuch anscheinend noch vermehrt hatten.

»Ganz bestimmt. Und jetzt erzähl mal, was auf Applemore so los ist. Pollys Laden wird ein Volltreffer, oder?«

»Er ist fast fertig«, sagte Rilla. »Es war toll, mitzuerleben, wie er so aus dem Nichts entstanden ist.«

»Sie ist ein zielstrebiges Dingelchen«, sagte Joan. »Ganz wie ihre Mutter.«

»Das finde ich komisch«, sagte Rilla. »Über ihre Mutter wird nie gesprochen. Wie war sie denn so?«

»Oh«, Joan unterbrach sich, weil der Wasserkessel gerade klickte. »Das erzähle ich dir gleich. Ich mache uns eben ein

Tässchen Tee, und dazu gibt's ein Stückchen Kuchen. Du wirst die Energie für die Reise brauchen.«

Rilla war sich nicht so sicher, ob für eine Fahrt von zwanzig Meilen eine etwa zehn Zentimeter dicke Scheibe Schokokuchen nötig war, aber darüber wollte sie nicht diskutieren. Joan reichte ihr den Teller und stellte die Tasse vor sie auf den Couchtisch.

»Also.« Joan ließ sich im Sessel nieder. Sie schlürfte ihren Tee und sah Rilla nachdenklich an. »Jennifer Fraser.«

»Die Geschwister sprechen eigentlich nie von ihr.«

»Das ist wirklich schade. Ich meine, ich kann verstehen, warum nicht – aber es ist die alte Geschichte, Familien und Geheimnisse und Dinge, die ungesagt bleiben. Wenn ich etwas im Leben gelernt habe, dann, dass man einfach die Wahrheit sagen muss. Das ist immer der beste Weg.«

»Die Wahrheit?«

»Also, mit deinem Vater fing es an, ja. Vor vielen Jahren, als er euch Mädchen zum ersten Mal hierhergebracht hat. Da war er noch nicht lange von eurer Mutter getrennt, und er suchte nach Möglichkeiten, euch in den Sommerferien zu beschäftigen.«

»Und was hat das mit Jennifer Fraser zu tun?« Rilla merkte, wie schroff ihre Frage klang.

Joan sah sie mit einem Stirnrunzeln an. »Du hast überhaupt keine Ahnung von der ganzen Geschichte, oder?«

Rilla schüttelte den Kopf. »Nein. Null.«

»Also, ich vermute – weißt du, es ist komisch, jetzt sind sie ja alle nicht mehr da, und ich habe das Gefühl, ich sollte schweigen – aber vielleicht ist es richtig, dass du die Wahrheit erfährst.«

Rilla stellte den Kuchenteller auf dem Tisch ab. Plötzlich war ihr unbehaglich zumute, so als hätte sie ein fremdes Tagebuch aufgeschlagen und könnte nicht anders, als darin zu lesen. »Die Wahrheit worüber?«

»Dein Vater und Hector Fraser verstanden sich auf Anhieb. Es war eine dieser Freundschaften, die immer tiefer werden – verstehst du, was ich meine?«

Rilla nickte.

»Und ... tja. Es wurde mehr als eine Freundschaft.« Joan sah sie fragend an. »Du hast wirklich nichts davon gewusst?«

Rilla schüttelte den Kopf.

»Jennifer war eine richtig nette Frau. Ein bisschen eingebildet, um ehrlich zu sein – dabei will ich natürlich nicht schlecht über die Toten reden –, aber bei ihr war Geld im Hintergrund, und als sie Hector heiratete, waren ihre Eltern hocherfreut, dass sie die Herrin eines so großartigen alten Landsitzes werden würde.«

»Obwohl das Haus zusammenfällt.«

»Ja, trotzdem. Allerdings war es damals noch längst nicht so heruntergekommen wie heute. Und Jennifer hat ihr Bestes getan. Sie hat sich um den Garten gekümmert, hat die Kinder ordentlich gehalten, und obwohl ziemlich klar war, dass sie mit ihrem Los nicht glücklich war, hat sie so getan, als wäre alles gut. Ich war ja jeden Tag auf Applemore. Ich habe die ganze Entwicklung mitbekommen.«

»Und dann?« Rilla hatte keine Ahnung, worauf Joan hinauswollte.

»Dein Vater und Hector ... das war nicht einfach eine Freundschaft, wenn du verstehst, was ich meine.«

Rilla richtete sich auf. Sie sah Joan an, unsicher, ob sie diese schwerwiegenden Worte richtig interpretierte.

»Aber –«, begann sie.

Joan hörte ihr aufmerksam zu.

»Ich dachte ...« Rilla verstummte.

Joan lehnte sich zurück und verschränkte die Arme. Sie sah Rilla an, als hätte sie alle Geduld der Welt.

»Dad und Hector.«

Joan nickte.

»Willst du damit sagen ... sie haben sich geliebt?«

Joan nickte wieder. »Ja, so war es. Im Leben eines jeden Menschen gibt es eine große Leidenschaft, das habe ich jedenfalls mal gehört. Und dein Vater und Hector haben sie miteinander erlebt.«

»Aber ...« Rilla verstummte wieder. Die Liebesworte in der schönen, sorgfältigen Handschrift. Die Briefe, zusammengefaltet und immer wieder gelesen, bis das Papier mürbe wurde vor Alter. Ihr Herz zog sich zusammen. »Wie konnte das sein? Niemand hat uns etwas ... Ich meine, warum haben wir nie etwas davon erfahren?«

»Ach«, sagte Joan kopfschüttelnd, »in den letzten fünfundzwanzig Jahren hat sich sehr viel verändert. Aber damals – obwohl das noch gar nicht so lange her ist – galt so etwas als Schande.«

Rilla dachte daran, dass sie immer ein schlechtes Gewissen gehabt hatte, weil ihr Vater da oben so allein in seinem Cottage lebte. Sie hatte angenommen, seine Behauptung, er würde ganz zufrieden allein vor sich hin wurschteln, diente nur dazu, sie zu beruhigen ... aber in all der Zeit hatte er jemanden gehabt, der ihn liebte und schätzte. Ihre Augen füllten sich mit Tränen.

»Die Briefe.« Sie schüttelte den Kopf. »Und ich hab tatsächlich geglaubt, sie wären von dir.«

»Briefe?« Joan richtete sich auf. »Und du hast gedacht ... ach so –« Sie lachte. »Nein, die waren ganz bestimmt nicht von mir.«

»Ich habe ein ganzes Bündel Briefe gefunden, als ich das Cottage ausgeräumt habe. Bewegende kleine Liebesbriefe. Da stand, wie sehr der Absender sich wünschte, bei ihm zu sein, und dass das in Zukunft anders werden würde und dass dieses elende Versteckspiel aufhören würde.«

»Ja«, sagte Joan mit einem traurigen Lächeln. »Ist das nicht rührend?«

»Ich finde es schrecklich, dass die beiden eine Lüge leben mussten.«

Joan nickte. »Ja, das war schlimm. Hector entstammte einer sehr alten Familie mit einem ganz altmodischen Ehrbegriff, und ich glaube, davon hat er sich nie richtig befreien können. Die Vorstellung, das Familienerbe weiterzugeben, war ihm wichtig – deswegen würde es ihn auch sehr schmerzen, wenn er wüsste, dass Lachlan so eine Abneigung gegen Applemore hat.«

»Das stimmt gar nicht«, sagte Rilla. »Lachlan hasst bloß alles, wofür Applemore steht. Und jetzt begreife ich auch, warum – vermutlich hat er gewusst, dass dieser Besitz dem Glück seines Vaters im Wege stand.«

»Lachlan hatte keine Ahnung davon«, sagte Joan sanft. »Der einzige Mensch, der jemals von ihrer Liebe gewusst hat, war ich – ja, und Jennifer natürlich. Sie hat es auf die denkbar schlimmste Weise erfahren: Sie kam einmal früher als geplant von einem Termin nach Hause und fand die beiden im Bett. Ich glaube, das brachte das Fass für sie zum Überlaufen. Ich hatte immer den Eindruck, dass sie schon seit Pollys Geburt ein bisschen deprimiert gewesen war. Jedenfalls hat sie daraufhin ihre Sachen gepackt und ist verschwunden.«

»Und sie hat ihre Kinder verlassen. Das muss ihr verdammt schwergefallen sein.«

Joan nickte. »Aber es kommt vor, dass Mütter ihre Kinder zurücklassen. Sie tun das, weil sie glauben, es wäre das Beste für alle.«

»Haben sie denn nicht Kontakt gehalten?«

»Doch, ab und zu hatten sie Kontakt. Aber Jennifer hat wieder geheiratet und mit dem neuen Mann noch zwei Jungen bekommen, und ich glaube, für sie war es leichter, ihre Vergangenheit einfach zu vergessen.«

»Das kann ich mir nicht vorstellen.«

»Es ist schon seltsam, wie das Herz reagieren kann, um sich zu schützen.«

Rilla wandte den Blick ab, weil sie daran denken musste,

dass sie im Januar losfahren wollte. »Also, mein Vater und Hector –«

»Die ganzen Jahre. Wie gesagt, außer mir hat kein Mensch davon gewusst. Und sie sind beide innerhalb weniger Monate gestorben – ich glaube, der eine hätte ohne den anderen nicht weiterleben können.«

Rilla war sprachlos. Sie versuchte, sich an die Male zu erinnern, die sie ihren Vater und Hector zusammen gesehen hatte. Hector hatte sie immer herzlich begrüßt, und sie sah noch, wie er mit ihrem Vater lachend in der Küche des Pförtnerhauses stand oder wie die beiden im Garten des Gutshauses plauderten, aber –

»Warum haben sie es nicht einfach zugegeben?«

»Das weiß ich nicht. Ich glaube, niemand hätte auch nur mit der Wimper gezuckt. Aber was Sally dann zugestoßen ist, war natürlich sehr traurig.«

»Du meinst den Unfall auf dem See?«

Joan nickte. »Als das passierte, waren dein Vater und Hector gerade zusammen. David hat sich immer selbst die Schuld dafür gegeben, er hat gesagt, er hätte besser darauf achten müssen, wo ihr Mädchen gespielt habt.«

»Er konnte nichts dafür.«

»Nein, natürlich nicht. Aber deine Mutter hat ihm Vorwürfe gemacht. Sie hatte ja damals ihr neues Leben in den Vereinigten Staaten begonnen, und sie war mehr als froh, dass sie den Unfall als Vorwand benutzen konnte, um eure regelmäßigen Sommerbesuche auf Applemore zu verbieten.«

»Ich hatte keine Ahnung«, wiederholte Rilla. »Das war also der Grund, weshalb Dad sich nie gegen dieses Verbot gewehrt hat?«

»Ich glaube ja. Er hatte das Gefühl, dass er allein die Schuld an dem Unfall hatte. Ich denke, er hat sich damit selbst bestraft.«

Rilla spürte, wie ihr die Tränen in die Augen traten. »Das ist ja schrecklich.«

»Ja, ich weiß. Aber du darfst deswegen nicht traurig sein. Die Wahrheit ist, dass die beiden etwas hatten, das die meisten Menschen niemals erleben – und das ist sehr viel wert.«

Rilla wischte sich die Augen. »Ich wünschte, ich könnte mit ihm sprechen – mit beiden sprechen – und ihnen sagen, dass ihre Beziehung okay war.«

»Ich glaube, er hat nie daran gezweifelt, dass du seine Liebe gutheißen würdest. Und du weißt ja, wie viel du ihm bedeutet hast.« Joan beugte sich vor und drückte Rillas Knie.

»Ich muss es Sally sagen. Und Lachlan. Er muss wissen, dass sein Vater – dass es da mehr gab, als ...«

Joan nickte. »Ich glaube, da hast du recht. Lachlan betrachtet Applemore nur als Giftbecher.«

Rilla stand auf. »Ich fahre lieber gleich zurück und sage ihm das alles.«

»Gute Idee. Es hat genug Geheimnisse in der Familie gegeben. Vielleicht ist jetzt der Zeitpunkt gekommen, dass die Geschwister die Wahrheit erfahren.« Joan legte Rilla einen Arm um die Schultern und zog sie an sich. Die Umarmung war warm und tröstlich, und Rilla erinnerte sich flüchtig an ihre eigene Mutter. Es war so lange her, dass sie sich gesprochen hatten.

»Ich werde dir berichten.«

»Tu das. Ich liebe diese Kinder, verstehst du.« Joan lächelte.

»Das weiß ich.« Rilla zögerte einen Moment. »Hast du in letzter Zeit mit Beth gesprochen?«

»Es ist schon ein Weilchen her«, gestand Joan. »Sie ist immer so mit ihrer Gärtnerei und mit den Zwillingen beschäftigt. Ich muss mal rübergehen und sehen, wie es ihr geht.«

»Das ist eine schöne Idee, finde ich.« Rilla wollte nichts ausplaudern, aber sie hatte das Gefühl, dass Beth Joans herzliche Umarmungen und ihren Schokokuchen jetzt brauchte. Ein bisschen bemuttert zu werden würde ihr sicherlich guttun.

»Ich gehe heute noch hin. Wann, wenn nicht jetzt, oder?«

Rilla nickte. Genau dieses Gefühl hatte sie auch. Lachlan war vorhin in einer so merkwürdigen Stimmung gewesen – vielleicht konnte ein Gespräch ihm helfen, etwas klarer zu sehen.

Sie stieg wieder in den Campingbus und wartete ab, bis Hugh es sich auf dem Beifahrersitz bequem gemacht hatte. Dann fuhr sie, statt nach rechts zu den weißen Sandstränden abzubiegen, nach links, zurück nach Applemore. Sie stellte die Heizung an, denn es war kalt, und der zart lilagraue Himmel sah aus, als könnte es den ersten Schnee des Jahres geben. Ihre Finger am Lenkrad waren eisig.

Auf der Weide neben der Straße standen Rinder zusammengedrängt unter einer Gruppe dunkler Kiefern. Ihre Atemwolken stiegen in die kalte Luft auf. Dahinter rumpelte ein Traktor mit Anhänger über ein Feld. In der Ferne konnte Rilla gerade eben die dunklen Umrisse der Inseln erkennen. Ein Fischerboot stach in See.

Sie bog in die Zufahrt nach Applemore ein. Als sie am Pförtnerhaus vorbeifuhr, sprang Hugh freudig auf, weil er glaubte, sie seien zu Hause. »Noch nicht, mein Lieber«, sagte Rilla und tätschelte ihm den Kopf. Das Cottage sah hübsch aus im Winterlicht, aus dem Schornstein stieg eine Rauchfahne auf, und an den Ranken um die Haustür herum hielten sich hartnäckig die letzten Rosenblüten.

Sie parkte vor dem Gutshaus. Gerade fuhr ein Lieferwagen ab. Er hatte offenbar einen ganzen Stapel Baumaterial gebracht, das jetzt an der Vordertreppe lagerte. Als Rilla sich näherte, öffnete Lachlan die Tür. Sein Gesicht hellte sich auf, als er sie sah.

»Das ist ja eine nette Überraschung!« Er sah sie an, dann nahm er ihre Hand und gab ihr einen Kuss. »Haben sie dich zusammen mit den Fliesen fürs Bad angeliefert?«

»Nee«, Rilla lachte. »Aber ich hab gedacht, wir sollten vielleicht mal reden.«

»Aber wohl nicht hier?« Lachlan betrachtete das Baumaterial. »Das ist mir gerade alles zu viel. Ich könnte gut eine kleine Auszeit gebrauchen.«

»Ich wollte mit dem Camper an den Strand fahren, hast du Lust, mitzukommen?«

»Sehr gern.«

»Allerdings musst du dir den Beifahrersitz mit Hugh teilen. Er ist überzeugt, dass der ganze Wagen ihm gehört.«

»Damit komme ich klar. Ich hole mir bloß schnell noch einen Pullover, es ist ja schweinekalt.«

Sie fuhren nach Norden, zu dem schönen weißen Strand, der sich um die Landzunge herumzog. Lachlan wirkte nachdenklich, er schaute aus dem Fenster und sagte während der ersten Meilen kein Wort. Rilla beschloss, ihn in Ruhe zu lassen. Was auch immer ihn beschäftigte, sie wollte nicht nachbohren.

»Weißt du, es tut mir leid, dass ich so brummig war, seit ich aus Edinburgh zurück bin.«

»Alles gut«, sagte Rilla mit einem Blick zu ihm hinüber. Hugh lehnte den Kopf an Lachlans Arm.

»Nichts ist gut«, sagte Lachlan zerknirscht. »Es ist einfach – ich muss mir über vieles klarwerden. Ich bin so daran gewöhnt, solche Dinge einfach mit mir selbst auszumachen und mit niemandem darüber zu sprechen, dass ich mich dann einfach einigele, statt den Mund aufzumachen.«

»Das verstehe ich gut. Du brauchst nichts zu sagen, wenn du das nicht möchtest.«

Lange fuhren sie schweigend weiter. Schließlich legte Lachlan Rilla eine Hand aufs Bein. Seine Wärme drang durch ihre Jeans, sodass es ihr schwerfiel, sich auf etwas anderes zu konzentrieren. Sie sah ihn von der Seite an.

»Na?«

Er nickte ihr lächelnd zu. »Na?«

»Du siehst aus, als wolltest du gleich etwas sagen.«

Ein quälendes Unbehagen nagte an Rilla. Einerseits wollte sie sich ihm in die Arme werfen, den Job in Paris aufgeben und einfach auf Applemore bleiben, und andererseits, als wären zwei sich abstoßende Magneten am Werk, schob eine Kraft sie mit aller Macht fort. Bisher war sie immer auf sich gestellt gewesen. Das Zusammensein mit Lachlan gab ihr Sicherheit, und gleichzeitig machte es ihr große Angst.

Er unterbrach sie in ihren Gedanken. »Die Sache ist, als ich in Edinburgh ankam, hat Gus mich kalt erwischt, und ich kann mich einfach nicht entscheiden, was ich tun soll.«

Rilla ließ die Schultern sinken – sie hatte gar nicht gemerkt, wie angespannt sie gewesen war. Jetzt war sie erleichtert – wenn auch ganz unerwartet ein wenig enttäuscht –, dass er ihr keine Liebeserklärung machen wollte, und so fuhr sie in aller Ruhe weiter, während Lachlan berichtete, wie sein Freund ihn mit einem Kaufangebot für die Brauerei konfrontiert hatte und dass die gebotene Summe ihr ganzes Leben verändern würde.

»Das Problem ist«, schloss Lachlan, »dass ich nicht weiß, ob ich mein Leben verändern möchte.«

Rilla zog leicht die Brauen zusammen. »Was passiert, wenn du nein sagst?«

»Keine Ahnung. Ich meine, falls es zum Verkauf kommt, bleibt nichts so, wie es jetzt ist. Und falls wir nicht verkaufen, sehe ich nicht, wie Gus und ich zusammen weiterarbeiten können, denn er wäre mir ewig böse wegen dieser seiner Meinung nach verpassten Gelegenheit.«

»Glaubst du, er würde mit dem Geld eine neue Brauerei gründen wollen?«

Lachlan hob unsicher eine Schulter. »Das bezweifle ich. Würdest du das tun, wenn du so viel Geld hättest, dass du nicht mehr arbeiten musst?«

Rilla dachte darüber nach. Sie bremste hinter einem Lastzug, sah in den Rückspiegel und überholte.

»Ich glaube, ich kann mir gar nicht vorstellen, nichts zu tun. Du?«

Lachlan schüttelte den Kopf. »Ich auch nicht. Ich könnte nicht den ganzen Tag herumsitzen und mein Geld zählen. Aber bisher war das auch gar kein Thema.«

Rilla lachte. »Für mich auch nicht.«

»Und wir gehören beide nicht zu denen, die Geld glücklich macht.«

»Zumal du ja sowieso schon ein gigantisches Schloss in den Highlands besitzt«, sagte Rilla neckend. Er drückte leicht ihr Bein. Inzwischen hatte Rilla fast vergessen, dass seine Hand dort lag – es fühlte sich so natürlich an. Sie bewegte sich ein wenig, und er zog die Hand fort.

»Sei still.«

»Ich kann nichts dafür, dass du Großgrundbesitzer bist.«

»So groß ist das Anwesen nun auch wieder nicht. Unsere Vorfahren haben immer wieder Land verkauft, um die Erbschaftssteuern bezahlen zu können.«

»Wo wir gerade davon sprechen«, sagte Rilla, »wenn du die Brauerei verkaufen würdest, wäre dieses Problem gelöst.«

Lachlan seufzte. »Als ob ich das nicht wüsste.«

»Hast du mal daran gedacht, eine Liste mit den Vor- und Nachteilen zu machen?«

»Du bist so wahnsinnig vernünftig«, sagte Lachlan. »Aber ja, hab ich. So was Ähnliches.«

»Dann guck dir die Vorteile an: Du weißt, was du tust. Du könntest etwas Neues anfangen. Hast du nicht gesagt, du wolltest Gin brennen? Das könnte deine neue Firma werden.«

»Stimmt«, sagte Lachlan, doch es klang zweifelnd. »Das Komische ist, als ich in Edinburgh war, habe ich mich zum ersten Mal in der Stadt nicht zu Hause gefühlt.«

»Vielleicht hat der Applemore-Virus dich jetzt endlich doch erwischt.« Rilla sagte das absichtlich leichthin, obwohl sie es im Stillen schon länger gedacht hatte. Aber der Gedanke machte ihr Angst.

»Fang du nicht auch noch an. Polly hat neulich schon so was gesagt.«

»Was wäre denn so schlimm daran?« Sie spielte den Advocatus Diaboli.

»Applemore ist voller ... ich wollte sagen, voller schlechter Erinnerungen, aber das wäre nicht fair. Es ist einfach – ich verbinde so viel damit. Ich möchte nicht so enden wie mein Vater. Da kommt die Abzweigung zum Strand, gleich links.«

Die Straße zum Strand hinunter war schmal und kurvig. Vor lauter Konzentration schob Rilla die Zungenspitze zwischen die Zähne, während sie den ungewohnt großen Campingbus den steilen Berg hinuntersteuerte.

»Das war ein bisschen haarig«, sagte sie, als sie auf den kleinen Parkplatz fuhr, und tat so, als würde sie sich Schweiß von der Stirn wischen. Der Parkplatz wirkte verlassen, nur am Zaun hing ein Schild mit der Aufschrift: »Bitte außer Fußspuren nichts zurücklassen.« Sie stiegen aus, und Hugh raste sofort los, um köstlich duftende Spuren zu erkunden. Lachlan nahm Rillas Hand, und sie wanderten den Pfad durch die Dünen entlang.

Als sie nach wenigen Minuten aus dem Schutz einer hohen Düne heraustraten, hielt Rilla den Atem an. Das Türkisblau des Meeres war mit weißen Schaumkronen verziert. Am Ufer zog sich meilenweit der weiße Sandstrand entlang. Über ihnen kreisten Möwen und durchbrachen die Stille mit ihren Rufen. Kein Mensch war zu sehen.

»Wow. Das ist wunderschön!«

Lachlan sah sie mit einem rätselhaften Blick an. Sie wandte sich ab und strich sich das Haar zurück, das ein Windstoß ihr ins Gesicht gepustet hatte. Wieder nagte dieses Gefühl der Zerrissenheit an ihr, und sie überspielte es mit einem Scherz.

»Am liebsten möchte ich reinspringen und losschwimmen.«

»Du würdest ganz fix wieder rausspringen.« Lachlan schmunzelte. »Das Wasser ist eiskalt. Siehst du? Nicht mal dein Hund traut sich da rein.«

Hugh, der sich normalerweise mit Begeisterung in jede Art von Gewässer stürzte, blieb schön am Rand und schnappte nach den Wellen, die ans Ufer schlugen.

»Dann ist das vermutlich ein Zeichen, dass ich auch hierbleiben sollte.«

Lachlan legte ihr den Arm um die Schultern. »Das ist eine sehr gute Idee, finde ich.« Mit der anderen Hand hob er ihr Kinn. Er sah ihr in die Augen, bevor er ihr sanft einen Kuss gab.

»Wofür war der?« Rilla stand so dicht bei ihm, dass sie seine Körperwärme spürte. Trotz der Jacken und Pullover war es bitterkalt, und sie war froh, dass er sie an sich zog. Sein Daumen war warm, als er damit kurz ihr Kinn nachzeichnete.

»Das war ein Dankeschön, dass du zugehört hast.«

»Aber richtig geholfen habe ich dir nicht«, versuchte sie abzuwiegeln.

»Du hast mir die Möglichkeit gegeben, nachzudenken. Weißt du, ich könnte Applemore verkaufen, aber …« Er blickte wie abwesend über ihre Schulter in die Ferne. »Es geht nicht nur um mich. Das ist das Problem. Ich muss überlegen, was für uns alle am besten ist.«

»Dich eingeschlossen«, sagte Rilla. Anscheinend war Lachlan so damit beschäftigt, an die Bedürfnisse der anderen zu denken, dass er seine eigenen Wünsche vergaß. »Was möchtest du denn eigentlich?«

Er sah sie wieder an. Seine Augen wurden dunkel, als er ihrem Blick begegnete, und er schwieg einen langen Moment.

Zwanzigstes Kapitel

Eigentlich wollte Lachlan nur ein einziges Wort sagen: *Dich*, wollte er sagen. *Dich will ich.* Stattdessen schüttelte er den Kopf und hob die Augenbrauen. »Ich habe keine Ahnung.«

Ihm wurde immer klarer, dass seine Gefühle für Rilla außer Kontrolle gerieten und dass die Zeit verstrich. Der Camper war fertig, Weihnachten stand vor der Tür, und ihr neuer Job wartete. Er musste einige wichtige Entscheidungen über seine Zukunft treffen, und gleichzeitig musste er sich dagegen wappnen, dass Rilla nicht Teil dieser Zukunft sein würde, ganz gleich, wie sehnlich er sich das wünschen mochte.

»Wollen wir ein Stück gehen?« Rilla legte ihm eine Hand an die Wange. Ihre Finger waren eisig.

»Willst du wirklich nicht zurück zum Wagen?«

Sie schüttelte den Kopf. »Hugh war heute noch gar nicht richtig draußen. Er braucht Auslauf. Und da ist etwas, worüber ich mit dir sprechen muss.« Sie biss sich auf die Lippe.

Ach, sie war so hübsch. Lachlan schüttelte den Kopf, wie um den Gedanken zu vertreiben.

»Okay. Solange du mir nicht erfrierst.«

»Ich verspreche feierlich, dass ich das nicht tun werde. Und falls doch, kannst du mich zum Camper zurücktragen und mich wieder auftauen.«

»Abgemacht.«

Rilla grinste ihn an.

»Also, worüber wolltest du mit mir sprechen?«

Eine Viertelstunde später kehrten sie um. Während sie am Wasser entlanggegangen waren, hatte Rilla ihn in das Geheimnis eingeweiht, das ihre beiden Väter mit ins Grab genommen hatten.

»Ich kann das noch gar nicht glauben. Ich meine, ich kann nicht fassen, wie blind ich war. Wie konnte ich das bloß übersehen?«, sagte Lachlan kopfschüttelnd.

»Ich hab es auch nicht gemerkt. Ich glaube, es war nicht so sehr, dass wir zu blöd dazu waren, sondern eher, dass die beiden immer sehr aufgepasst haben, um sich nicht zu verraten.« Rilla warf ein Stöckchen für Hugh und nahm wieder Lachlans Hand.

»Aber warum zum Teufel haben sie nicht einfach zugegeben, dass sie sich lieben?«

Lachlan war überrascht, wie logisch plötzlich alles war. All die Jahre hatte er sich gefragt, warum sein Vater sich, nachdem seine Mutter ihn verlassen hatte, nicht mit anderen Frauen traf, dabei aber ganz zufrieden wirkte. Er hatte dauernd mit David zusammen in der Werkstatt herumgebastelt und irgendwelche Sachen gebaut oder repariert. Sie waren in ihrer eigenen Welt miteinander glücklich gewesen.

»Ich glaube, für meinen Vater wäre das leichter gewesen«, sagte Rilla. »Er verkehrte ja vor allem mit Intellektuellen, wenn er in Edinburgh war. Da hätte es wohl keine großen Probleme gegeben.«

»Aber Dads Familie war streng presbyterianisch. Ich kann mir nicht vorstellen, dass mein Großvater einfach hingenommen hätte, dass sein Sohn homosexuell war.«

»Als unsere Väter jung waren, war das ja auch alles noch ganz anders. Ich meine, es ist auch heutzutage noch nicht so toll, auch wenn viele Leute das glauben. Ich habe mehrere schwule Freunde, und die sind jeden Tag mit Vorurteilen konfrontiert.«

Lachlan nickte. »Ja. Schlimm, oder?«

»Ja, wirklich schlimm. Aber jetzt stell dir mal vor, wie das vor dreißig Jahren gewesen sein muss.«

»Ich bin froh, dass sie sich gefunden haben, auch wenn wir nichts davon erfahren sollten«, sagte Lachlan leise.

»Ich auch.«

»Ich habe immer gedacht, Dad würde sich nur auf Applemore und auf seine Verpflichtungen dort konzentrieren – ich hab geglaubt, er wäre auf Applemore geblieben, weil er keine andere Wahl hatte. Aber wenn ich mir vorstelle, dass er hier froh und zufrieden war, zusammen mit einem Mann, den er liebte …«

Sie gingen schweigend weiter und schauten dabei Hugh zu, der mit hundert Meilen pro Stunde am Strand hin und her raste. Lachlan dachte über seinen Vater nach und wie er nach Davids Tod anscheinend einfach aufgegeben hatte. Jetzt verstand er das – Hector hatte offenbar beschlossen, dass das Leben ohne seine große Liebe keinen Sinn mehr hatte. Was würde sein Vater wohl zu seiner gegenwärtigen Situation sagen?, überlegte Lachlan. Und seine Mutter – ihm zog sich das Herz in der Brust zusammen. Wie gern hätte er ihr gesagt, dass er jetzt begriff, warum sie gegangen war – dass sie den Kummer nicht mehr ertragen hatte.

»Ich weiß nicht, was ich von der ganzen Sache halten soll. Das haut mich einfach um.«

»Jedenfalls bin ich froh, dass es jetzt keine Geheimnisse mehr gibt.«

»Ich auch. Es ist bloß schade, dass wir unseren Vätern nicht mehr sagen können, dass wir ihnen unseren Segen gegeben hätten.«

»Vielleicht haben sie den gar nicht gebraucht«, sagte Rilla nachdenklich. »Vielleicht waren sie auch ohne unsere Zustimmung glücklich.«

Auf der Fahrt zurück nach Applemore waren beide schweigsam und in ihre Gedanken vertieft. Als sie am Wirtschaftshof ankamen, war Polly noch im Hofladen und erledigte die letzten Arbeiten vor der Eröffnung, die am nächsten Tag stattfinden sollte. Strahlend kam sie ihnen entgegen.

»Habt ihr einen schönen Abenteuerausflug gemacht? Ich bin froh, dass ihr keine Panne hattet.«

Rilla tätschelte die Kühlerhaube des Fahrzeugs. »Er ist super gefahren. Es war toll, oder?«

Lachlan nickte. »Der wird dich problemlos nach Paris bringen – und dann weiter.«

Rilla lächelte fröhlich. »Aufregend, oder?«

»Ich wette, du kannst es kaum noch erwarten«, sagte Polly.

Lachlan konnte den beiden Frauen nicht in die Augen sehen. Er ging in den Hofladen und schaute sich um. Es war wunderschön geworden. Polly hatte Lichternetze an den Wänden befestigt, und der Baum, den er gefällt hatte, war mit weiteren Lichtern und Holzfiguren in allen Regenbogenfarben geschmückt. Lachlan nahm eine davon in die Hand.

»Die sind zu verkaufen«, sagte Polly, die ihm nachgekommen war. »Sieh mal.« Sie drehte eine Figur um und zeigte ihm das kleine Preisschild auf der Rückseite. »Ben Lewis hat sie geschnitzt und bemalt, er wohnt auf dem kleinen Hof oben an der Straße zum See.«

»Total schön«, sagte Rilla. Lachlan sah sie an. Sie hatte ihre windzerzausten Locken zu einem Pferdeschwanz zusammengebunden und betrachtete Pollys Werk. »Du hast hier wirklich gezaubert.«

Polly errötete vor Freude. »Gefällt es euch?«

Lachlan nickte. »Ich bin total beeindruckt, Polly.«

»Ich bin so nervös wegen der Eröffnung morgen, ich glaube, ich werde heute Nacht kein Auge zutun.«

»Können wir dir irgendwie helfen?«

»Ich dachte, ihr würdet nie fragen.« Polly kicherte und tat so, als würde sie in Ohnmacht fallen. »Es wäre super, wenn ihr euch um die Kasse kümmern könntet. Ich glaube, ich sollte mich unter die Leute mischen, jedenfalls zu Anfang. Eine Reporterin von der Lokalzeitung hat gesagt, sie will versuchen zu kommen und ein paar Fotos machen.«

»Ich tue alles, was du sagst«, erbot Lachlan sich. Er platzte fast vor Stolz auf seine kleine Schwester. Einen Moment lang war er traurig, weil ihr Vater nicht mehr da war, um zu sehen, was Polly geleistet hatte, doch dann erinnerte er sich – alles, was er über seinen Vater und dessen Einstellung zu Applemore gedacht hatte, war durch das Gespräch mit Rilla am Strand in Frage gestellt worden. Er musste über vieles nachdenken.

An diesem Abend nahm Lachlan ein Glas Whisky mit in das Arbeitszimmer seines Vaters und setzte sich damit in den alten Ledersessel, der hier stand, seit er denken konnte. Er schloss die Augen und versuchte, sich zu erinnern. Hatte er Hinweise übersehen? War er wirklich so unglaublich unaufmerksam gewesen? Wenn sein Vater und David mehr als zwanzig Jahre zusammen gewesen waren, wie hatten sie es dann bloß geschafft, ihre Liebe zu verheimlichen?

Lachlan sah zu dem Foto seines Vaters mit den Kindern auf und schüttelte den Kopf. Wenn er doch nur noch einmal fünf Minuten mit ihm haben könnte, um ihm zu sagen, wie lieb er ihn hatte und dass er stolz auf ihn gewesen wäre, dass er gern für ihn eingetreten wäre und gesagt hätte, das ist mein Vater, und das ist der Mann, den er liebt! Aber – Lachlan wand sich innerlich, als er darüber nachdachte – sein Großvater wäre entsetzt gewesen. Er war ein aufrechter, altmodischer Mann gewesen, der immer das Seinige tat, wenn es um die Menschen ging, die auf dem Gut lebten und arbeiteten. Aber er war auch aufbrausend gewesen und schnell mit Kritik bei der Hand, und er hatte sklavisch an die alten Gesetze der Kirche, wie er sie verstand, geglaubt. Er hätte diesen Sohn als Sünder betrachtet … Sein armer Vater war in der Überzeugung aufgewachsen, dass Liebe zwischen Männern Sünde war.

Lachlan trank einen Schluck. Er musste sich genau überlegen, was er tun sollte. Während er mit Rilla am Strand gewesen war, wo es keinen Empfang gab, hatte Felix zwei Sprachnachrichten hinterlassen, in denen er ihn dringend um Rückruf bat. Doch das Wissen, das Lachlan jetzt hatte, schien seine ganze Welt aus den Angeln zu heben. Wenn Applemore seinem Vater nicht, wie er immer geglaubt hatte, wie ein Mühlstein um den Hals gehangen hatte, konnte das Gut dann auch ihm selbst etwas anderes bedeuten?

Lachlan stand auf und betrachtete die Gegenstände, mit denen sein Vater sich umgeben hatte. Früher war ihm das Arbeitszimmer chaotisch und bedrückend erschienen, wie eine Erinnerung an eine Verpflichtung, die sein Vater nicht freiwillig übernommen hatte und die er hasste. Doch heute Abend wirkte der Raum wie eine freundliche, tröstende Erinnerung an den Vater, den er verloren hatte – und den er heute mehr vermisste als je zuvor. Alles hatte sich verändert, und im Moment war Lachlan gar nicht richtig klar, was er dachte oder fühlte.

Der Morgen, an dem der Hofladen eröffnet werden sollte, war gekommen und mit ihm der erste Schnee in diesem Jahr. Schon bevor Lachlan die Vorhänge aufgezogen hatte, merkte er es daran, dass alle Geräusche gedämpft waren und diese besondere Stille herrschte, die er von klein auf kannte. Er blickte nach draußen. Die schwarzen Äste der Buche vor seinem Fenster waren mit Schnee bedeckt, und die Bäume an der Zufahrt sahen aus, als wären sie mit feinem Zucker bestreut.

In der Küche deutete das Chaos aus Toastkrümeln, Kaffeekanne und Bechern darauf hin, dass Polly aufgestanden und schon weg war. Lachlan sah auf die Wanduhr – erst halb neun. Sobald er gefrühstückt und geduscht hatte, wollte er in den Laden gehen und sehen, wo sie seine Hilfe brauchte.

Der Hof hinter dem Pförtnerhaus füllte sich bereits, als er ankam. Er entdeckte den Range Rover von Fiona mit dem Tierarztlogo auf der Tür. Und da war Sally aus dem Buchladen im Ort. Sie hatte sich die Haare mit Lametta zusammengebunden und winkte ihm freudestrahlend zu, bevor sie den Laden betrat. Polly hatte sich auch an diesem Morgen wieder selbst übertroffen, indem sie als letzte Dekoration einige von Beths leuchtend bunten Blumengestecken aufgestellt hatte, die sich schön von der schlichten weißen Wand abhoben. Auf einem Campingkocher stand etwas unsicher ein großer Kessel mit Glühwein, und es duftete nach Zimt und Piment.

»Für einen weihnachtlichen Glühwein ist es nie zu früh, was?« Fiona zwinkerte ihm lachend zu und hob ihren Pappbecher.

»Ich denke, ich halte mich noch ein bisschen zurück«, sagte Lachlan. Er suchte den Raum, in dem sich die Leute bereits drängten, nach Rilla ab. Da war sie – sie trug ein rotes Shirt und Jeans und hatte das Haar mit einem purpurroten Band zurückgebunden. Als sie seinen Blick auffing, winkte sie und strahlte über das ganze Gesicht. Sie formte mit den

Lippen ein Hallo und wandte sich dann einer Kundin zu. Jetzt schon hatte sich an der Kasse eine Schlange gebildet, unglaublich. Polly flitzte herum, sprach mit Kundinnen und Kunden und zeigte ihnen die ganze Angebotspalette – die Regale waren mit einer reichen Auswahl von Produkten aus der Region gefüllt.

»Morgen«, sagte eine bekannte Stimme. Als Lachlan sich umdrehte, lachte Harry aus dem Hotel ihn an.

»Musst du deinen Gästen nicht das Frühstück servieren?«

»Ich wollte mir meine neue Lieferantin ansehen.«

»Polly?«

Harry nickte. »Sie hat ziemlich gute Verträge für Obst und Gemüse ausgehandelt, und du weißt ja, dass ich sehr für regionale Produkte bin. Sie ist wirklich Spitze.« Er sah zu Polly hinüber und nickte ihr anerkennend zu. »Deine kleine Schwester hat sich zu einer echt guten Geschäftsfrau gemausert.«

Lachlan hob eine Augenbraue. »Pass bloß auf«, sagte er, als ihm auffiel, dass Harry sie mit den Blicken verschlang.

»Ich hab doch gar nichts gemacht«, sagte sein Freund lachend.

»Noch nicht.« Lachlan musterte ihn streng. »Was sie gerade überhaupt nicht gebrauchen kann, ist Liebeskummer, und mit deiner Erfolgsbilanz …«

»Verdammt, Mann, gib einem geläuterten Schürzenjäger doch eine Chance.«

»Gern«, sagte Lachlan finster, »aber nicht mit meiner Schwester.«

»Polly ist eine Frau, die weiß, was sie will.«

»Hm«, sagte Lachlan.

Harry schlenderte weiter. Lachlan beobachtete, wie er Polly zur Begrüßung ein Küsschen gab und wie Polly zu ihm hochsah. Ihre Augen funkelten vor Vergnügen, als Harry den Kopf senkte und ihr etwas ins Ohr flüsterte. Na gut, dachte Lachlan, sie ist alt genug, sie muss wissen, was sie tut.

»Alles okay?« Rilla erschien neben ihm. »Hast du Ben schon kennengelernt? Er ist der Künstler, der die kleinen Schnitzereien gemacht hat.«

Ben sah eher wie ein Holzfäller aus als wie ein Künstler. Sein schwarzer Haarschopf war zerzaust, er hatte einen mächtigen Bart und trug ein kariertes Flanellhemd, Jeans und Arbeitsstiefel.

»Schön, dich kennenzulernen.« Er streckte Lachlan die Hand hin. »Ich habe neulich mit deiner Schwester Charlotte gesprochen – eins von ihren Ferienhäusern ist ganz in der Nähe von meinem Haus.«

»Wie lebst du dich hier so ein?«

»Ich bin sehr gern hier. Es ist ziemlich anders als Lancashire, aber ich arbeite wesentlich mehr und bin sehr zufrieden.«

»Du findest es nicht zu einsam?«

Ben schüttelte den Kopf. »Ich liebe diese Weite. Gibt mir Muße zum Nachdenken.«

Lachlan dachte daran, wie hektisch Edinburgh ihm bei seinem Kurzbesuch neulich vorgekommen war und wie dankbar er nach seiner Rückkehr die Stille auf Applemore genossen hatte. Vielleicht ging ihm die Stadt allmählich doch auf die Nerven. »Ja, ich weiß, was du meinst.«

»Du hast Glück, dass du hier aufgewachsen bist«, sagte Ben und sah sich um. Die Dorfbewohner standen in Grüppchen zusammen und plauderten und lachten.

»Weißt du«, begann Lachlan, und erst als er weitersprach, wurde ihm klar, dass er dieses Gefühl zum ersten Mal hatte, »ich hatte hier wirklich eine schöne Kindheit. Komisch, ich glaube, das wird mir erst in letzter Zeit richtig klar.«

»Es ist ein schönes Fleckchen, um Kinder großzuziehen. Hast du welche?«

»Nein.« Lachlan schüttelte den Kopf. »Du?«

»Eine Tochter«, sagte Ben. »Aber sie lebt unten im Süden bei ihrer Mutter. Ich hoffe, dass sie in den Ferien herkommt. Ich vermisse sie wahnsinnig.«

»Das kann ich mir denken.« Lachlan wandte sich Rilla zu. »Rilla hat als Kind alle Sommerferien hier verbracht«, erklärte er Ben.

»Und jetzt muss ich immer wiederkommen.« Rilla lachte.

Lachlan fing ihren Blick auf und wünschte sich sehnlichst, sie zu umarmen, zu küssen und nicht wieder loszulassen. Aber sie drückte ihm nur rasch die Finger und sagte, sie müsse Polly wieder an der Kasse ablösen.

»Seid ihr beide schon lange zusammen?« Ben beobachtete, wie Rilla sich durch das Gedränge schlängelte.

»Ach – wir sind nicht – also eigentlich …«

»Es ist kompliziert?« Ben lachte.

»Irgendwie schon.«

»Scheint eine richtig nette Frau zu sein.«

»Ja, das stimmt.« Wieder einmal überkam Lachlan dieses Bedauern. Mit jedem Tag rückte der Zeitpunkt näher, an dem Rilla sich wieder aus seinem Leben entfernen würde, und er schien machtlos dagegen zu sein.

Einundzwanzigstes Kapitel

»Ich kann gar nicht glauben, dass wir in den ersten beiden Wochen schon so viel eingenommen haben.«

Polly ließ sich gegen den Ladentisch sinken, während Rilla hinter der letzten Kundin des Tages die Tür schloss.

Rilla blickte sich um. Die Flechtkörbe, die mit Biobrot und köstlichem Kuchen gefüllt gewesen waren, waren wieder einmal leer. Die Regale für die Lebensmittel sahen aus, als hätte eine Horde heißhungriger Tiere sie geplündert. Auch der hübsche geschnitzte Weihnachtsbaumschmuck war heute so begehrt gewesen, dass sie schließlich die Anhänger vom Baum abgenommen und ebenfalls verkauft hatten, und jetzt sah der Weihnachtsbaum aus, als wäre jemand beim Schmücken unterbrochen worden und hätte ihn dann so halb fertig stehenlassen.

Polly schaltete die Anlage aus, die den ganzen Nachmittag Weihnachtslieder gedudelt hatte. »Ich glaube, ich habe das Maximum an Weihnachten intus.« Sie stieß so heftig den Atem aus, dass eine ihrer langen Ponyfransen hochschwebte.

»Dann ist es etwas unglücklich, dass wir noch zum Anleuchten und Weihnachtsliedersingen ins Dorf wollen, oder?«, sagte Rilla verschmitzt.

»Hör auf.« Polly schüttelte den Kopf und sah auf ihrem Handy nach der Uhrzeit. »Wollen wir einfach jetzt gleich ins Dorf fahren und uns erst mal im Hotel einen Drink genehmigen?«

»Die Idee hatte ich auch schon.«

Sie räumten rasch den Laden auf. Polly rückte die wenigen Dinge, die in den Regalen übriggeblieben waren, zurecht und stellte die Körbe für den nächsten Morgen bereit, und Rilla fegte den Fliesenboden. Dann schalteten sie die Lichterketten aus, schlossen die Tür ab und fuhren nach Applemore.

Als sie das Restaurant des Applemore Hotels betraten, brannte ein Feuer im Kamin, und Harry saß an einem Tisch und starrte stirnrunzelnd auf seinen Laptop.

»Hallo, ihr beiden.« Er klappte den Laptop zu. »Jetzt sagt bitte, dass ihr etwas trinken möchtet. Ich brauche einen Vorwand, um bis morgen früh nicht mehr an die Bestellungen zu denken.«

»Nur wenn du uns versprichst, dass du uns beim Anleuchten Gesellschaft leistest.« Polly verschränkte die Arme und warf ihm einen gespielt strengen Blick zu.

Harry klappte seinen Laptop wieder auf. »Wenn ich es mir richtig überlege ...« Er grinste.

»Jetzt hör aber auf!«

Harry erhob sich und machte eine Kopfbewegung zur Theke hinüber. »War bloß ein Scherz. Jetzt holen wir uns was zur Betäubung.«

»Ach, komm, du Workaholic«, Polly nahm ihn am Arm und zog ihn über den Teppich. »Wir singen doch alle so gerne Weihnachtslieder. Ich bringe dich jetzt in Stimmung.«

Hinter dem Tresen polierte eine rothaarige junge Frau

Gläser. Mit dem Geschirrtuch in der Hand sah sie auf. »Was möchtet ihr?«

»Mach du ruhig weiter, Katie«, sagte Harry. »Ich kümmere mich um die beiden.«

Rilla und Polly setzten sich an die Theke. Polly plauderte mit Katie, deren ältere Schwester mit ihr zur Schule gegangen war. Rilla blickte aus dem Fenster auf den kleinen Hafen. Um das Metallgeländer hatte man eine funkelnde Lichterkette geschlungen, und neben dem riesigen Weihnachtsbaum, der sich pechschwarz vom dunklen Winterhimmel abhob, legten einige Leute gerade letzte Hand an eine Glühweinbude.

Eine Stunde später gingen sie, aufgewärmt durch einen Whisky, zu dritt in den kalten Abend hinaus. Inzwischen hatten sich eine Menge Leute versammelt, und überall wurde lebhaft geplaudert. Die Vorsitzende des Elternbeirats der Grundschule schenkte Glühwein aus, und Zimtduft erfüllte die Luft.

Jemand tippte Rilla auf die Schulter. »Wie kommst du mit deinem herrenlosen Hund klar?«

Rilla drehte sich um. Vor ihr stand eine Frau. In ihrem roten Steppmantel und mit einem Schal, der fast ihr ganzes Gesicht verdeckte, war sie gut gegen die Kälte gewappnet. Rilla brauchte einen Moment, bis sie Kerry erkannte, die Hundefriseurin.

»Er ist ein Goldschatz«, sagte sie liebevoll.

»Kein Zeichen von irgendwelchen Besitzern, die ihn wiederhaben wollen?«

Rilla schüttelte den Kopf. »Nein, und im Tierheim ist immer noch kein Platz – aber da würde ich ihn auch gar nicht hingeben wollen.«

»Manchmal kommt ein Hund aus einem bestimmten Grund in unser Leben.«

Rilla seufzte und lächelte wehmütig. Der Gedanke, dass sie den Hund abgeben musste, wenn sie abreiste, bereitete ihr furchtbare Gewissensbisse, und die Vorstellung, dass Hugh ihr morgens beim Aufwachen, wenn er zusammengerollt auf der Bettdecke lag, nicht mehr die Füße wärmen würde, machte sie traurig.

»Manchmal«, erwiderte sie. Es sollte unbeteiligt klingen.

»Und von Lachlan ist nichts zu sehen?« Polly kam gerade von der Toilette zurück und zog ihre Handschuhe wieder an. »Verdammt kalt, oder? Fühlt sich an, als könnte es wieder Schnee geben.«

»Das passiert ja nicht mehr so oft«, sagte Kerry. »Aber ich gehe jetzt lieber wieder rüber – ich hab die beiden Jungs bei meinem Mann gelassen, und sobald der nicht aufpasst, stürzen sie sich vermutlich gleich in die Fluten oder machen irgendwelchen anderen Unsinn.«

»Erwartest du ihn?« Rilla wandte sich an Polly.

»Er hat gesagt, er würde kommen.«

»Meine Damen und Herren«, sagte eine Frau mit Mikro, das plötzlich ein so schrilles Quietschen von sich gab, dass alle zusammenzuckten. »Es ist schön, dass Sie heute Abend – an diesem kühlen Abend – so zahlreich zusammengekommen sind, um das alljährliche Anleuchten unseres Weihnachtsbaumes zu feiern.«

Es gab stürmischen Applaus. Ein kleines Kind in einem Buggy rief: »Wann kommt denn der Weihnachtsmann?«, und alle mussten lachen.

»Wie Sie wissen, sammeln wir Geld für neue Spielgeräte für die Grundschule. Wenn angeleuchtet ist und wir ein bisschen gesungen haben, reichen wir daher die Sammelbüchse herum, halten Sie also Kleingeld bereit. Jetzt schleich dich nicht gleich weg, Donald«, fuhr sie fort, als ein Mann sich Richtung Restaurant davonmachte. »Ich werde nachher persönlich an der Bar stehen und euch um eure Moneten erleichtern.«

»Das ist Mrs Drummond, die Schulleiterin.« Polly beugte sich zu Rilla, während die Frau eine ganze Liste von Anweisungen herunterspulte. »Sie ist ein bisschen ein Drachen, aber sie hat die Schule gerettet, daher lieben wir sie alle – bevor sie kam, war die Schule in einem ganz schlimmen Zustand. Wenn Mrs Drummond allerdings ein Mikro zu fassen kriegt …«

»Dann ist sie kaum noch zu bremsen?« Rilla lachte.

»Man muss es ihr buchstäblich aus den Händen reißen. Oh, sag bloß, sie ist schon fertig?«

Rilla gluckste.

»Eins möchte ich noch sagen.« Mrs Drummond hob das Mikro wieder, und das Publikum stöhnte leise, aber durchaus hörbar. »Heute Abend erwarten wir einen besonderen Gast, also, ihr Jungen und Mädchen, haltet die Augen auf.«

Nach dem ersten Weihnachtslied, das sie mechanisch mitgesungen hatte, versuchte Rilla sich einzureden, dass sie offenbar Tomaten auf den Augen hatte, denn sie konnte Lachlan nirgends entdecken. Sie hatte ihn eine Woche lang nicht gesehen, weil er in Edinburgh gewesen war, um Gus bei einem Bierfest zu helfen, und sie hatte sich sehr darauf konzentrieren müssen, ihn nicht zu vermissen. Ganz war ihr das nicht gelungen. Sie verzog das Gesicht, als sie daran dachte. Na ja, aber immerhin ganz gut. Das reichte doch, oder? War es nicht völlig normal, dass man jemanden vermisste? Wenn sie Städte verließ, in denen sie unterrichtet hatte, vermisste sie auch jedes Mal die Freunde, die sie dort gefunden hatte. Und er war ja nicht der erste gutaussehende Mann, mit dem sie eine Beziehung hatte –

»Rilla?«

Sie schreckte zusammen, als Polly ihr die Hand auf den Arm legte. »Tut mir leid, ich war gerade ganz weit weg.«

»Ich möchte noch was trinken – soll ich dir einen Glühwein mitbringen?«

»Ja, bitte.«

Mrs Drummond griff erneut zum Mikro, und nach einer mitreißenden Version von *We Wish You a Merry Christmas*, die schlecht, aber bezaubernd von einem kleinen Jungen auf der Trompete begleitet wurde, begann sie mit dem Countdown.

»Vier ... drei ... zwei ... eins!«

Einen Moment lang war es ganz still, nur einige gedämpfte Flüche waren zu hören.

»Nicht vor den Kindern, Donald«, mahnte Mrs Drummond. Das Mikro äußerte sein Missfallen durch erneutes Quietschen, und gleich darauf erstrahlte der große Baum, von tausend winzigen Lichtern erhellt. Die Dorfbewohner schienen vor Freude alle gleichzeitig die Luft anzuhalten.

»Ist das nicht schön?« Ein kleines Mädchen mit einer Zahnlücke sah zu Rilla hoch. Sie nickte. Der Vater des Mädchens legte den Arm um seine Tochter und drehte sie zur Straße.

»Und wer kommt da?«, fragte er das Kind.

Unter Hufgeklapper näherten sich auf der Hauptstraße zwei riesengroße Brauereipferde, deren Zaumzeug mit Lametta geschmückt war. In dem Wagen, den sie zogen, saß der Weihnachtsmann persönlich. Er ließ die Pferde anhalten und übergab Harry die Zügel. Harry trug einen dicken grauen Pullover unter seiner Applemore-Hotel-Schürze, und eins der Pferde rieb die Nase an ihm, was alle zum Lachen brachte.

»Wenn die Kinder einmal alle zum Weihnachtsmann hinübergehen möchten – er hat für jedes von euch ein kleines Geschenk.«

Polly kam mit dem Glühwein zurück. Sie grinste.

»Was ist denn so lustig?«

»Das da.« Sie machte eine Kopfbewegung zum Weihnachtsmann hinüber, der jetzt von einer ganzen Schar kleiner Kinder umringt war. Lachend teilte er aus einem großen roten Sack die Geschenke aus, und als er sah, dass Rilla und Polly zuguckten, grüßte er kurz in ihre Richtung.

»Weißt du, wer in dem Weihnachtsmannkostüm steckt?« Rilla sah genau hin, aber unter dem falschen weißen Vollbart konnte sie das Gesicht des Mannes nicht erkennen. Die Mütze war ihm über ein Auge gerutscht, und das ganze Kostüm war offensichtlich für einen Mann mit deutlich mehr Bauch gedacht. »Hat er sich ein Kissen vorne in den Mantel gesteckt?«

»Genau!« Polly kicherte. »Normalerweise spielt George Mackay den Weihnachtsmann, aber der hat sich heute Nachmittag mit einer Darmgrippe ins Bett gepackt, deswegen musste der Elternbeirat jemand anders finden. Als Mrs Drummond heute Nachmittag in den Hofladen kam, habe ich zufällig mit ihr darüber gesprochen, und da dachte ich, vielleicht könnte mein großer Bruder das ja übernehmen.«

Rilla hob die Hand vor den Mund. Sie kriegte kaum noch Luft vor Lachen. »Das ist Lachlan?«

Polly winkte ihm mit den Fingern zu.

»Ja, genau.«

Eine halbe Stunde später fand Lachlan die beiden im Restaurant, wo sie sich vor dem Kamin aufwärmten. Die Menge hatte sich aufgelöst, und die Kinder, die von der Aufregung und den Süßigkeiten, die Lachlan verteilt hatte, ganz überdreht waren, wurden von ihren Eltern nach Hause und ins Bett gebracht.

»Ich bring dich um, Polly.«

Polly und Rilla prusteten vor Lachen.

»Du warst ein hervorragender Weihnachtsmann«, sagte Rilla, als er sich neben sie setzte. Sie beugte sich vor und zupfte ein bisschen weiße Watte von seinem Wollpullover. »Allerdings fällt dir anscheinend der Bart aus.«

»Wie schön, euch so vergnügt zu sehen.« Dick eingemummelt betrat Joan das Restaurant.

»Hallo!« Lachlan sprang auf und nahm sie in die Arme. »Wie geht's dir denn?«

»Wenn ich euch drei sehe, geht's mir noch besser.« Joan drückte Rilla die Schulter und gab Polly ein Küsschen auf die Wange. »Ich war mit einer Freundin zum Abendessen verabredet. Hatte total vergessen, dass heute das Anleuchten stattfinden sollte, sonst wäre ich natürlich draußen gewesen und hätte zugeguckt.«

»Du hast Lachlans wunderbare Vorstellung verpasst«, sagte Polly.

»Was bitte hab ich verpasst?«

»Jemand hier hat mich für die Rolle des Weihnachtsmanns empfohlen.« Lachlan versuchte, seiner Schwester einen bösen Blick zuzuwerfen, was ihm aber misslang.

Joan prustete los. »Ach, das ist unbezahlbar. Ich hätte doch alles stehen und liegen lassen, wenn ich das gewusst hätte.«

Lachlan schloss kurz die Augen, so als wolle er nicht an die Horde kreischender Kinder erinnert werden, die um ihn herumgetobt waren. »Sagen wir mal so: Ich glaube nicht, dass ich mich als Grundschullehrer eignen würde.«

»Unsinn.« Polly lachte. »Er war so gut, dass schon gemunkelt wird, man müsste das Kostüm für nächstes Jahr enger machen.«

Lachlan schüttelte den Kopf. »Für nächstes Weihnachten habe ich andere Pläne.«

Sie blieben länger, als sie vorgehabt hatten – Lachlan hielt sich an Cola, und Rilla und Polly tranken zu viele von Harrys Weihnachtscocktails. Als sie nach Hause fuhren, hätte Rilla Lachlan am liebsten eingeladen, noch zu ihr ins Cottage zu kommen, aber das versagte sie sich. Mittlerweile sah sie den Beginn des neuen Jahres und damit ihre Trennung von Applemore fast ständig als Schreckgespenst vor sich, und sie tat bereits, was sie immer tat, wenn ein Abschied bevorstand – sie zog sich innerlich langsam und allmählich aus allem heraus.

*

An einem der nächsten Tage erschien Lachlan jedoch nachmittags unangekündigt im Pförtnerhaus.

»Ich habe etwas mit dir vor, Aschenputtel«, sagte er lachend und reichte ihr eine Flasche Sekt.

»Wofür ist der?«

»Für später. Erst mal lade ich dich zum Essen ein, wenn du heute Abend keine anderen Pläne hast.«

»Was sollte ich für Pläne haben?« Rilla sah an sich hinunter. Sie trug noch ihre Schürze, weil sie im Laden ausgeholfen hatte.

»Schön. Dann hole ich dich um sieben ab.«

Als Lachlan einige Stunden später an ihre Tür klopfte, war Rilla froh, dass sie sich Mühe gegeben hatte. Er war frisch rasiert, und feuchte Haarsträhnen fielen ihm in die Stirn. Als er sich zu ihr beugte, um ihr einen Kuss zu geben, roch sie den zitronig-holzigen Duft seines Aftershaves.

»Du siehst fantastisch aus.«

Rilla besaß nichts, was sich für festliche Winterabende geeignet hätte, aber Polly hatte ihr das Samtkleid aufgedrängt, das sie zur Halloween-Party getragen hatte, und es erwies sich als perfekt für eine vorweihnachtliche Einladung zum Essen. Sie hatte ihr Haar zu einem Chignon aufgedreht, doch schon jetzt lösten sich einzelne Locken und umrahmten ihr Gesicht. Für ihr Make-up hatte sie sich mehr Zeit genommen als sonst, sie hatte rauchgrauen Lidschatten aufgetragen und einen rosaroten Lippenstift benutzt. Im Spiegel neben der Haustür erhaschte sie einen Blick auf das Ergebnis.

Lachlan fing im Spiegel ihren Blick auf. »Das ist ernst gemeint.« Er nahm ihr Kinn in die Hand und strich ihr mit dem Daumen sanft über die Wange.

»Wollen wir los?« Auf einmal fühlte Rilla sich unwohl, weil sie von einem heftigen Verlangen nach diesem Mann überfallen wurde.

Harry hatte ihnen den besten Tisch reserviert, ein wenig abseits in einer Nische. Kerzenlicht schaffte eine intime Atmosphäre, und als der Kellner ihnen Wein eingeschenkt und ihre Bestellung aufgenommen hatte, dauerte es nicht lange, bis Rilla vergaß, dass sich auch noch andere Gäste im Restaurant befanden. Wenn Lachlan mit ihr sprach, war er mit seiner ganzen Aufmerksamkeit bei ihr und gab ihr das Gefühl, dass alles andere unwichtig war.

Er schenkte ihr Wein nach, und der Kellner räumte die Vorspeisenteller ab. Rilla umschloss ihr Glas mit beiden Händen und schaute in die dunkelrote Tiefe hinein.

»Rilla.« Lachlan legte ihr die Hand aufs Handgelenk. Sie sah auf seinen immer noch sonnengebräunten Arm mit den schwarzen Härchen hinunter, der so einen Kontrast zu ihrer blassen, mit Sommersprossen gesprenkelten Haut bildete. »Ich wünschte –«

Rilla schüttelte den Kopf. »Bitte nicht.« Sie hätte es nicht ertragen können, wenn er etwas gesagt hätte, das er im hellen Tageslicht vielleicht bereuen würde.

»Okay.« Er griff nach seinem Glas. »Erzähl mir, was du erlebt hast – abgesehen davon, dass du dir für meine kleine Schwester die Finger wund arbeitest. Sie ist ja die reinste Sklaventreiberin.«

»Ich habe etwas ganz Sonderbares erlebt.« Sie sah ihn über ihr Glas hinweg an. »Gestern Abend habe ich meine Mutter angerufen. Du weißt ja, wie selten das ist.«

Lachlan nickte. Rilla hatte ihm erklärt, dass die Beziehung zwischen ihr und ihrer Mutter alles andere als eng war. »Was hat dich dazu gebracht?«

»Weihnachten jedenfalls nicht.« Rilla deutete auf die funkelnde Lichterkette, die an der Wand neben ihnen über einem Bild hing. »Nein, aber die Geschichte mit unseren Vätern. Ich habe darüber nachgedacht und mich gefragt, ob sie davon etwas wusste. Ich wollte sie nicht direkt danach fragen, daher habe ich nur vage darauf angespielt.«

»Und?«

»Sie ist sofort darauf eingegangen. Sie hat gesagt, sie hätte viele Jahre nichts davon gewusst, aber nicht lange vor Dads Tod haben sie ein langes Gespräch geführt, in dem sie reinen Tisch gemacht haben.«

»Ich frage mich, warum sie dir nie etwas davon gesagt hat.«

»Vielleicht hatte sie das Gefühl, dass man die Vergangenheit ruhen lassen soll.«

»Geht's dir besser, seit du mit ihr geredet hast?«

»Irgendwie schon. Wir werden zwar wohl nie gute Freundinnen werden, aber ich bin froh, dass wir uns ein bisschen ausgesprochen haben.«

»Ich wünschte, ich hätte mit meiner Mutter auch noch so ein Gespräch führen können.«

»Das tut mir leid.«

»Schon gut. Schön, dass du die Möglichkeit dazu hattest.«

Der Kellner kam und brachte die Hauptgerichte. Rilla lehnte sich ein wenig zurück, damit er den Teller mit Risotto vor sie hinstellen konnte.

»Das sieht wunderbar aus.« Sie griff nach ihrer Gabel und probierte. Das Essen im Applemore Hotel war ausgezeichnet – Harry hatte einen hervorragenden Küchenchef eingestellt, und die Mundpropaganda zeigte allmählich Wirkung. Fast alle Tische waren besetzt, was an einem Mittwochabend in einem winzigen Dorf in den Highlands etwas heißen wollte. »Hast du weiter darüber nachgedacht, was mit der Brauerei werden soll?«

»Ja, aber ich bin noch zu keinem Ergebnis gekommen.

Als ich zum Bierfest in Edinburgh war, hatten Gus und ich zum Glück Zeit für ein langes Gespräch, denn Lucinda musste arbeiten. Das Angebot liegt auf dem Tisch, und ich muss mir bloß darüber klar werden, was ich eigentlich will.«

»Also stehst du nicht unter Zeitdruck.« Rilla lächelte.

»Genau.«

Es war ein wunderbares Essen, jedoch lag so viel Unausgesprochenes in der Luft, dass Rilla unbehaglich zumute war. Lachlan war weiterhin zuvorkommend und romantisch, und anschließend standen sie draußen, und er küsste sie am Hafen unter einem Himmel voller Sterne. Rilla aber war abgelenkt. Seit sie erwachsen war, war sie ständig auf Reisen gewesen, und jetzt schien Applemore es darauf angelegt zu haben, sie einzufangen. Dieses Gefühl kannte sie nicht, und es war ihr unheimlich.

Am Weihnachtsmorgen schien es, als wäre für einen Tag alles wieder normal. Rilla hatte im Gutshaus übernachtet, und sie waren viel zu lange aufgeblieben. Nur Beth hatte sich schon zu den Zwillingen in eins der vielen unbenutzten Zimmer zurückgezogen, während die anderen Whisky getrunken und am Kamin im Esszimmer Scharaden aufgeführt hatten.

Als Rilla und Lachlan noch etwas wacklig auf den Beinen in die Küche kamen, fanden sie Beth im Schlafanzug und die Zwillinge auf zwei Hochstühlen. Die beiden Kleinen futterten Toast, den sie in ihren rundlichen Fäustchen hielten, und strahlten vor Vergnügen.

»Ich genieße gerade das letzte Weihnachten, bevor ich dann jahrelang morgens um fünf von kleinen Despoten geweckt werde, die Weihnachtsgeschenke haben wollen.« Beth lachte. »Möchtet ihr Kaffee? Hab gerade eine Kanne gekocht. Du siehst aus, als könntest du welchen gebrauchen, Lachlan.«

Rilla sah zu, wie Lachlan sich gähnend streckte, wobei das dunkelgraue T-Shirt, das er zur Jeans angezogen hatte, hochrutschte und den feinen Streifen Haar freigab, der sich von seinem Bauch abwärtszog. Sie hob den Blick und sah ihm in die Augen, und er zwinkerte ihr fast unmerklich zu. Rilla seufzte tief. Es war klar, dass sie das Schönste und Beste, was es in ihrem Leben je gegeben hatte, zurücklassen würde, um in Paris mit mehr oder weniger begriffsstutzigen Sprachschülern zu arbeiten. Sie schüttelte den Kopf und wandte sich ab.

»Einen wunderschönen guhuten Mohorgen!« Singend und tanzend kam Polly in die Küche. Um ihren blonden Kopf rankte sich ein Heiligenschein aus Lametta. »Wisst ihr, das Geheimnis bei einem Kater ist doch, einfach weiterzutrinken. Wer möchte Sekt mit O-Saft?«

»Na, dann mal los.« Beth stand auf und holte Gläser aus dem Schrank.

»Ich bin dabei«, sagte Lachlan, während er Rilla und sich selbst Kaffee einschenkte. Ohne sie zu fragen, rührte er Sahne und Zucker hinein und reichte ihr dann den Becher. Sie bedankte sich mit einem Lächeln.

Eine halbe Stunde später erschien Charlotte.

»Ich wäre ja schon längst hier gewesen, aber – wen wundert's – diese Albtraumgäste im Lochinver Cottage haben mich heute früh um halb sieben angerufen und gesagt, sie könnten die Heizung nicht in Gang bringen. Wie sich herausstellte, hatten sie an den Einstellungen herumgepfuscht, sodass die ganze Programmierung im Eimer war.« Charlotte verdrehte die Augen. »Ja, danke, ich trinke gerne mit.«

»Kannst du sie mal nehmen?« Beth setzte Rilla ein pummeliges Kleinkind auf den Schoß. »Ich werde diesem Stinkemonster hier eben noch die Windeln wechseln, bevor wir die Geschenke auspacken.«

»Steht dir richtig gut«, neckte Polly Rilla, als sie wieder in die Küche kam. Sie hatte ihren Schlafanzug gegen eine lila Latzhose und ein gestreiftes T-Shirt eingetauscht und das Haar zu einem lockeren Pferdeschwanz hochgebunden.

»Findest du?« Rilla sah auf Lucy hinunter, die zufrieden auf einer kleinen hölzernen Lokomotive herumkaute.

»Doch, wirklich.« Polly sah Lachlan vielsagend an. »Da siehst du, was du hättest haben können.«

»Vielen Dank«, sagte Lachlan trocken. »Ist es vielleicht möglich, dass wir mal einen Tag lang nicht daran erinnert werden, dass Rilla abdampft, um in der Welt herumzureisen, und uns hier allein lässt?«

Rilla biss sich auf die Lippe. Es war natürlich schön, dass Lachlan es mit Humor nehmen konnte, aber sie würde Applemore schrecklich vermissen. Wenn sie Lachlan ansah, spürte sie ein dumpfes Ziehen im Herzen, das sie mit aller

Kraft zu ignorieren suchte. Aber auch Polly, Beth und Charlotte würden ihr fehlen. In ihrer Familie hatte sie sich immer als Außenseiterin gefühlt, aber hier schien sie perfekt hineinzupassen. Applemore erschien ihr, als ... ja, als wäre sie hier zu Hause.

Nachdem alle sich einig gewesen waren, dass sie nie wieder Appetit auf Truthahn haben würden, hatte Lachlan sich für Hochrippe vom Rind entschieden. Während er das Fleisch zubereitete, schnippelten Rilla und Polly Gemüse. Als alles im Ofen war, ruhten sie sich eine Weile im Wohnzimmer aus, fläzten sich vor dem Feuer und guckten einen Weihnachtsfilm, während die Kinder ein Schläfchen hielten. Rilla hatte sich aufs Sofa gekuschelt, Lachlan hatte ihr den Arm um die Schultern gelegt, und sie atmete seinen Geruch ein. Als der Film zu Ende war, redete sie sich ein, dass es die Handlung war, die sie so gerührt hatte, und dass ihre Tränen nichts mit ihr selbst zu tun hatten.

Beim Essen erzählten Lachlan und Rilla abwechselnd die Geschichte von ihren Vätern und dem Geheimnis, das sie, wäre Joan nicht gewesen, mit ins Grab mitgenommen hätten. Es war eine schöne, merkwürdig lustige Mahlzeit, bei der geweint und gelacht wurde. Sie tranken auf ihre verstorbenen Väter und sprachen darüber, wie anders alles hätte sein können.

Während sie die Küche aufräumten, sagte Lachlan: »Ich habe überlegt, und es klingt vielleicht ein bisschen seltsam, aber ich dachte, wir könnten vielleicht eine Art Gedenkstein aufstellen. Wir haben noch keinen Grabstein für Dad, aber ...«

Er sah Rilla an und nahm ihre Hand. »Du hast gesagt, dein Vater wurde eingeäschert?«

Sie nickte. »Seine Asche ist noch in Edinburgh. Ich wusste nicht, was ich damit machen sollte – ich konnte die Urne ja schlecht mit auf Reisen nehmen, und seitdem bin ich nicht mehr dagewesen ... also, seit ...« Sie verstummte.

»Wir könnten etwas für beide zusammen machen.«

»Oh ja, das ist eine super Idee. Damit zeigen wir es dem Establishment und allen, die unsere Väter davon abgehalten haben, sich zu outen.«

»Ich glaube nicht, dass das Establishment heutzutage noch etwas dagegen hätte«, sagte Beth sanft.

»Ich weiß nicht«, sagte Charlotte, »ich fürchte, da wärst du überrascht. Jedenfalls finde ich Lachlans Idee auch ganz toll.«

»Zum Beispiel einen Stein aufstellen, auf dem beide Namen stehen?«, schlug Polly vor.

»Genau.« Lachlan nickte. »Nur – Rilla muss natürlich erst mit Sally sprechen und sie fragen, was sie davon hält.«

»Ich glaube, ihr wäre das absolut recht.« Sally, die immer so puritanisch und konventionell wirkte, hatte sich die Geschichte mit großem Vergnügen angehört, als Rilla sie ihr am Telefon erzählt hatte. »Sie fand das unglaublich romantisch.«

»Okay. Sobald im neuen Jahr alles wieder aufmacht, kümmere ich mich darum.« Er sah Rilla kurz in die Augen, und beide schwiegen. Sie wusste genau, was er dachte, und wandte sich ab. Langsam machte sie einen tiefen Atemzug.

Der Rest des Tages verging in einer Wolke aus Trägheit, Schokolade, Whisky und leckerem Essen. Als die Schwestern dann schlafen gegangen waren, stand Rilla noch am Aga und wärmte sich. Sie wollte nicht, dass der Zauber dieses Tages zu Ende ging. Lachlan sagte, sie solle dort im Warmen bleiben, er würde nur eben die Hunde hinauslassen.

»Ich habe überlegt«, sagte er, als er wieder hereinkam, »dass wir eine Einweihungsfahrt mit deinem Bus machen sollten. Du hast ihn so toll ausgebaut.«

»Ohne dich hätte ich das nie geschafft.«

Er stand vor ihr und legte rechts und links von ihr die Hände auf die Stange vor dem Aga, sodass sie gefangen war – was sie genoss. »Doch, das hättest du geschafft«, er küsste sie auf die Schläfe, »denn du kannst einfach alles.« Er küsste sie wieder, dabei hob er ihr Kinn und wanderte mit seinen Küssen bis zu ihrem Mund. Rilla zog ihn an sich. Sie spürte seine Wärme durch ihr Shirt.

»Wenn ich alles kann«, sagte sie mit ihren Lippen auf seinen, »darf ich dich dann um etwas bitten?«

»Ich finde, das gehört unbedingt dazu. Aber jetzt lass uns nach oben gehen, bevor ich mich hier in der Küche der Familie fürchterlich danebenbenehme.«

Zweiundzwanzigstes Kapitel

»Habt ihr euch den Wetterbericht angesehen?« Polly blickte aus dem Fenster. »Das wird ganz schlimm, da friert ihr euch den Arsch ab.«

»Mir egal«, knurrte Lachlan, »wir haben ja keine Gipfeltour vor. Wir fahren ein bisschen spazieren und genießen einen von Rillas letzten Tagen hier.«

»Okay, du Brummbär.« Polly verdrehte die Augen.

Lachlan wusste selbst, dass er sich wie ein Bär mit Kopfschmerzen benahm, aber er konnte nicht anders. Gus ließ ihm keine Ruhe – und er hatte immer noch keine Ahnung, wie es mit der Brauerei weitergehen sollte. Rilla war dabei, ihre Sachen zu packen – und als er sie zwei Tage nach Weihnachten im Cottage besucht hatte, war es ihm bereits vorgekommen, als würde etwas fehlen, obwohl sie noch da war. Außerdem hatte er wieder zwei Anrufe von Felix verpasst, der anscheinend keine Feiertage kannte. Was auch immer der Mann wollte, es konnte warten. Lachlan hängte sich die Tasche, in die er Proviant und etwas zu trinken gepackt hatte, über die Schulter. »Also, bis später.«

»Viel Vergnügen«, sagte Polly, ohne von ihrem Handy aufzublicken.

Lachlan blieb in der Tür stehen. »Polly?«

Jetzt sah sie auf. »Was denn?«

»Es tut mir leid.«

»Schon gut.« Sie schenkte ihm ihr sonniges, offenes Lächeln, und Lachlan wusste, dass sie ihm seine schlechte Laune verziehen hatte.

Draußen wartete Rilla schon mit dem Campingbus. Sie trug den viel zu großen alten Pullover ihres Vaters, hatte einen Schal doppelt um den Hals gewickelt und sah trotzdem hinreißend aus.

»Ist die Heizung kaputt?«

Rilla lachte. »Nein, aber der Wagen ist noch nicht warm, und bis ich den Wassertank aufgefüllt und alles aufgeräumt hatte, war mir eiskalt.«

»Na komm, Hugh.« Lachlan ließ den Hund herausspringen. »Ich bringe ihn ins Haus. Bin gleich wieder da.«

»Was, schon zurück?« Polly stand in der Küche und schlug Eier auf.

»Nein, ich bringe nur einen kurzzeitigen Hausgast.«

»Oh ja.« Polly freute sich, Hugh zu sehen. Sie bückte sich und kraulte ihn hinter den Ohren. »Hallo, mein Schöner, wie geht's dir denn?«

»Also, bis nachher«, rief Lachlan noch, dann zog er die Haustür hinter sich zu.

»Wo wollen wir denn hin?«, fragte Rilla.

»Ich hab gedacht, auf den Ben Achill.«

»Willst du etwa, dass ich einen Berg besteige?«

»Nein, nein.« Er warf Rilla einen verschmitzten Blick zu. »Ich weiß sehr gut, was du vom Bergsteigen hältst.«

»Ich bin einfach der Meinung, dass Berge zum Angucken sind und dass sie von unten am schönsten aussehen.«

»Deswegen habe ich gedacht, wir sollten mal über den Pass fahren, dann siehst du den Ben Achill aus unterschiedlichen Perspektiven. Da oben im Wald ist ein kleiner Rastplatz, da könnten wir parken und ein bisschen spazieren gehen.«

Rilla legte den Rückwärtsgang ein.

»Ohne Steigungen«, ergänzte Lachlan.

»Okay.« Rilla wendete. »Das ist die letzte Fahrt, bevor …« Sie verstummte, und Lachlan bemerkte, wie sie sich zusammenriss. »Es ist noch mal eine Probefahrt. Hoffen wir, dass nichts abfällt.«

»Toi, toi, toi.«

Der Regen, den Polly angekündigt hatte, begann etwa eine halbe Stunde, nachdem sie losgefahren waren. Der Himmel war bleigrau, und nirgends waren Anzeichen zu sehen, dass es sich aufhellen könnte. Die Scheibenwischer liefen auf vollen Touren und hatten trotzdem Probleme, gegen die Wassermassen anzukommen.

»Meinst du, wir sollten eine Pause machen?«, fragte Rilla und bog auf eine kleine Lichtung im Wald ab.

»Unbedingt.«

Sie kochten auf dem kleinen Gaskocher Kaffee und kuschelten sich aufs Bett. Mit dem Rücken an die Tür gelehnt beobachteten sie, wie das Regenwasser an den Fenstern herabfloss. Als Rilla Lachlans Arm auf ihren Schultern spürte, rutschte sie näher an ihn heran. Der Moment hätte total romantisch sein können, aber ihr Herz war so schwer, dass sie fast damit rechnete, ein lautes Poltern zu hören, weil es durch den Fußboden des Busses auf den matschigen Erdboden hinunterplumpste.

»Hättest du letztes Jahr um diese Zeit gedacht, dass du jetzt hier sein würdest?«, fragte Lachlan.

Sie schüttelte den Kopf. »Schon seltsam, wie das Leben so spielt.«

»Wo warst du denn am letzten Neujahrstag?«

»Ich habe in Marrakesch gearbeitet, für eine Freundin, die da eine Sprachenschule hat.«

»In Marrakesch war ich noch nie.« Lachlan trank ein Schlückchen Kaffee. »Aber ich wollte schon immer gerne mal hin.«

Rilla spürte seinen Atem und seinen regelmäßigen Herzschlag und kuschelte sich noch dichter an ihn. Sie genoss das Gefühl, wie in einem Kokon vor der Welt abgeschirmt zu sein. Lachlan strich ihr übers Haar.

»Ist vielleicht nicht so exotisch wie Marokko, trotzdem, ich bin froh, dass wir hier sind«, setzte er hinzu.

»Ich auch.« Rilla hob ihr Gesicht seinem Kuss entgegen. Sie schob die Hände unter seinen Pullover und spürte die Wärme seiner Haut. Er zog sie an sich und küsste sie wieder.

»Gib mir den Kaffeebecher.« Er nahm Rilla den leeren Becher aus der Hand und griff über sie hinweg, um beide Becher auf das Tischchen neben dem Bett zu stellen. Dann drehte er sich wieder um, stützte die Arme rechts und links von ihr auf und sah auf sie hinunter.

»Hallo.« Rilla legte ihm die Arme um den Hals und versuchte, einen Scherz zu machen. Lachlan blickte sie so voller Zärtlichkeit und Liebe an, dass sie die Augen schließen musste. Er küsste sie, bis sie das tobende Unwetter draußen vergaß.

Als Rilla später erwachte, stellte sie fest, dass der Regen sich verzogen hatte. Das blasse Licht der tiefstehenden Wintersonne fiel durch die Bäume. Lachlan schlief noch fest, dabei hatte er lässig einen Arm über sie gelegt. Rilla fuhr mit dem Finger über sein Handgelenk und drehte es ein wenig, um seine Uhr erkennen zu können. Fast halb vier. Sie wollte nicht, dass dieser Tag zu Ende ging. Während sie sich liebten, hatte Lachlan ihr einmal »Ich liebe dich« ins Ohr gemurmelt, so leise, dass sie sich erst nicht sicher war, ob sie es sich eingebildet hatte, doch da hatte er ihr Gesicht in die Hände genommen, sie mit dunklen Augen angesehen und genickt, nur einmal, als wolle er seine Worte bestätigen. Rillas Herz zog sich vor Schmerz zusammen. Sie atmete tief durch und betrachtete sein schlafendes Profil mit den dunklen Stoppeln auf dem Kinn.

Ich liebe dich auch, dachte sie. Aber das macht es nur noch schwerer.

Lachlan regte sich, zog sie schlaftrunken an sich und küsste sie oben auf den Kopf.

Dreiundzwanzigstes Kapitel

Als Rilla zum Pförtnerhaus zurückgefahren war, hatte Lachlan mit schwerem Herzen zugesehen, wie die Rücklichter des Busses in der Dunkelheit verschwanden. Der Anblick war ihm wie eine düstere Prophezeiung erschienen. Schon auf der ganzen Rückfahrt war ihm bang zumute gewesen, und als sie ihn vor dem Gutshaus abgesetzt hatte, hätte er sie am liebsten festgehalten und nie mehr losgelassen. Aber sein Handy, das zum ersten Mal an diesem Tag Empfang hatte, hatte gar nicht mehr aufgehört zu pingen, und so hatte er sich zögernd losgerissen und war ins Haus gegangen, um es mit der Realität aufzunehmen.

Er sprach mit Gus, der sich größte Mühe gab, ihn nicht zu einer Antwort zu drängen, und kümmerte sich dann um ein Schiebefenster, dessen Rahmen im Regen aufgequollen war, sodass es nicht mehr richtig schloss. Als er fertig war, war es draußen längst stockfinster, und er hatte rasenden Hunger. Lachlan ging in die Küche, um sich etwas zum Abendbrot zu machen. Polly saß im Sessel am Aga und las. Die Hunde wedelten mit den Schwänzen, waren aber zu träge, um aufzustehen und ihn zu begrüßen.

»War's schön?« Sie blickte kurz auf.

»Ja.« Lachlan nickte. Er hatte keine Lust zu reden und Polly anscheinend auch nicht. Sie stand gähnend auf und sagte, sie wolle jetzt in die Wanne und dann früh ins Bett.

Erst als sie schon fast aus der Tür war, fiel Lachlan auf, dass Hugh noch bei ihnen war.

»Als Rilla mich zurückgebracht hat, hab ich ganz vergessen, dass ihr Hund noch hier ist.«

»Ach so«, sagte Polly unbekümmert, »aber das ist schon okay. Ich habe Rilla angeboten, dass er über Nacht bei uns bleiben kann. Hat ja keinen Sinn, ihn noch mal hochzuscheuchen.«

Plötzlich schien sie es eilig zu haben, und Lachlan sah seiner jüngsten Schwester stirnrunzelnd nach. Rilla hatte immer darauf bestanden, dass Hugh bei ihr war – und sie hatte gesagt, sie wäre im Pförtnerhaus nachts nicht gern allein. Er schüttelte den Kopf. Morgen früh würde er sich als Erstes den Hund schnappen und ihn bei ihr abliefern.

Am nächsten Morgen herrschte das Chaos, das in großen Familien üblich ist. Als Lachlan um sieben in die Küche kam, stellte er fest, dass Polly ihre Sachen auf dem Tisch ausgebreitet hatte und Pläne für den Hofladen machte. Verschlafen stellte er den Wasserkocher an, machte Kaffee und stand dann barfuß am Aga und beobachtete, wie sie eifrig schrieb.

»Ich fahre mal eben zu Rilla und gebe Hugh ab«, sagte er mit einem großen Gähnen. »Sobald ich meinen Kaffee getrunken habe.«

»Ist das nicht noch ein bisschen früh?«

»Du bist doch auch schon auf.«

»Ja, aber ich muss mein Reich verwalten. Es sind doch

noch Weihnachtsferien, da brauchst du nicht aus dem Bett zu springen und dann gleich loszusausen.«

»Attacke!« Die Tür wurde mit Schwung aufgestoßen, und Beth erschien. Sie hatte ihr Haar zu einem strubbligen Knoten hochgesteckt und wirkte ziemlich mitgenommen.

»Hallo Eddie«, sagte Lachlan, als die Zwillinge in die Küche getorkelt kamen. Beim Anblick ihres Lieblingsonkels strahlten sie vor Freude. Er bückte sich und nahm auf jeden Arm ein Kind.

»Morgen«, stöhnte Beth. »Polly hat gesagt, hier gäbe es vielleicht gleich Frühstück?«

»Ich mache Specksandwiches für alle, soll ich?«

Lachlan stellte die Kinder neben den Hunden ab und lachte, als sie mit gespreizten Händchen auf den Spaniels herumpatschten. Dann machte er sich ans Werk, briet den Frühstücksspeck, den Polly als regionales Produkt im Hofladen verkaufte, schnitt einen Brotlaib in Scheiben und stellte Butter auf den Tisch, nachdem er ein Stück freigeräumt hatte.

»Du brauchst doch bestimmt nicht den ganzen Tisch für deine Sachen«, sagte er zu Polly.

Charlotte erschien ebenfalls und beschwerte sich wieder über ihre nervigen Albtraumgäste. Die Geschwister setzten sich um den Tisch herum, plauderten und lachten, und Lachlan lehnte sich zurück und betrachtete seine Familie. Ohne nachzudenken, hatte er sich auf den Platz seines Vaters gesetzt, und er fragte sich, wie es für seinen Dad gewesen sein mochte, die ganzen Jahre ein so kostbares Geheimnis zu hüten und dabei zwar selbst glücklich zu sein, aber niemandem von seinem Glück erzählen zu können. Wenn er selbst … wenn die Dinge anders lägen, würde er das, was er mit Rilla erlebte, der ganzen Welt erzählen wollen.

Er schloss die Augen und dachte an den vergangenen Nachmittag im Camper. Er hatte nicht vorgehabt, die drei Worte laut auszusprechen, aber irgendwie war er jetzt froh, dass er es getan hatte. Nicht, dass es etwas ändern würde – sie würde trotzdem abreisen –, aber ausnahmsweise war er einmal ganz offen gewesen. Im Moment ging ihm allerdings immer wieder ein altes Sprichwort durch den Kopf – oder waren es Zeilen aus einem Gedicht? *Es ist besser, geliebt und das Liebste verloren zu haben, als niemals geliebt zu haben.* Dieser Satz machte ihn so zornig, dass er am liebsten laut losgebrüllt hätte. Er konnte an seinem bevorstehenden Verlust nichts Gutes finden.

Lachlan stand auf. »Ich bringe Hugh nach Hause«, sagte er.

Als der Hund seinen Namen hörte, blickte er hoch.

»Komm, wir fahren dich zu deiner Pflegemama zurück.«

Polly warf Beth einen Blick zu.

Charlotte legte Lachlan die Hand auf den Arm. »Soll ich mitkommen?«

Er sah seine Schwester stirnrunzelnd an. »Ich glaube, ich kann wohl noch allein bis zum Pförtnerhaus fahren.«

»Okay«, sagte sie, aber ein merkwürdiger Ausdruck huschte über ihr Gesicht.

Lachlan sprang in den Land Rover, und Hugh setzte sich

hoch aufgerichtet neben ihn und hechelte vor Begeisterung. Sie holperten die Zufahrt entlang, wobei Lachlan die Schlaglöcher schon fast automatisch umfuhr, und dann hielt er im Hof hinter dem Pförtnerhaus.

Er stieg aus, und im selben Moment merkte er, dass etwas anders war. Das Cottage wirkte dunkel – aus dem Küchenfenster fiel kein Licht. Aus dem Schornstein stieg kein Rauch auf. Lachlan ballte die Fäuste, schloss die Augen und atmete tief ein. Schon bevor ihm richtig zu Bewusstsein kam, was geschehen war, spürte er es.

Er ging um das Cottage herum zur Haustür. Es war, als hätte das Haus dieses innere Licht verloren, das es in den vergangenen Monaten zum Leuchten gebracht hatte. Auf der Vordertreppe verstreut lagen die Blütenblätter der letzten Rosen, die sich bis gestern gehalten hatten und nun vom Sturm heruntergeweht worden waren. Lachlan erinnerte sich an Rillas Gesicht an dem Tag, als sie angekommen war. Sie war vom Jetlag erschöpft und blass gewesen und hatte sich in ihrem verzweifelten Versuch, ins Haus zu kommen, gegen die Tür geworfen. Jetzt trugen seine Beine ihn wie von selbst zur Haustür. Als er die Fußmatte anhob, wusste er bereits, was er finden würde. Die beiden Schlüssel – der kleine, glänzende für das Sicherheitsschloss und der große, altmodische aus dunklem Eisen – lagen auf der obersten Stufe. Lachlan trat einen Schritt zurück, um ins Haus hineinzusehen, aber da war nichts als Dunkelheit. Rilla war fort.

Wie auf Autopilot fuhr er zum Gutshaus zurück.

»Hey.« Kaum hatte er die Küchentür aufgestoßen, da lief Polly auf ihn zu und umarmte ihn.

»Du hast es gewusst.«

Polly nickte. »Das ist so schrecklich, es tut mir leid.«

»Sie hat sich nicht verabschiedet.«

»Das konnte sie nicht.« Polly trat einen Schritt zurück und sah ihn an. Mit ernstem Gesicht sagte sie: »Du wusstest ja, dass sie fahren musste. Sie konnte es nicht ertragen – und ich weiß nicht, was gestern passiert ist, aber da war irgendetwas, und deswegen hat sie entschieden, dass sie noch am Abend losfahren musste.«

Lachlan kaute auf seiner Lippe und schwieg. Er hatte alles vermasselt, weil er ihr gesagt hatte, was er fühlte. Hätte er die Klappe gehalten, dann hätten sie noch ein paar Tage mehr gehabt, und er hätte sich verabschieden können ... aber wäre das nicht genauso schlimm gewesen? Es hatte tatsächlich keinen Weg gegeben, mit dieser Situation umzugehen, der nicht unglaublich wehgetan hätte. Er holte tief Luft.

»Ich verstehe«, sagte er und reckte die Schultern. »Ich weiß, warum sie das so gemacht hat.«

»Ich habe ihr versprochen, dass wir Hugh hierbehalten.«

Als hätte er ihr Gespräch verstanden, drückte der Spaniel die Schnauze gegen Lachlans Hand, um ihn auf sich aufmerksam zu machen.

»In Pflege?«

Polly schüttelte den Kopf. »Ist ja nicht so, als hätten wir nicht Platz genug für einen dritten Hund. Er liebt Martha und Mabel, und er fügt sich perfekt ein. Voraussetzung ist natürlich, dass er dich nicht allzu traurig macht, weil er dich ständig an Rilla erinnert.«

Lachlan lächelte und bückte sich, um Hugh hinter den Ohren zu kraulen. »Ich finde es schön, ihn als Erinnerung an Rilla hierzubehalten, du nicht?«

Polly nickte. »Es tut mir so leid, Lachlan.«

»Alles gut«, sagte er, obwohl er etwas ganz anderes empfand. »Wir wussten ja beide, dass sie abreisen würde.«

Sein Hirn und sein Herz schienen sich auf zwei völlig verschiedenen Bahnen zu bewegen. Im Kopf wusste Lachlan, warum es so hatte kommen müssen. Aber sein Herz schien die Nachricht nicht aufnehmen zu können. Ihm war, als hätte er jeglichen Lebensmut verloren.

Doch da riss ihn aufgeregtes Gebell aus seinen Gedanken. Alle drei Hunde waren von ihrem Platz am Aga aufgesprungen und rannten kläffend in die Stiefelkammer und durch die halb geöffnete Tür nach draußen.

Polly blickte aus dem Fenster. »Da draußen steht ein nagelneuer Range Rover. Erwarten wir Gäste?«

Lachlan stöhnte. »Bitte nicht. Ich hab nicht die geringste Lust auf Leute.« Widerwillig folgte er den Hunden.

»Morgen!«, rief jemand munter. Er entfaltete seine langen Beine und stieg aus dem Wagen. Als er in teurem Country-Outfit an der Vordertreppe stand, sprang einer der Hunde ihn an und hinterließ Schmutztatzen auf seiner rötlich braunen Cordhose.

»Felix!«, sagte Lachlan überrascht. »Platz, Mabel. Was machst du denn hier?«

»Tja –«, Felix warf einen Blick auf den Range Rover, »du hast nicht zurückgerufen, und da dachte ich, was soll's, wer nicht wagt und so weiter. Ich war mir neunundneunzigprozentig sicher, dass du über Weihnachten hier sein würdest, deswegen haben wir uns einfach ins Auto gesetzt.«

Lachlan lugte durch die getönten Scheiben des Wagens. »Wir?«

»Ich hab deine Traumkäufer mitgebracht. Sol und Grace Harroway. Sie kommen aus New York State. Er ist Risikokapitalgeber, sie ist Innenarchitektin und Mäzenin. Komm, ich stelle dich vor.«

Lachlan war so verblüfft, dass ihm die Worte fehlten. Er blieb einfach vor dem Gutshaus stehen, während das Ehepaar Harroway aus dem Range Rover kletterte.

»Es ist so lieb von Ihnen, dass wir einen ersten Blick auf Applemore werfen dürfen, bevor der Landsitz offiziell auf den Markt kommt«, sagte Grace Harroway und streckte ihre schlanke, manikürte Hand aus. Lachlan schüttelte sie höflich.

»Wow!«, sagte Sol Harroway, »das sieht ja wirklich wie ein Märchenschloss aus. Sieh mal, Schatz, es hat sogar Türmchen, genau so, wie du es dir gewünscht hast.«

»Wunderschön!«, stimmte Grace zu.

Lachlan wandte sich mit schreckgeweiteten Augen an Felix.

»Was soll das?«, zischte er leise.

Felix lächelte ihm zu.

»Hallo!« Polly kam aus dem Haus. Sie hatte einen dicken Pullover über den Schlafanzug gezogen und trug Gummistiefel, die ihr zu groß waren. Sie sah aus wie der Inbegriff der exzentrischen Landhausbesitzerin, stellte Lachlan mit grimmigem Vergnügen fest. Wahrscheinlich würden Grace und Sol sie gleich mitkaufen wollen.

»Guten Morgen, Polly«, sagte Felix. »Lange nicht gesehen. Wie geht's?«

»Äh«, sagte Polly und blickte von Felix zu dem Paar aus Amerika und dann zu Lachlan. »Gut. Glaub ich jedenfalls.«

»Super.« Felix ließ sich durch die offensichtliche Verwirrung der Frasers nicht irritieren.

Polly wandte sich an Lachlan. »Sagst du mir bitte mal, was hier gespielt wird?«

Lachlan schlug die Hände vors Gesicht. Dann sagte er: »Musstest du jemals eine folgenschwere Entscheidung treffen und wusstest die Lösung erst, als sie dir sozusagen ins Gesicht sprang?«

»Aha?« Polly verstand ihn nicht. »Was wollen diese Leute hier und warum hat Felix sich so in Schale geworfen?«

»Das ist die Berufskleidung der Immobilienmakler, die sich auf Landsitze spezialisiert haben«, sagte Lachlan nüchtern. »Und die Harroways sind hier, weil Felix gern möchte, dass ich ihnen Applemore verkaufe.«

»Wie bitte?« Polly kreischte so laut auf, dass jetzt auch Beth aus dem Haus kam. Sie hatte im Wohnzimmer mit den Zwillingen Fernsehen geguckt.

»Alles in Ordnung?«

»Nichts ist in Ordnung. Hast *du* etwa gewusst, dass Lachlan Applemore verkaufen will?«

Beth blickte ihren Bruder an. Während Polly vor Zorn bebte, sah Lachlan in Beths Gesicht nichts als Schmerz. »Vor ein paar Monaten hast du gesagt, das käme nicht infrage. Hast du uns belogen?«

Lachlan schüttelte den Kopf. »Ich wusste nicht, was ich machen sollte, Beth. Als ich herkam, erschien Applemore mir einfach wie ein Fluch. Aber Rillas Besuch hier und das, was wir über Dad und David erfahren haben – das hat alles verändert.«

Lachlan blickte durch die Kiefern über die weite, ungepflegte Rasenfläche bis zu der Wiese, auf der in der Ferne Schafe weideten. Die Hunde sausten herum und suchten nach Kaninchendüften, und die Luft war frisch und belebend. Er hörte, wie Felix Sol und Grace erklärte, dass sie aus diesem Landsitz etwas ganz Besonderes machen könnten, und in dieser Sekunde stand ihm die Antwort, nach der er so lange gesucht hatte, endgültig klar vor Augen.

»Felix?« Er winkte ihn zu sich.

»Was meinst du, dürfen wir die Innenräume besichtigen?« Felix war nicht zu bremsen. »Keine Sorge, wenn es nicht picobello aussieht, die Harroways haben alle möglichen Pläne, wie sie das Haus neu einrichten wollen. Grace als Innenarchitektin …«

Vor Lachlans innerem Auge blitzte ein Bild von Applemore House auf, das von oben bis unten mit teuren Tartan-Stoffen tapeziert war. Er schüttelte den Kopf. »Nein, tut mir leid.«

»Wirklich, ich verspreche es dir – sie erwarten nicht, dass es hier so aussieht wie in *Homes and Gardens*. Ich habe ihnen gesagt, wenn wir einfach auf Verdacht hier auftauchen, müssen sie alles so nehmen, wie wir es vorfinden. Es sind wirklich nette Leute – ganz unkompliziert.«

»Nein.« Wieder schüttelte Lachlan den Kopf. »Ich verkaufe nicht.«

»Ich dachte, du wolltest den alten Kasten loswerden.« Felix klang ein bisschen schroff, anscheinend dachte er an die Maklercourtage, die ihm entgehen würde.

»Ich hatte gesagt, vielleicht«, erwiderte Lachlan. Beth und Polly traten rechts und links neben ihn. »Aber die Situation hat sich verändert. Und ich habe mich auch verändert.«

Polly legte ihm eine Hand auf den Arm und drückte ihn liebevoll. Das gab Lachlan alle Motivation, die er noch brauchte.

»Applemore ist unser Zuhause. Auch wenn es vielleicht etwas verfallen ist und die Sanierung ein Vermögen kosten wird, es gehört uns. Und es ist seit jeher im Familienbesitz. Ich verkaufe es nicht.«

»Meine Kunden sind bereit, mehr als das Übliche zu bezahlen. Einen besseren Preis wirst du nicht kriegen«, sagte Felix beharrlich.

»Ich brauche keinen besseren Preis.«

Mit einem Seufzer gestand Felix sich seine Niederlage ein. »Na gut. Dein Pech.«

»Im Gegenteil.« Lachlan wandte sich dem Haus zu und betrachtete es. »Ich finde, es ist mein Glück.«

Nachdem Lachlan einen verstimmten Felix und ein verwirrtes Ehepaar Harroway verabschiedet hatte, gingen die Geschwister ins Haus zurück. Beth war erleichtert, dass die beiden Kinder immer noch wie gebannt Peppa Wutz guckten. Als Polly spürte, dass Lachlan eine Weile allein sein wollte, tuckerte sie in ihrem alten Fiat zum Hofladen, um ein bisschen aufzuräumen, denn am nächsten Morgen wollte sie wieder öffnen.

Lachlan griff zum Telefon.

»Hallo.« Gus kam offenbar gerade vom Joggen. Mit rotem Gesicht und in schweißgetränktem Laufzeug stand er in seiner Küche in Edinburgh. »Wie war dein Weihnachten?«

Lachlan stieß hörbar den Atem aus. »Gut und schlecht.« Den Gedanken an Rilla schob er fort. »Und deins?«

»Toll. Ich meine, wir haben das Essen vermasselt – irgendwie können wir beide ums Verrecken keinen Truthahn braten –, aber stattdessen haben wir unsere Sorgen dann in Champagner ertränkt, also Ende gut, alles gut und so.«

»Ich habe nachgedacht«, sagte Lachlan unvermittelt. »Und es ist ein Ja.«

»Erzähl keinen Scheiß.« Gus setzte sich an den Tisch, sodass Lachlan für einen Moment nur die Schweißflecken auf seiner Kleidung sehen konnte. Doch gleich darauf hielt Gus sein Smartphone wieder so, dass Lachlan sein Gesicht auf dem Display hatte. »Aber du wolltest doch nicht verkaufen.«

»Ich sage ja zum Verkauf.«

»Und was ist mit der Integrität? Und dass unser Bier zu Mückenpisse verwässert wird und so?«

»Kratzt mich nicht.«

Stirnrunzelnd sah Gus ihn vom Display an. »Wer bist du und was hast du mit meinem Kumpel Lachlan gemacht?«

»Ich bin noch da.« Lachlan lachte kurz auf. »Hab bloß erkannt, dass es wichtigere Dinge im Leben gibt als Bierbrauen. Vermutlich musste ich eine Weile zu Hause sein, um das zu kapieren.«

»Du willst da oben bleiben?« Gus machte ein langes Gesicht. »Du kommst nicht zurück?«

Lachlan schüttelte den Kopf. »Hier ist mein Zuhause«, sagte er schlicht. »Ich glaube, ich habe mich so lange dagegen gesträubt, dass mir nicht bewusst war, wie wichtig es mir ist. Aber jetzt liegen die Dinge anders.«

»Rilla?«, fragte Gus aus dem Smartphone.

Lachlan zuckte die Achseln. »Rilla ist wieder weg.«

»Scheiße, Mann. Tut mir leid.«

»Ist schon okay«, log Lachlan. »Wir wussten ja, dass es so kommen würde.«

Einen Monat später war der Vertrag unter Dach und Fach. Bei einem teuren Mittagessen in Edinburgh hatten Lachlan und Gus mit ihrer Unterschrift die Rechte an der Brauerei, an allen Designs und an ihren Rezepten abgetreten. Lachlan verspürte eine komplizierte Mischung aus Traurigkeit, schlechtem Gewissen und Stolz. Anschließend stand er noch mit Gus auf der Straße, und beide waren so überwältigt, dass sie keine Worte fanden. Das Geld würde in den nächsten Tagen auf ihren Konten landen. Gus und Lucinda planten, einen Monat auf die Malediven zu fliegen. Lachlan aber stieg einfach in seinen alten Land Rover und fuhr still durch die Highlands nach Norden.

Applemore House erhob sich zwischen den Bäumen, es war schon seit Tagen kalt, und auf den Dächern glitzerte der Raureif. Das Gutshaus sah atemberaubend schön aus, und mit dem Geld, das er bekommen würde, war er in der Lage, es der Familie auf Generationen hinaus zu erhalten.

Als Lachlan in die Küche trat, fand er zu seiner Überraschung alle drei Schwestern versammelt. Offenbar hatten sie ihn erwartet. Polly saß wie immer im Schneidersitz auf der Arbeitsplatte. Beth half den beiden Zwillingen, ein hölzernes Puzzle zu legen. Charlotte rührte etwas auf dem Aga.

»Alles in Ordnung?« Verwirrt blickte Lachlan von einer Schwester zur anderen.

»Ja«, sagte Charlotte. »Wir planen gerade eine Intervention.«

»Eine was?« Er rieb sich das Kinn.

»Jemand muss dich zur Vernunft bringen, du Vollidiot«, sagte Beth, »und wir haben dir einen Monat Zeit gelassen, aber du bist anscheinend entschlossen, das Beste, was dir im Leben je begegnet ist, wegzuwerfen.«

»Rilla«, half Polly ihm auf die Sprünge, »falls dir noch nicht klar ist, wovon wir sprechen.«

»Was ist mit ihr?« Seit sie fort war, hatte sie ihn jede Nacht in seinen Träumen heimgesucht. Als sie in Paris angekommen war, hatte sie ihm eine Nachricht geschickt, mit einem Foto, das sie vom Balkon ihrer kleinen Wohnung aufgenommen hatte. Sie hatte geschrieben, dass sie ihre gemeinsame Zeit wunderbar gefunden hatte und dass sie hoffte, er würde ihr das plötzliche Verschwinden verzeihen, aber sie hasse nichts so sehr wie Abschiede.

»Du liebst sie«, sagte Charlotte schlicht. »Und wir können nicht unser Leben lang mitansehen, wie du sie vermisst und vor Gram vergehst, schließlich liebt sie dich doch auch.«

»Sie ist in Paris«, sagte Lachlan und merkte selbst, wie kläglich das klang.

»Es gibt heutzutage diese wunderbaren Dinger, die man Flugzeuge nennt«, sagte Polly, als würde sie mit einem der Kleinen sprechen. »Man steigt ein, und dann fliegt man darin durch die Luft bis in eine andere Stadt. Zum Beispiel bis nach Paris.«

»Wo die Frau, die du liebst und die dich liebt, auf dich wartet«, fügte Beth hinzu.

»Und wenn nicht?« Er dachte an ihren letzten gemeinsamen Nachmittag im Camper und daran, wie er zu Rilla »Ich liebe dich« gesagt hatte. Daraufhin hatte sie nur den Kopf gesenkt und seinen Hals geküsst und nicht geantwortet.

»Was ist denn die Alternative? Dass du dein Leben lang darüber nachdenkst?«

Vierundzwanzigstes Kapitel

Paris im Januar hätte ein Traum sein sollen. Wenn Rilla nicht in der kleinen Schule an der Seine unterrichtete, wanderte sie am Flussufer entlang und beobachtete die Paare, die Hand in Hand dort entlangschlenderten und flüsternd und kichernd Vorhängeschlösser an den Eisengeländern anbrachten, um ihre ewige Liebe zu besiegeln. Rilla hatte sich in die Arbeit gestürzt, sie hatte so viele Stunden übernommen, wie sie konnte, und in dem verzweifelten Versuch, nicht daran zu denken, was sie verloren hatte, bot sie außerhalb des Schulunterrichts auch noch Nachhilfestunden an. Nie zuvor war ihr etwas so schwergefallen wie die heimliche Abfahrt von Applemore an jenem kalten Dezemberabend.

Sie hatte den Camper geparkt und sich im Cottage aufs Sofa fallen lassen. Das Herz hatte ihr so wehgetan wie noch nie. Sie hatte ihre ganze Selbstbeherrschung aufbringen müssen, um Lachlan nicht in die Augen zu sehen und ihm nicht zu sagen, dass auch sie ihn liebte, dass sie sich schon vor vielen Jahren in ihn verguckt und immer für ihn geschwärmt hatte. Und als sie dann im Herbst nach Applemore zurückgekehrt war, hatte sich aus den Funken der jugendlichen Schwärmerei eine so starke Flamme entwickelt, wie sie es niemals für möglich gehalten hätte. Aber da sie immer unterwegs gewesen war, hatte sie sich nicht vorstellen können, ihr Nomadenleben zu beenden. Erst als sie gegen Mitternacht ihre Sachen in den Bus gepackt hatte, war ihr bewusst geworden, dass sich etwas Grundlegendes verändert hatte. Sie hatte das Pförtnerhaus abgeschlossen und in der Dunkelheit einen langen letzten Blick auf das kleine Cottage geworfen. Schweigend stand es in der winterlichen Stille der Highlands, und die Fenster reflektierten die Schwärze des sternenlosen Himmels. Rilla hatte sich ein letztes Mal von ihrem Vater verabschiedet, sich an die vielen glücklichen Sommertage erinnert, die sie hier verbracht hatte, und sich eine Träne abgewischt – sie hatte nicht nur um ihn getrauert, sondern um alles, was sie zurückließ. Voller Kummer hatte sie an Hugh gedacht, der fest schlafend in der großen Küche am Aga lag und nicht ahnte, dass sie ihn am Morgen nicht abholen würde. Sie hatte an Lachlan und an den Tag gedacht, als sie angekommen war, und sich gefragt, wie es sein konnte, dass sie ihn nicht wiedererkannt hatte. Und dann hatte sie den Kopf geschüttelt, als wollte sie diese Erinnerungen vergessen. Sie hatte sich abgewandt und in die Zukunft geblickt. Die lange Nachtfahrt durch Schottland, die Unterbrechung bei Sonnenaufgang irgendwo bei Stirling, um ein bisschen zu schlafen, und dann immer weiter nach Süden, durch England, über den Ärmelkanal und schließlich durch die verschiedenen Landschaften in Frankreich … Sie hatte viel Zeit zum Nachdenken gehabt, was einerseits notwendig, andererseits aber quälend gewesen war. Ihr Leben lang hatte sie sich darauf konzentriert, sich weiterzubewegen, etwas Neues zu finden und nirgends Wurzeln zu schlagen. Sie war stolz darauf gewesen, dass sie mit leichtem Gepäck unterwegs war, weder Menschen noch Dinge brauchte und sich nur auf sich selbst verließ.

In Paris angekommen hatte Rilla den Bus bei einer alten Freundin in einer Vorstadt geparkt und war mit der Metro zu der kleinen Wohnung gefahren, die sie gemietet hatte. Dort hatte sie ihre wenigen Habseligkeiten ausgepackt, die Schwarzweißfotografie von ihrem Vater auf die Fensterbank gestellt und beschlossen, auf keinen Fall schwach zu werden und Lachlan mehr als eine Nachricht zu schicken. Sie entschied sich, nicht mehr an ihn zu denken. Aber in der romantischsten Stadt der Welt fiel es ihr schwer, die Liebe ihres Lebens zu vergessen, daher arbeitete sie so viel, dass sie jeden Abend todmüde ins Bett fiel, nur um dann die ganze Nacht von ihrem Unterbewussten gequält zu werden, das sie offenbar zwingen wollte, jede Sekunde ihrer Zeit auf Applemore nachzuerleben.

Heute hatte sich einer ihrer Schüler krankgemeldet, was bedeutete, dass an diesem Nachmittag zwei Konversationsstunden ausfielen und sie frei hatte. Unter den Umständen war das allerdings ein glücklicher Zufall, denn sie hatte noch eine Menge zu tun. Ihre Gedanken waren ständig bei den Bewohnern von Applemore. Wie mochte es ihnen gerade gehen? Polly hatte ihr regelmäßig Nachrichten geschickt und sie auf dem Laufenden gehalten – was gleichermaßen schön und schrecklich gewesen war. Rilla war stolz auf Lachlan, weil er sich entschlossen hatte, seinen Anteil an der Brauerei zu verkaufen, denn sie wusste ja, wie viel dieses Unternehmen ihm bedeutet hatte.

In Gedanken versunken bog sie um die Ecke und suchte in ihrer Handtasche nach den Wohnungsschlüsseln. Doch dann blickte sie unwillkürlich auf. Einen Moment lang glaubte sie, sie hätte Halluzinationen. Auf der Treppe vor dem Mietshaus saß, an das schmiedeeiserne Geländer gelehnt, ein hochgewachsener, dunkelhaariger Mann. Er hatte die langen Beine in den dunklen Jeans ausgestreckt, seine Füße steckten in robusten Stiefeln, und jetzt drehte er sich um, sodass ihm die dunklen Locken in die Stirn fielen. Rilla stockte der Atem. Ungläubig blieb sie stehen. Doch da erhob er sich und schob sich mit einer Geste, die ihr nur allzu vertraut war, das Haar aus der Stirn. Ihr war, als müsse ihr das Herz vor Glück zerspringen. Gleich darauf hatte er mit langen Schritten die Entfernung zwischen ihnen überwunden. Sie schlang ihm die Arme um den Hals, spürte seinen geliebten Körper und roch den schmerzlich vermissten Duft seiner Haut, als sie ihr Gesicht an seinem Hals barg. Sein wollener Pullover kratzte sie an der Wange, sie hob den Kopf, und sein Mund begegnete ihrem zu einem kurzen, unendlich süßen Kuss.

»Hallo«, murmelte er, als ihre Lippen sich voneinander lösten. Rillas Herz klopfte wie wild. Sie trat zurück und sah ihn an. Mühsam holte sie Luft.

Er lächelte. »Willst du mich hereinbitten?«

Fünfundzwanzigstes Kapitel

Lachlan sah zu, wie Rilla in ihrer Handtasche nach ihren Schlüsseln kramte, sie dann aus der Tasche zog und auf den Bürgersteig fallen ließ. Er bückte sich und hob das Schlüsselbund auf. Dabei betrachtete er den kleinen geschnitzten Anhänger, der aus dem Hofladen auf Applemore stammte. Rilla errötete und senkte mit verlegenem Lächeln den Kopf.

»Ich wollte eine kleine Erinnerung haben«, sagte sie und nahm die Schlüssel von seiner ausgestreckten Hand.

Er stieg hinter ihr her die Treppe zu ihrer kleinen Wohnung hinauf. Dabei kostete es ihn seine ganze Selbstbeherrschung, sie nicht in die Arme zu ziehen, gleich an Ort und Stelle auf den kalten Steinstufen. Aber er konnte sich überwinden und folgte ihr, beobachtete, wie sie einen Schlüssel ins Schloss schob, und gab seinem Bedürfnis erst nach, als die Tür aufschwang. Endlich zog er sie an sich. Er spürte ihre Hüften unter den Händen und stöhnte auf, als sie ihm die Arme um den Hals legte, fühlte ihre bloße Haut unter der Bluse und schob sie gegen die Tür, die sich mit einem dumpfen Schlag schloss.

»Da ist etwas, was ich dir sagen möchte.« Er spielte mit einer Hand in ihrem Haar und zog ihren Kopf leicht zurück, sodass sie ihn mit großen Augen ansah. Ihre Lippen waren leicht geöffnet. Die Kälte hatte ihre Wangen rosig überhaucht, und Lachlan fand, dass sie nie schöner ausgesehen hatte. Jetzt oder nie.

»Das ist witzig«, sagte sie, stellte sich auf die Zehenspitzen und zog seinen Kopf zu sich hinunter, sodass er sie wieder küsste. Sie ließ ihren Mantel auf den Fußboden gleiten, und gemeinsam bewegten sie sich durch den Flur, in einem langen Kuss, so als hätten sie nicht nur Wochen, sondern Jahre danach gehungert. Lachlan atmete tief ein.

»Ich wollte dir nämlich auch etwas sagen«, murmelte Rilla. Sie nahm ihn an den Händen und führte ihn in den kleinen Wohnraum, der vom Licht der späten Nachmittagssonne erfüllt war. Lachlan brauchte einen Moment, bis ihm auffiel, dass der Raum merkwürdig kahl wirkte und dass neben dem kleinen blauen Sofa einige gepackte Reisetaschen lagen. Als er Rilla fragend ansah, nickte sie.

»Ich hatte vergessen, es dir zu sagen.« Sie holte tief Luft. »Ich liebe dich auch.«

»Ich weiß.«

»Das hab ich mir fast gedacht.« Rilla senkte den Kopf. Sie wirkte gleichzeitig froh und schüchtern.

Er nahm ihr Gesicht in beide Hände.

»Aber eins verstehe ich gerade nicht. Wo willst du jetzt schon wieder hin?« Er deutete auf die Taschen.

Rilla sah ihn so liebevoll an, dass er sie am liebsten in die Arme genommen und nie wieder losgelassen hätte. »Ich habe gekündigt. Ich wollte übermorgen nach Hause fahren, nach Applemore, und dir sagen, dass mir schon bei meiner Abreise klar wurde, dass ich einen Fehler mache.«

Als Rilla *nach Hause* sagte, klopfte sein Herz schneller. Sie nahm seine Hand von ihrer Wange und verschränkte die Finger mit seinen. Dann trat sie ein wenig zurück und blickte ihn an. Sie biss sich auf die Lippe und wirkte plötzlich verletzlich.

»Ich meine – wenn du das auch willst.«

»Ich will dich.« So einfach war das. Nichts anderes zählte. »Ich bin hergekommen, weil ich dir sagen wollte, dass ich dich liebe und dass ich genau da sein will, wo du bist. Das ist alles.«

»Geht mir genauso.«

Er schob ihr eine Locke hinters Ohr, zog sie wieder an sich und küsste sie in dem Wissen, dass es unwichtig war, wo sie sich aufhielten, denn sie hatten beide das Eine gefunden, das ihnen gefehlt hatte.

Der Himmel über Paris war samtschwarz und mit Sternen übersät, als sie lange Stunden später aus dem Fenster schauten.

Epilog

Drei Monate später

»Für zwei Leute, die eigentlich sonst wo sein wollten, bloß nicht hier«, brummelte Polly, »schafft ihr es bemerkenswert gut, mir beim Kochen im Weg zu sein.« Sie drängte sich an dem großen Sessel vorbei. Rilla saß auf der Armlehne und hatte die Beine über Lachlans Beine gelegt, der gerade seinen Kaffee trank.

Polly griff nach einem Kochlöffel und sah ihn stirnrunzelnd an. Dann zog sie die schwere Schublade des alten Küchenschranks auf und nahm einen weiteren, etwas größeren Kochlöffel heraus. Sie nickte zufrieden. »Den hab ich gesucht.«

»Für eine Frau, die eigentlich nie kocht«, erwiderte Lachlan, »machst du ein Riesentheater, wenn du dann doch mal am Herd stehst.« Er stellte seinen Kaffeebecher neben den Aga. Polly schlug ein paar Eier in ein Litermaß auf und fluchte, als ein Stück Schale im flüssigen Eiweiß versank.

»Wir werden schließlich nicht alle als Spitzenköche geboren.« Sie streckte ihrem Bruder die Zunge heraus und fischte die Eierschale mit den Fingern aus dem Litermaß.

Rilla gab Lachlan einen Kuss auf die Wange und rutschte von der Armlehne herunter. Hugh sprang auf und blickte sie fragend an. Bei ihrem Wiedersehen war er vor Freude ganz außer sich gewesen, und Rilla hatte vor Glück in seine seidigen Schlappohren geweint, bis er den Kopf gedreht und ihr das Gesicht abgeleckt hatte und sie lachen musste.

»Ich gehe nicht weg«, sagte sie jetzt und tätschelte ihm sanft den Kopf. »Kann ich dir helfen, Polly?«

Polly schüttelte den Kopf. »Nee.« Sie gab gehackte Zwiebeln und Knoblauch in einen Topf, wo die Stückchen leise in zerlassener Butter zu brutzeln begannen. »Alles im grünen Bereich. Während ihr weg wart, habe ich erstaunliche Fähigkeiten entwickelt, was das Kochen angeht.«

Ein köstlicher Duft erfüllte die Küche. Polly stemmte die Hände in die Hüften. »Na bitte, riecht ihr das?«

»Oh ja.« Lachlan klang beeindruckt. »Schön, dass dein Repertoire sich nicht mehr auf Käsetoast beschränkt.«

»Und Bohnen auf Toast«, sagte Rilla.

»Vergesst nicht Spaghetti auf Toast.« Charlotte kam in die Küche und begrüßte Rilla mit einem Kuss.

»Schön, dass ihr wieder da seid.« Es klang etwas schroff. »Du siehst viel glücklicher aus als bei unserem letzten Treffen«, sagte sie zu Lachlan.

»Bin ich auch.«

»Freut mich, dass du das geregelt hast.« Charlottes Ton war nüchtern, aber ihre Augen funkelten vor Vergnügen. »Dann können wir also davon ausgehen, dass ihr zwei das Reisevirus überwunden habt? Und dass ihr jetzt die Zügel in die Hand nehmt und euch wie verantwortungsvolle Erwachsene benehmt?«

Der Campingbus stand vor dem Haus, und im Flur türmten sich zwei große Reisetaschen, eine Kühlbox und ein Berg schmutziger Wäsche in einem schwarzen Müllsack.

»Verantwortlich ja«, sagte Lachlan und klopfte sich auf den Schoß, sodass Hugh auf den Sessel sprang und sich neben ihm einrollte. »Aber erwachsen?«

»Niemals«, mischte Rilla sich lachend ein.

Lachlan und Rilla waren ein paar Wochen in Paris geblieben, hatten die Stadt erkundet und das Zusammensein genossen, mit langen faulen Vormittagen im Bett und Nachmittagen in winzigen Cafés, wo sie die Welt an sich vorbeiziehen ließen. Da er das Geld für die Brauerei auf dem Konto hatte, hatte Lachlan beschlossen, dass es jetzt wohl an der Zeit war, sich zum ersten Mal in seinem Leben eine Auszeit zu gönnen, und so waren sie wochenlang durch Europa getourt, hatten im Camper geschlafen und gegessen und ihre Tage gemeinsam verbracht. Es war ein tolles Abenteuer gewesen, aber irgendwann hatten beide sich darauf gefreut, nach Applemore zurückzukehren, wo Polly inzwischen die Stellung gehalten hatte.

»Hier gibt's eine Menge zu tun, aber wem sag ich das. Wenigstens haben wir jetzt das Geld, um die Sanierung zu bezahlen«, sagte Lachlan und erhob sich aus dem Sessel. Er trat neben Rilla ans Fenster, und gemeinsam blickten sie über die Landschaft bis zum Meeresufer hinunter. Irgendwo hinter den Gartenmauern arbeitete Beth in den Gewächshäusern und bereitete alles für den Frühling vor, der sich jetzt mit Macht ankündigte.

»Wir haben überlegt, auf dem Gelände einen naturnahen Campingplatz anzulegen – davon haben wir auf der Reise viele gesehen«, sagte Rilla und drehte sich zu Polly um, die gerade stirnrunzelnd in den Topf guckte.

»Mist«, sagte sie ärgerlich, »ich bin sicher, dass das nicht so aussehen soll.«

Charlotte trat nun auch an den Herd, und ein hellblonder und ein dunkelblonder Kopf beugten sich gemeinsam über den Topf. »Das ist gut so, du musst jetzt nur mal schnell rühren. Die Zwiebeln werden braun, das ist alles.«

»Und ehe wir's uns versehen, bist du als Meisterköchin im Fernsehen.« Lachlan schmunzelte.

»Weiß nicht, ob ich so weit gehen würde. Aber diese Idee mit dem Campingplatz – die klingt wirklich interessant.«

»Das wäre sozusagen eine Ergänzung zu den Ferienhäusern. Die Touristen auf der North Coast 500 müssten nur einen kleinen Schlenker fahren, und der Campingplatz würde auch Kundschaft für den Hofladen bringen.«

»Du hast das schon alles durchgeplant«, sagte Polly beeindruckt.

»So würde ich es nicht sagen«, sagte Rilla, »aber es ist eine Idee.«

»Und dann noch der Gin«, sagte Lachlan.

»Der Gin?«

»Applemore Gin.« Rilla sah ihn an, und sie lächelten sich zu. »Wir müssen bloß noch Beth dazu bringen, die richtigen Kräuter und so was zu ziehen –«

»Aha, der neue Fachausdruck«, neckte Lachlan sie.

»*Bo-ta-ni-cals* – Kräuter und pflanzliche Extrakte, die dem Gin sein Aroma geben.« Lachend korrigierte Rilla sich.

Polly strahlte. »Super!« Sie gab Rilla einen Kuss auf die Wange. »Ich bin einfach verdammt froh, dass er nach Paris geflogen ist, um nach dir zu suchen.«

Rilla legte Lachlan den Arm um die Taille. »Ach, ich war sowieso schon praktisch auf dem Rückweg hierher, um nach *ihm* zu suchen.«

Sie sah sich in der Küche um, und ihr Blick fiel auf ein Foto, das Polly während ihrer Abwesenheit aufgehängt hatte. Darauf standen ihre beiden Väter nebeneinander vor dem Pförtnerhaus, und die beiden Hunde räkelten sich zu ihren Füßen. Die Männer sahen sich lachend an, sie wirkten sorglos und unbekümmert. Polly hatte das Foto gerahmt und ihm einen Ehrenplatz gegeben.

»Ich glaube, die beiden würden sich über die Entwicklungen hier freuen, was meinst du?«

Lachlan folgte Rillas Blick, dann zog er sie an sich und gab ihr einen Kuss auf die Stirn. »Ganz bestimmt«, sagte er.

Dank

Mitten im Sommer *Das Winter Cottage* zu schreiben war die schönste Ablenkung, die ich mir hätte erhoffen können. Als mir die Idee kam, eine Serie von Romanen zu schreiben, die in einem kleinen Dorf weit oben im Nordwesten Schottlands spielen sollten, konnte ich es nicht erwarten, mit der Arbeit loszulegen.

Was mein Vorhaben noch aufregender machte, war die Tatsache, dass wir in unserem gerade fertiggewordenen Campingbus losfuhren, den wir während des Lockdowns ausgebaut hatten. Wir unternahmen eine Recherchereise nach Schottland und entdeckten die weiten weißen Sandstrände und die wunderschöne Landschaft, die ich in diesem Buch beschreibe. Mir geht es so wie den meisten Autorinnen: Ich kann nicht anders, als immer wieder kleine Ausschnitte aus meinem eigenen Leben in meine Geschichten hineinzuschummeln, und so konnte ich der Versuchung nicht widerstehen, Rilla einen eigenen Campingbus für ihre Abenteuer zur Verfügung zu stellen. Außerdem habe ich unsere Hunde, Mabel und Martha, eingeschmuggelt, weil ich finde, dass sie eine Hauptrolle in einem Roman verdienen – schließlich verbringen sie so viel Zeit damit, mir beim Schreiben Gesellschaft zu leisten.

Ein ganz großes Dankeschön und die herzlichsten Grüße gehen wie immer an meine schreibenden Freundinnen und

Freunde – an die Leute von *Book Camp*, an die *Word Racers* und an Alice, Caroline, Hayley, Josie, Keris, Melanie und Miranda, weil sie dafür sorgen, dass ich mitten im Trubel des Lebens, der Deadlines und aller anderen Vorkommnisse in diesen merkwürdigen Zeiten einen einigermaßen kühlen Kopf bewahren kann.

Ein besonderer Dank und ganz viel Kuchen und Sekt gehen an Kirsty Greenwood, Holly Martin und Tasmina Perry, die mir in diesem Sommer alle Händchen gehalten und mich ganz hervorragend angefeuert haben.

Danke auch an Amanda Preston, meine Agentin und wunderbare Frau für alles, und an Hayley Webster, meine geniale Lektorin. Ganz besonderer Dank geht an Cressida McLaughlin, weil sie in letzter Minute einen Geistesblitz hatte, der die Geschichte entscheidend verändert hat, und an Diane Meacham, die das schöne Cover für die englische Ausgabe des Buches gestaltet hat.

Ich danke meine Kindern – Verity, Archie, Jude und Rory –, die anscheinend relativ unbeschadet fast ganz erwachsen geworden sind, und das, obwohl allgemeines Chaos herrscht, wenn eine Mutter den größten Teil ihrer Zeit in die Luft guckt und mit offenen Augen von Geschichten träumt – ich liebe euch alle.

Und schließlich danke ich James, der mir erklärt hat, wie man eine Brauerei leitet (alle diesbezüglichen Fehler stammen von mir, und er wird dieses Buch nie lesen, also weisen Sie ihn bitte nicht darauf hin), und der mich jeden Tag wieder zum Lachen bringt. Ich liebe dich.